KB153883

특별 초대 시인 시화 작품집

유화에 시의 영혼을 담다

TO. _____

FROM. _____

시음사
시사랑음악사랑

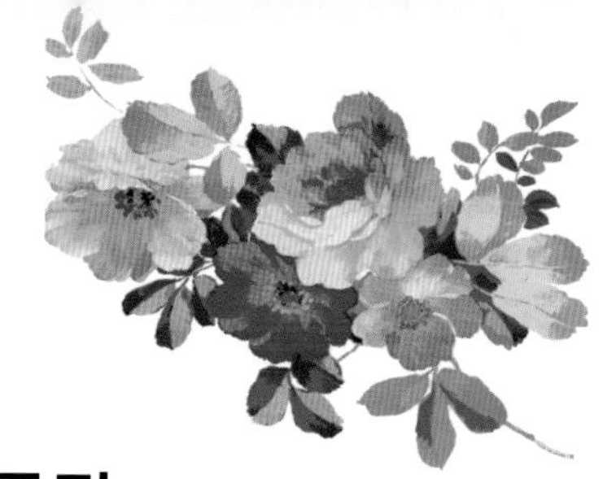

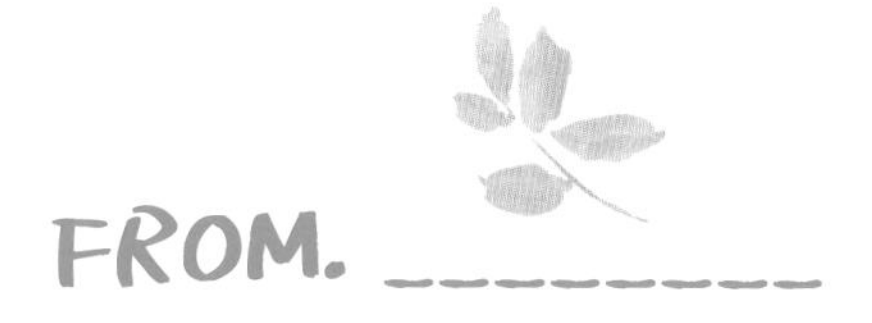

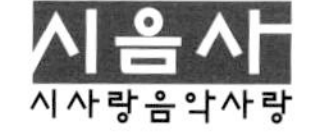

유화에 시의 영혼을 담다

-(사)창작문학예술인협의회/ 대한문인협회 특별 초대 시인 시화 작품전

시각적 예술과 언어의 예술이 하나가 되었을 때, 입체적인 효과를 나타낼 것 같은 생각이 들었습니다. 현대 시는 점점 난해해져 가는데, 그 시를 어렵게 이해하기보다 눈으로 먼저 읽을 수 있는 방법을 찾다 보니 유화를 선택하게 되었습니다. 수채화나 문인화가 줄 수 없는 입체적 감각을 유화의 독특한 화법으로 만들어 낼 수 있기 때문이죠. 생각보다 더 성공적인 효과를 가져왔다고 볼 수 있습니다." 라고 말을 신문사와 인터뷰에서 말한 적이 있다.

사단법인 창작문학예술인협의회/ 대한문인협회 주최로 5월 28일부터 중구 문화원에서 열리는 특별 초대 시인 시화 작품전은 특색 있는 유화 작품으로 선보고 있다. 컴퓨터 그래픽이 발전하면서 대부분 시화전은 컴퓨터로 제작한 것을 인쇄해 액자에 넣어서 전시회를 하는 것이 대부분이었다. 그 이전 시화전은 수채화나 문인화에 시를 넣은 작품이 주를 이루었다.

그러나 이번 행사는 현재 화단에서 활동 중인 김용기 화백과 손잡고 특색 있게 유화로 그린 시화 전시에 도전했다. 유화로 그린 시화는 수채화보다는 무게감 있고, 수채화나 문인화가 줄 수 없는 입체감을 주어 유화의 특색을 살릴 수 있다. 또한, 시가 가지고 있는 감성을 입체적으로 표현으로 사실화, 반 추상화, 추상화 등 다양한 장르가 선보였으며, 시가 전하는 감성에 따라 그 특징을 명확하게 보여주고 있어 지금까지 볼 수 없었던 감성을 눈으로 감상할 수 있게 되었다.

우리가 알고 있는 시화의 역사는 오래전부터 선조들이 사용해왔음을 검색을 해보면, 시화라는 이름 외에도 시평(詩評), 시담(詩談), 시설(詩 說), 시품(詩品) 등의 순수한 시비평집들이 있으며, 소설, 패설(稗說), 유설(類說), 연담(軟談) 등과 같이 잡록(雜錄) 형태로 시화가 삽입된 것들도 모두 시화로 통칭하여 예전부터 사용하고 있는 것을 알 수 있다.

무한한 재주로 유한한 재료를 따를 수 없기에 아무리 대가라 하여도 반드시 선인의 명구(名句)를 가져다가 다듬어 아름답게 사용하라는 말이 있듯이 詩가 가지고 있는 무한한 상상력을 다 표현할 수는 없지만 누군가 시작하면 조금 더 나은 작품으로 선보이는 명인들이 생길 것이다.

시대의 흐름에 적응 못하는 예술인은 살아남기가 어렵다. 요즘처럼 다원 문화예술 시대에는 함께 할 수 있는 동료를 찾는 것이 성공할 수 있는 길일 것이다. 가장 쉬운 예를 들어 보면 요즘 대세인 콜라보레이션(collaboration)을 주선하는 것이 가장 현실적인 일이다. 그림을 그리는 화백과 글을 쓰는 시인이 협력하여 만들어 낼 수 있는 최대의 효과는 시의 감성을 입힌 그림을 그리는 것이다. 새로운 시도는 아니지만, 문화예술가들이 서로 이기심을 버리고 협력하는 것이 최상의 작품을 만들어 내는 작업일 것이다. 시인은 죽어도 그 작품은 후대에 남아 누군가의 가슴에 남기 때문이다.

**(사) 창작문학예술인협의회
이사장 김락호**

가나다순 수록

가나다순 수록

가나다순 수록

(사)창작문학예술인협의회/ 대한문인협회

특별 초대 시인 시화 작품전 기념 시화 시집

유화에 시의 영혼을 담다

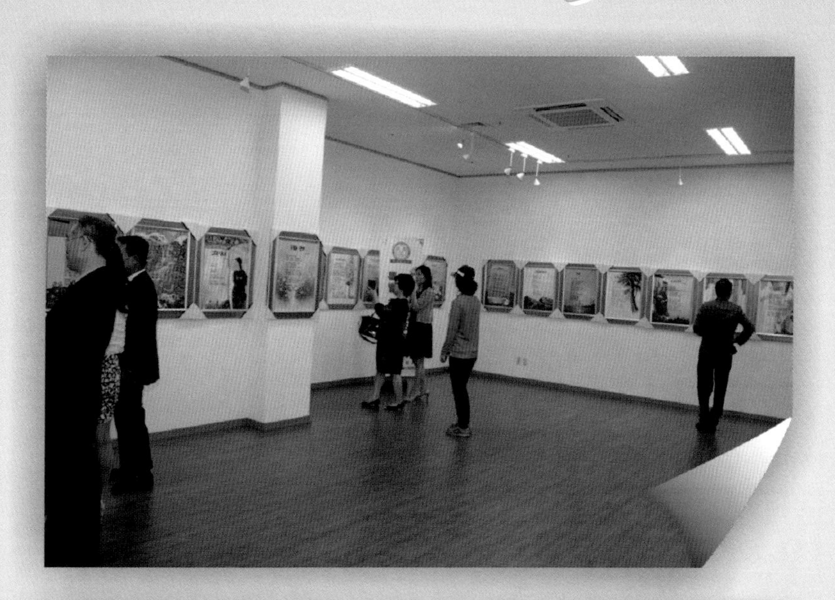

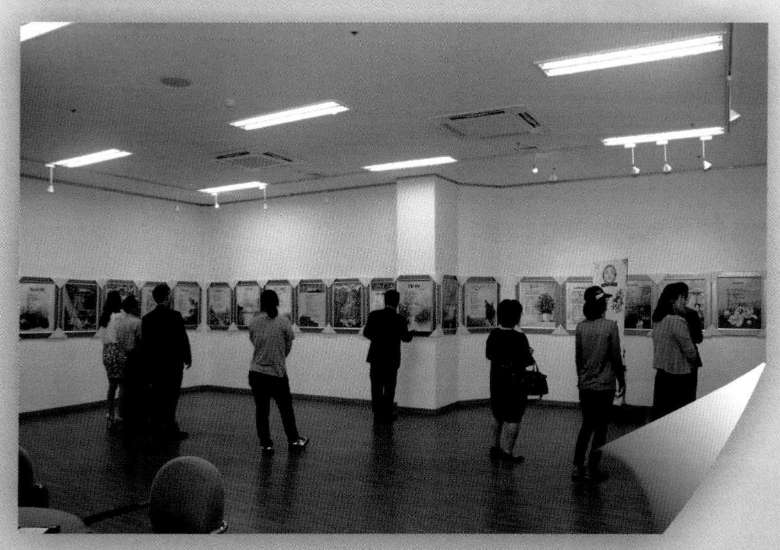

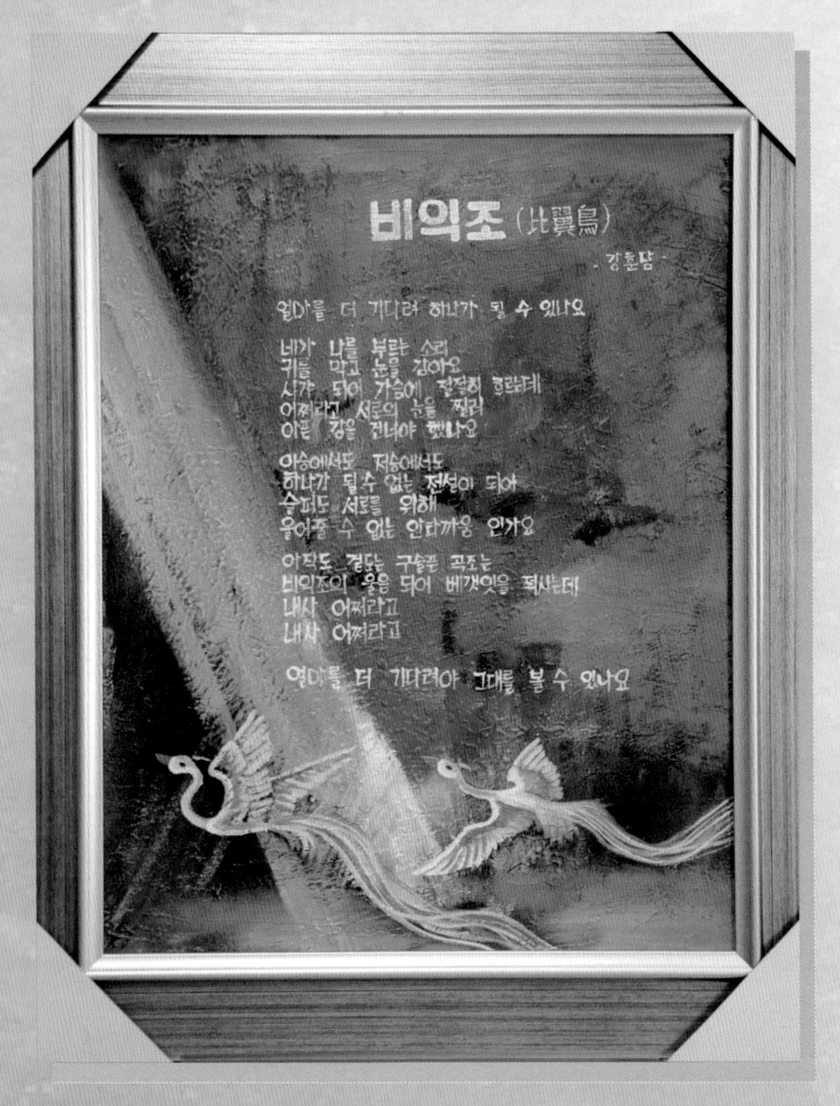

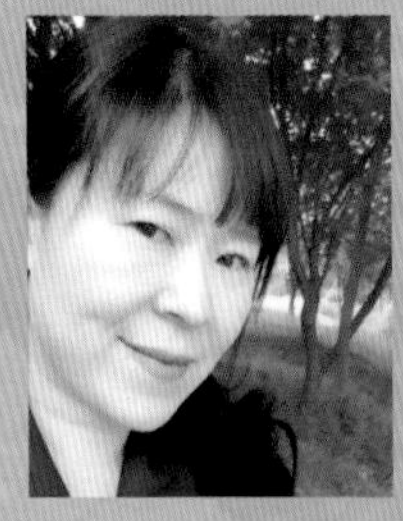

강훈담 시인

부산 기장군 거주
한국청옥문학예술인협회 시 부문 등단
사) 창작문학예술인협의회 정회원

- 유화에 시의 영혼을 담다

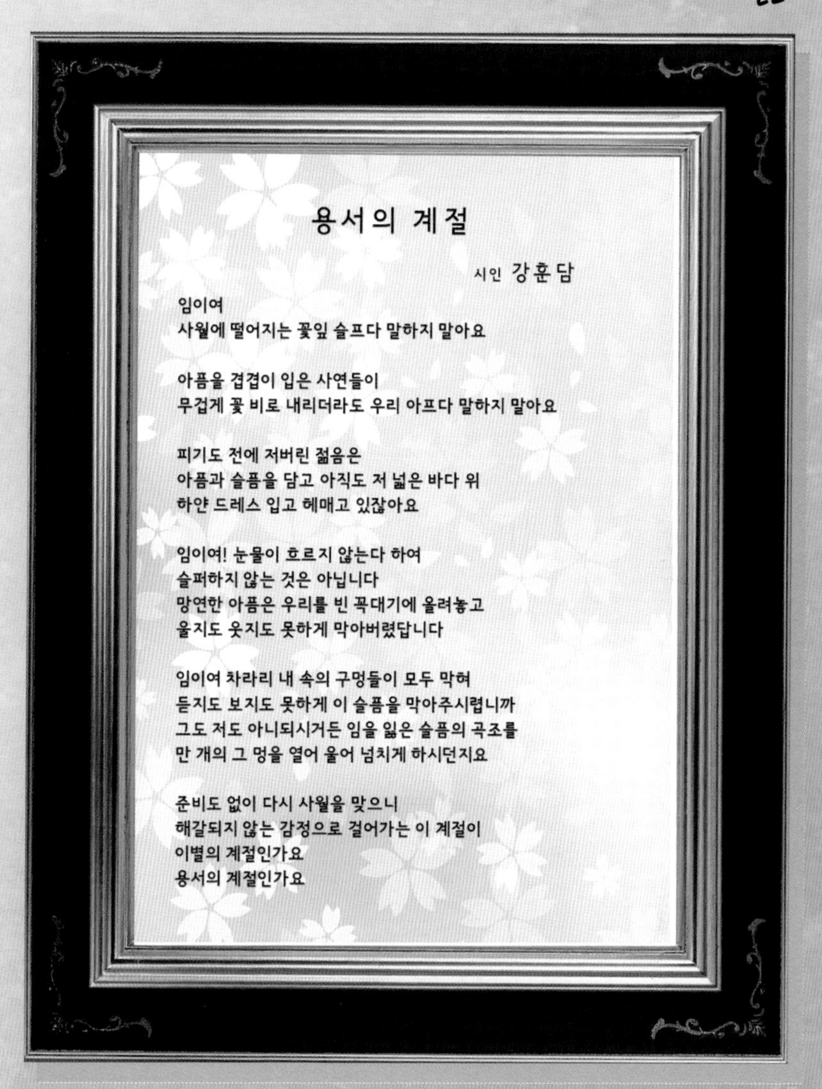

용서의 계절

시인 강훈담

임이여
사월에 떨어지는 꽃잎 슬프다 말하지 말아요

아픔을 겹겹이 입은 사연들이
무겁게 꽃 비로 내리더라도 우리 아프다 말하지 말아요

피기도 전에 저버린 젊음은
아픔과 슬픔을 담고 아직도 저 넓은 바다 위
하얀 드레스 입고 헤매고 있잖아요

임이여! 눈물이 흐르지 않는다 하여
슬퍼하지 않는 것은 아닙니다
망연한 아픔은 우리를 빈 꼭대기에 올려놓고
울지도 웃지도 못하게 막아버렸답니다

임이여 차라리 내 속의 구멍들이 모두 막혀
듣지도 보지도 못하게 이 슬픔을 막아주시렵니까
그도 저도 아니되시거든 임을 잃은 슬픔의 곡조를
만 개의 그 멍을 열어 울어 넘치게 하시던지요

준비도 없이 다시 사월을 맞으니
해갈되지 않는 감정으로 걸어가는 이 계절이
이별의 계절인가요
용서의 계절인가요

2015 특별 초대 시인 시화집 - 강훈담 시인

9

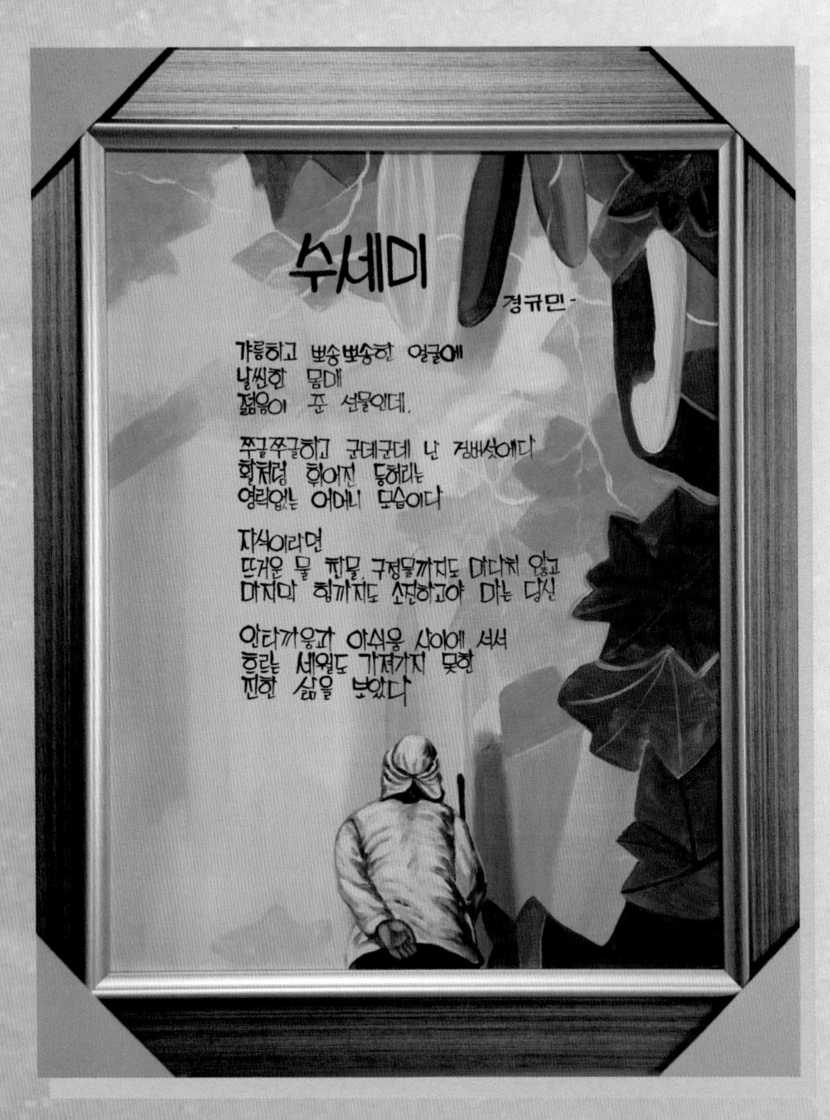

수세미
- 경규민 -

가릉하고 뽀송뽀송한 얼굴에
날씬한 몸매
젊음이 준 선물인데.

쭈글쭈글하고 군데군데 난 잿빛이다
학처럼 하이진 등허리는
영락없는 어머니 모습이다

자식이라면
뜨거운 물 찬물 구정물까지도 마다지 않고
마지막 힘까지도 소진하고야 마는 당신

안타까움과 아쉬움 사이에 서서
흐르는 세월도 가져가지 못한
진한 삶을 보았다

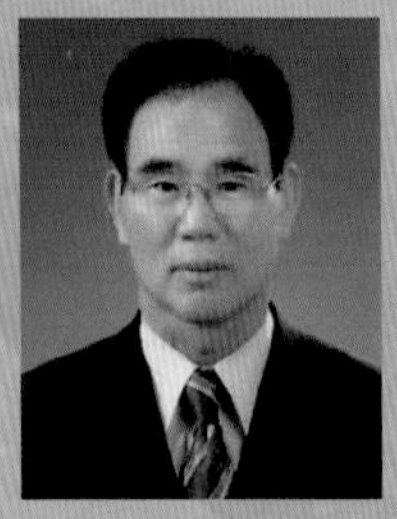

경규민 시인

경기 고양시 거주

대한문학세계 시 부문 등단

사) 창작문학예술인협의회 정회원

10

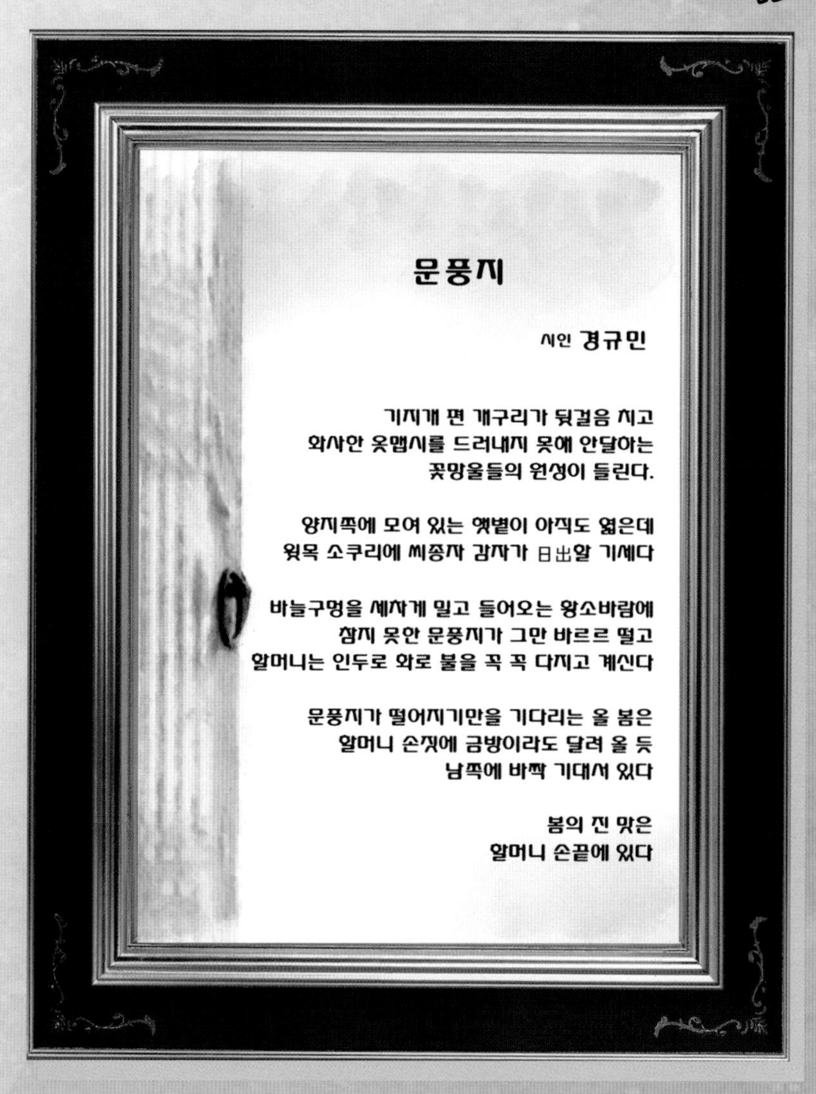

문풍지

시인 **경규민**

기지개 편 개구리가 뒷걸음 치고
화사한 옷맵시를 드러내지 못해 안달하는
꽃망울들의 원성이 들린다.

양지쪽에 모여 있는 햇볕이 아직도 엷은데
윗목 소쿠리에 씨종자 감자가 日出알 기세다

바늘구멍을 세차게 밀고 들어오는 왕소바람에
참지 못한 문풍지가 그만 바르르 떨고
할머니는 인두로 와로 불을 꼭 꼭 다지고 계신다

문풍지가 떨어지기만을 기다리는 올 봄은
할머니 손짓에 금방이라도 달려 올 듯
남쪽에 바짝 기대서 있다

봄의 진 맛은
할머니 손끝에 있다

2015 특별 초대 시인 시화집 - 경규민 시인

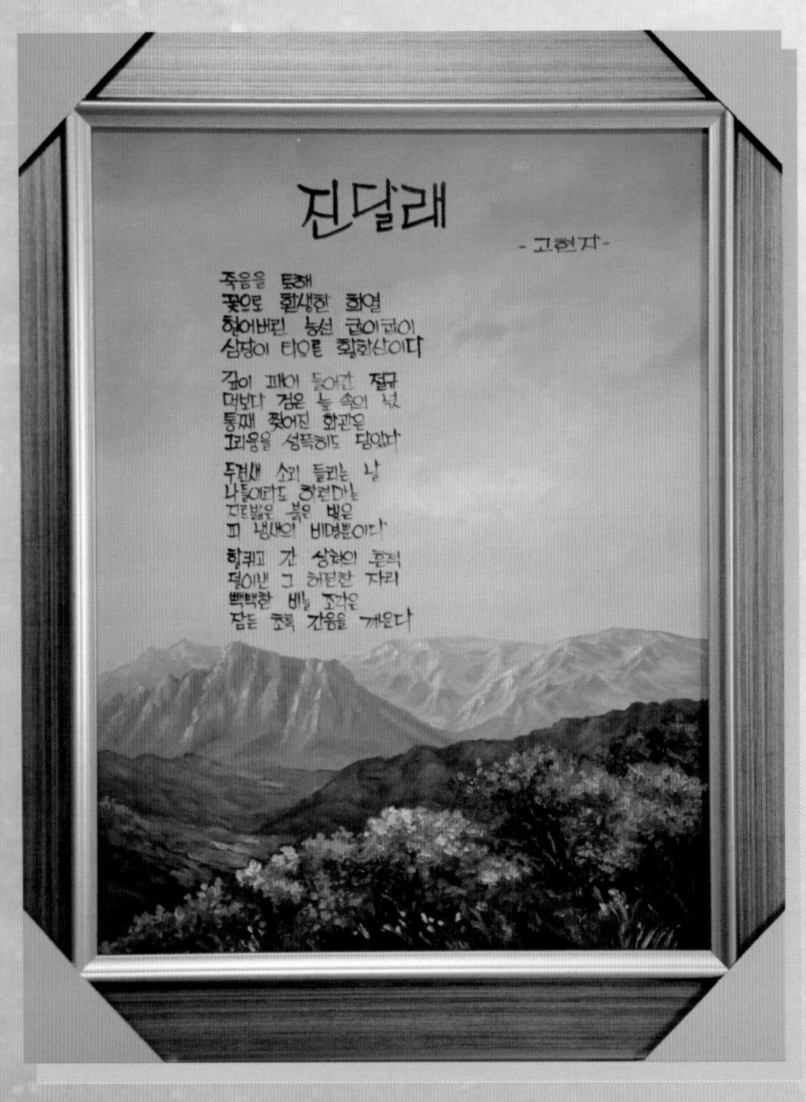

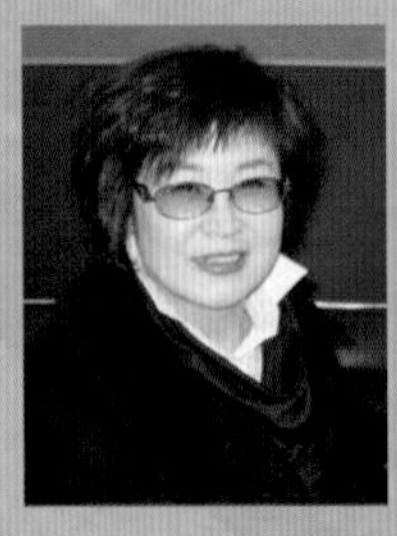

고현자 시인

경기도 부천시 거주
현대시선 문학사 등단
사) 창작문학예술인협의회 정회원

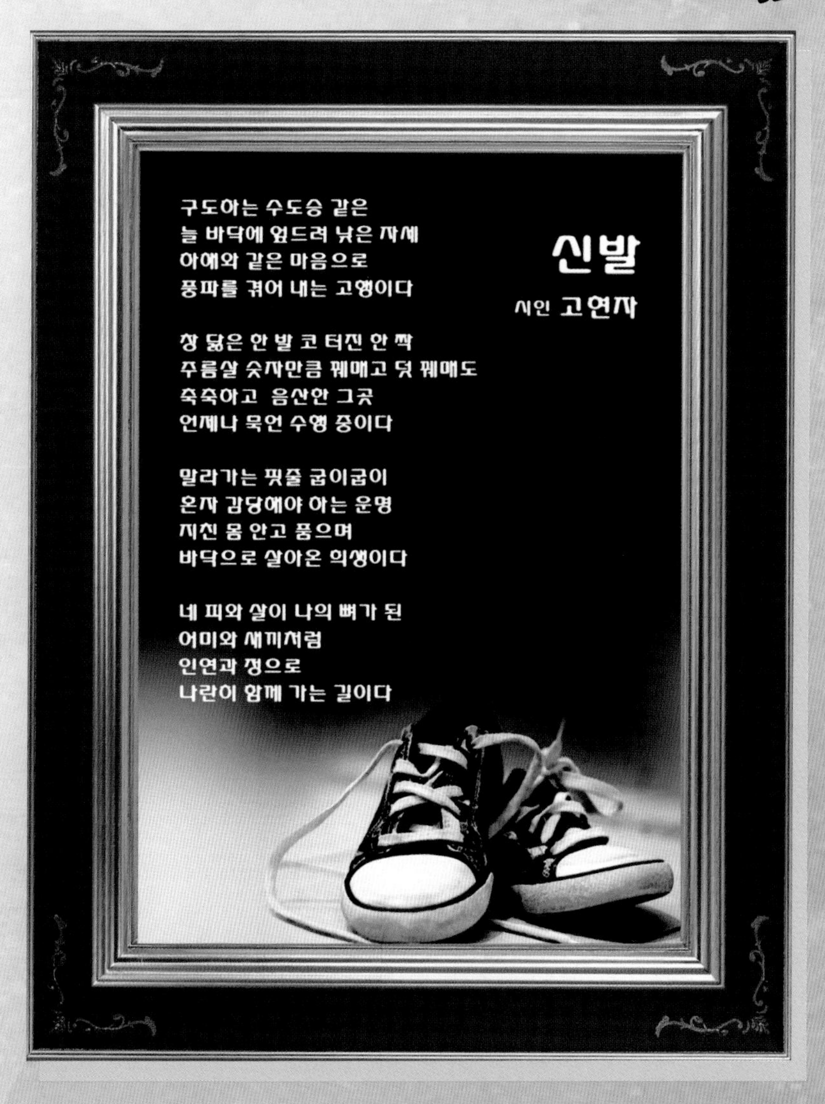

구도하는 수도승 같은
늘 바닥에 엎드려 낮은 자세
아예와 같은 마음으로
풍파를 겪어 내는 고행이다

창 닳은 안 발 코 터진 안 짝
주름살 숫자만큼 꿰매고 덧 꿰매도
축축하고 음산한 그곳
언제나 묵언 수행 중이다

말라가는 핏줄 굽이굽이
온자 감당해야 하는 운명
지친 몸 안고 품으며
바닥으로 살아온 희생이다

네 피와 살이 나의 뼈가 된
어미와 새끼처럼
인연과 정으로
나란히 함께 가는 길이다

신발
시인 고현자

2015 특별 초대 시인 시화집 - 고현자 시인

13

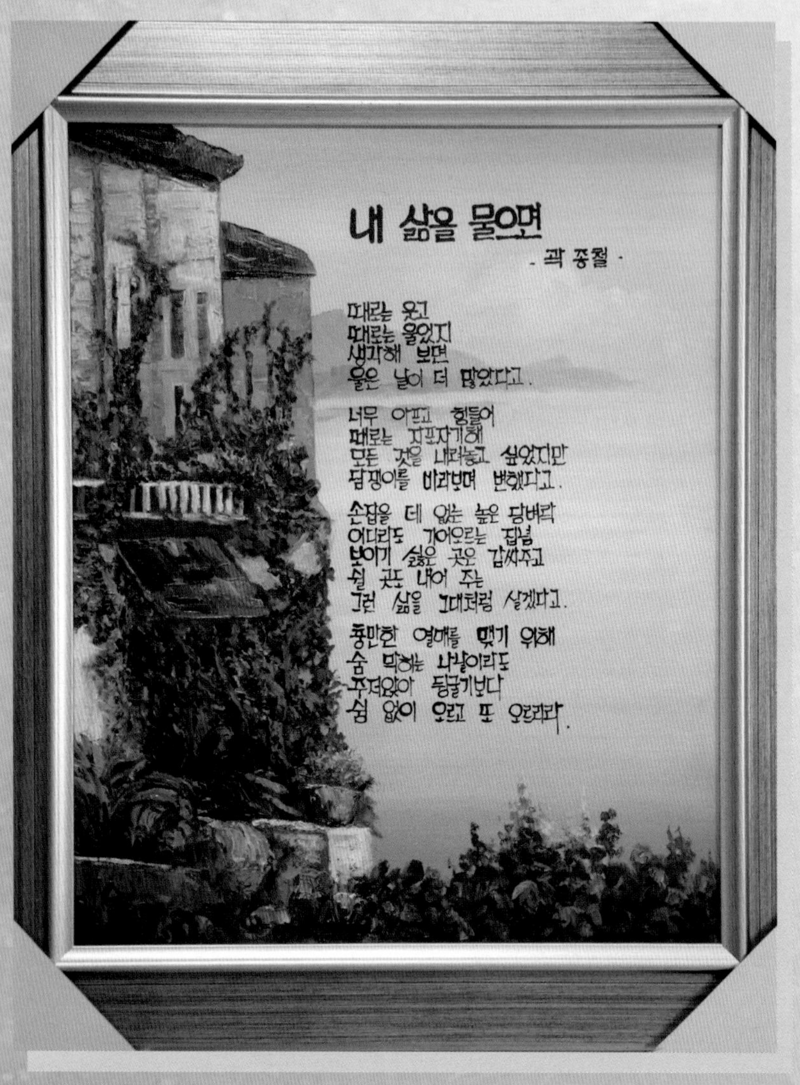

내 삶을 물으면

- 곽 종철 -

때로는 웃고
때로는 울었지
생각해 보면
웃은 날이 더 많았다고.

너무 아프고 힘들어
때로는 지푸자기해
모든 것을 내려놓고 싶었지만
담쟁이를 바라보며 변했다고.

손잡을 데 없는 높은 담벼락
어디라도 기어오르는 집념
보이기 싫은 곳은 감싸주고
쉴 곳은 내어 주는
그런 삶을 그대처럼 살겠다고.

풍만한 열매를 맺기 위해
숨 막히는 나락이라도
주저없이 뒹굴기보다
쉼 없이 오르고 또 오르라.

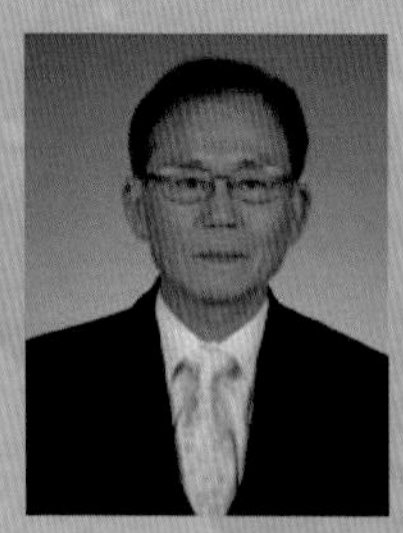

곽종철 시인

서울 강동구 거주
대한문학세계 시 부문 등단
사) 창작문학예술인협의회 이사

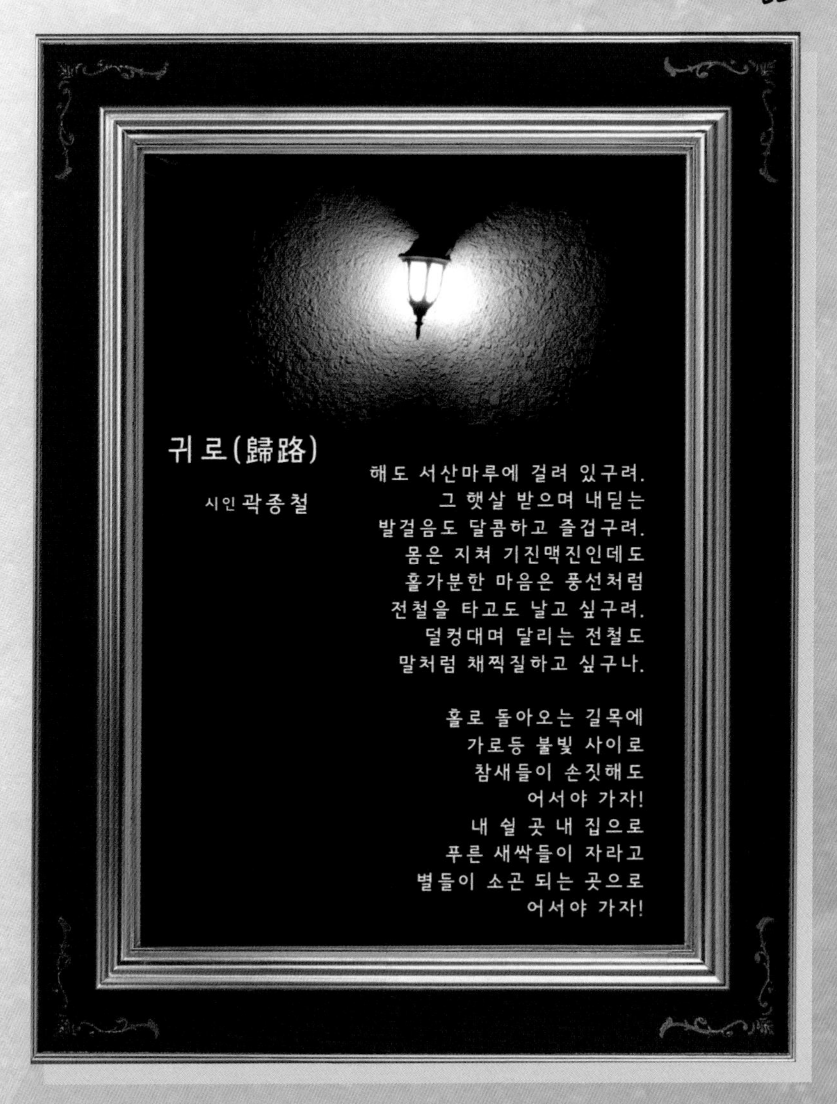

귀 로(歸路)

시인 곽종철

해도 서산마루에 걸려 있구려.
그 햇살 받으며 내딛는
발걸음도 달콤하고 즐겁구려.
몸은 지쳐 기진맥진인데도
홀가분한 마음은 풍선처럼
전철을 타고도 날고 싶구려.
덜컹대며 달리는 전철도
말처럼 채찍질하고 싶구나.

홀로 돌아오는 길목에
가로등 불빛 사이로
참새들이 손짓해도
어서야 가자!
내 쉴 곳 내 집으로
푸른 새싹들이 자라고
별들이 소곤 되는 곳으로
어서야 가자!

2015 특별 초대 시인 시화집 - 곽종철 시인

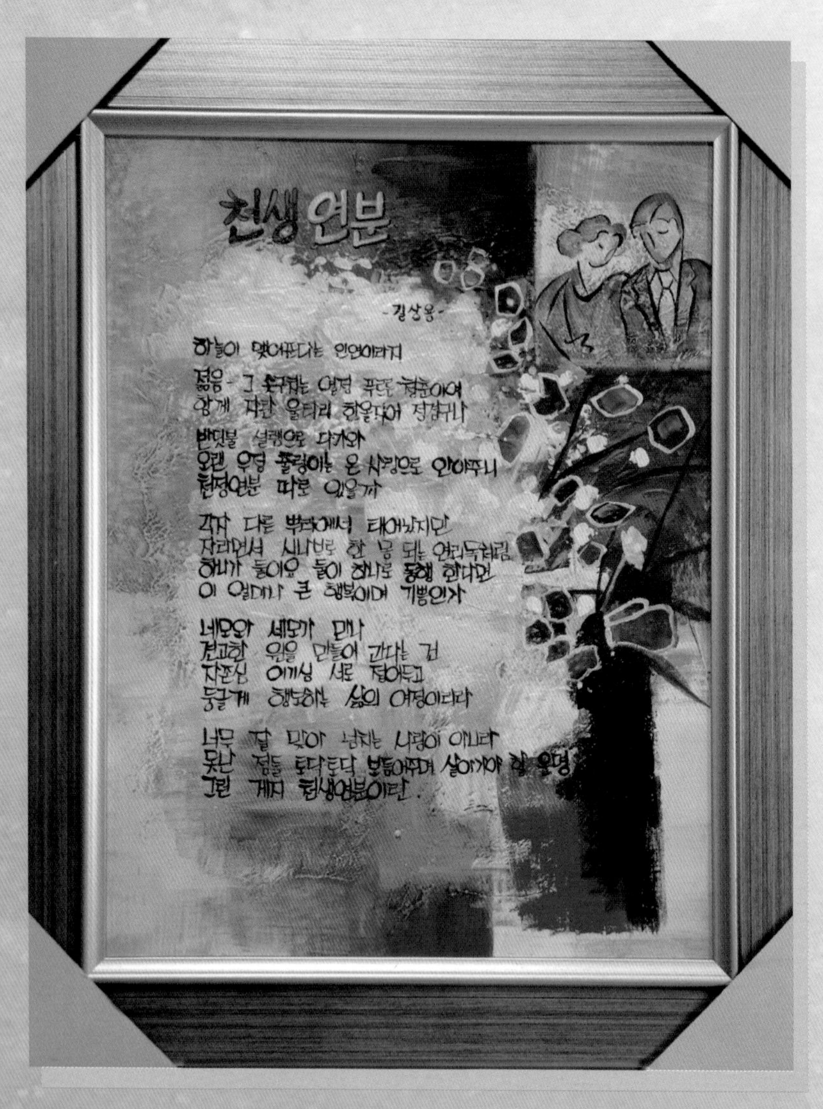

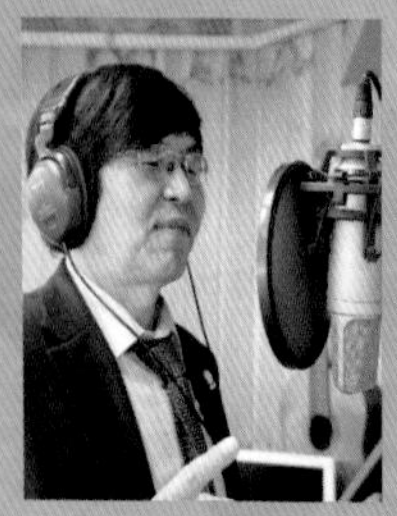

길상용 시인

서울 강남구 거주
대한문학세계 시 부문 등단
사) 창작문학예술인협의회 정회원
대한문인협회 서울인천지회 지회장

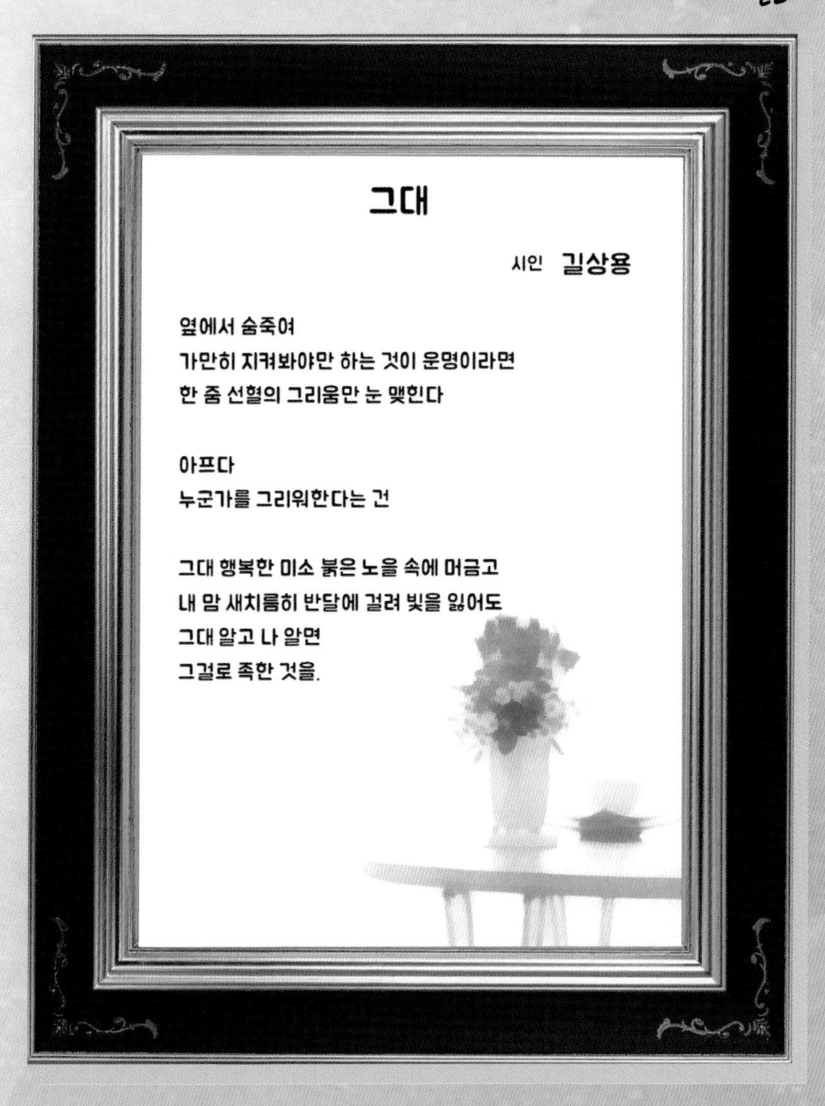

그대

시인 **길상용**

옆에서 숨죽여
가만히 지켜봐야만 하는 것이 운명이라면
한 줌 선혈의 그리움만 눈 맺힌다

아프다
누군가를 그리워한다는 건

그대 행복한 미소 붉은 노을 속에 머금고
내 맘 새치름히 반달에 걸려 빛을 잃어도
그대 알고 나 알면
그걸로 족한 것을.

2015 특별 초대 시인 시화집 - 길상용 시인

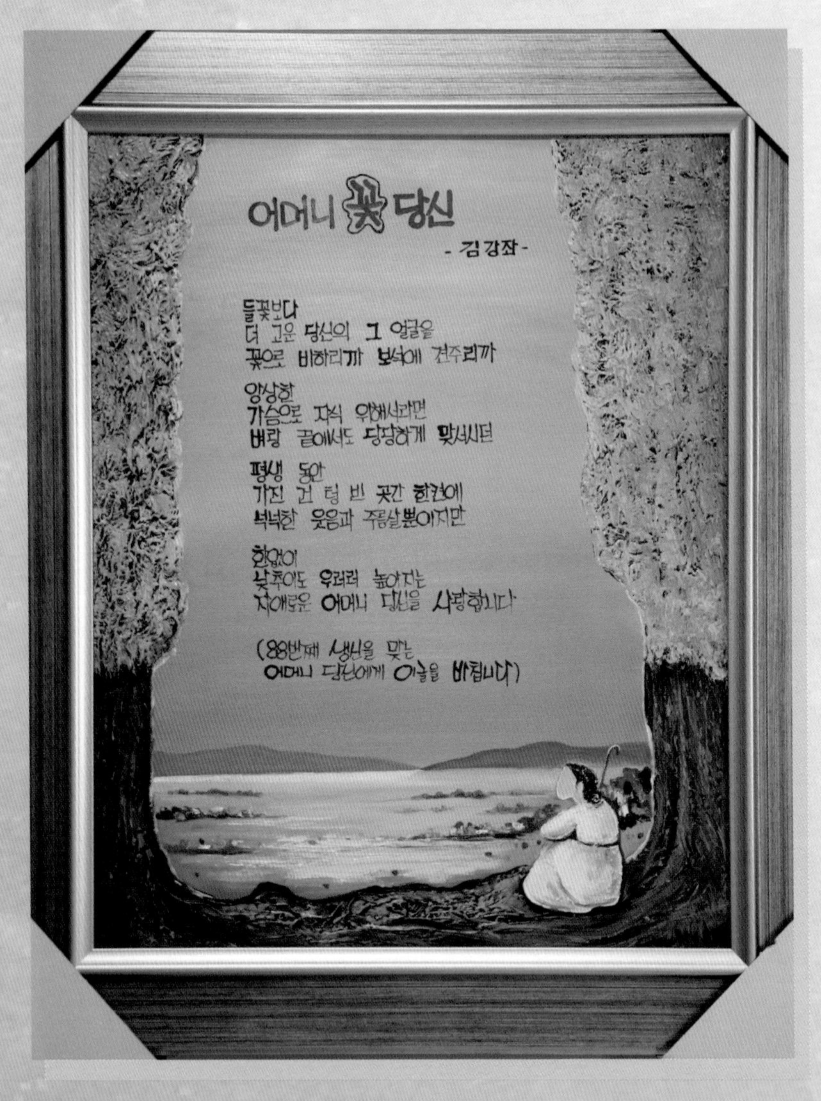

어머니 꽃 당신
- 김강좌 -

들꽃본다
더 고운 당신의 그 얼굴을
꽃으로 비하리까 보석에 견주리까

앙상한
가슴으로 저력 왜했나먼
벼랑 끝에서도 당당하게 맞서시던

평생 동안
가진 건 텅 빈 곳간 한결에
넉넉한 웃음과 주름살뿐이지만

한없이
낮추어도 우러러 높아지는
자애로운 어머니 당신을 사랑합니다

(88번째 생신을 맞는
어머니 당신에게 이글을 바립니다)

김강좌 시인

전남 여수시 거주
대한문학세계 시 부문 등단
사) 창작문학예술인협의회 정회원

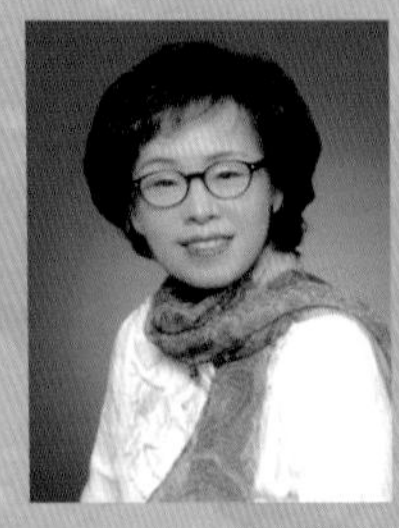

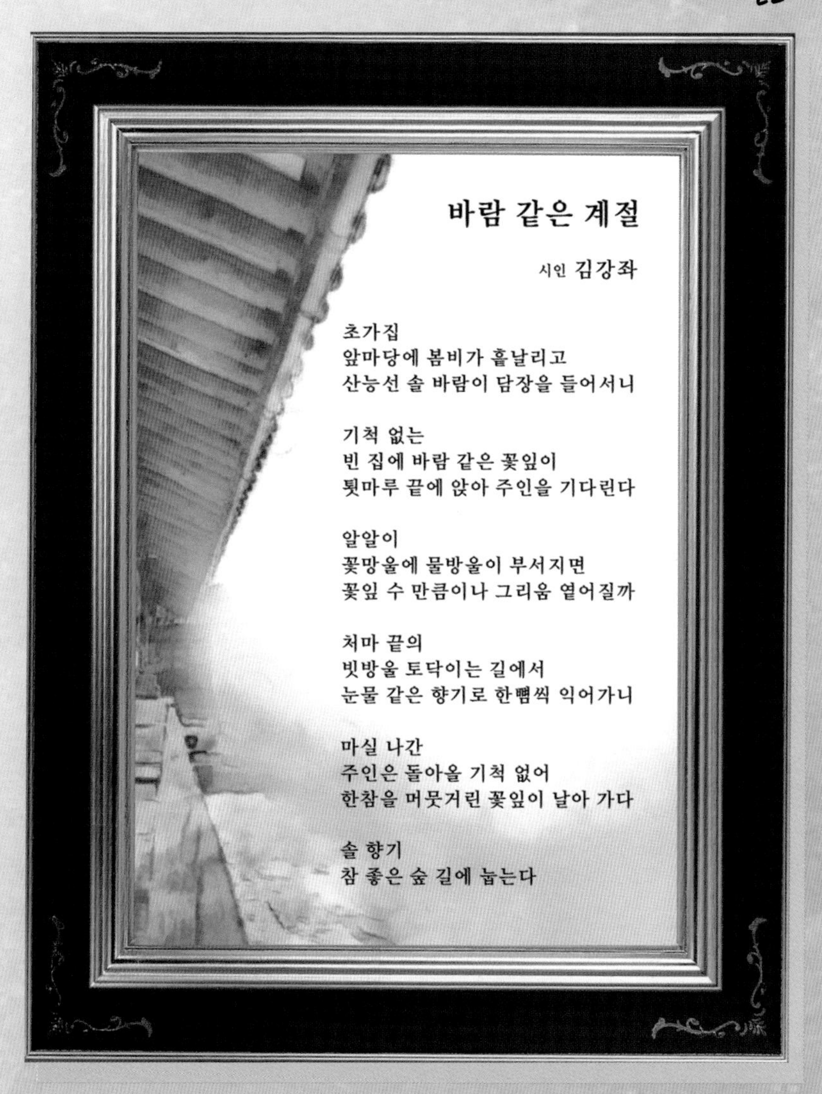

바람 같은 계절

시인 김강좌

초가집
앞마당에 봄비가 흩날리고
산능선 솔 바람이 담장을 들어서니

기척 없는
빈 집에 바람 같은 꽃잎이
툇마루 끝에 앉아 주인을 기다린다

알알이
꽃망울에 물방울이 부서지면
꽃잎 수 만큼이나 그리움 옅어질까

처마 끝의
빗방울 토닥이는 길에서
눈물 같은 향기로 한뼘씩 익어가니

마실 나간
주인은 돌아올 기척 없어
한참을 머뭇거린 꽃잎이 날아 가다

솔 향기
참 좋은 숲 길에 눕는다

2015 특별 초대 시인 시화집 - 김강좌 시인

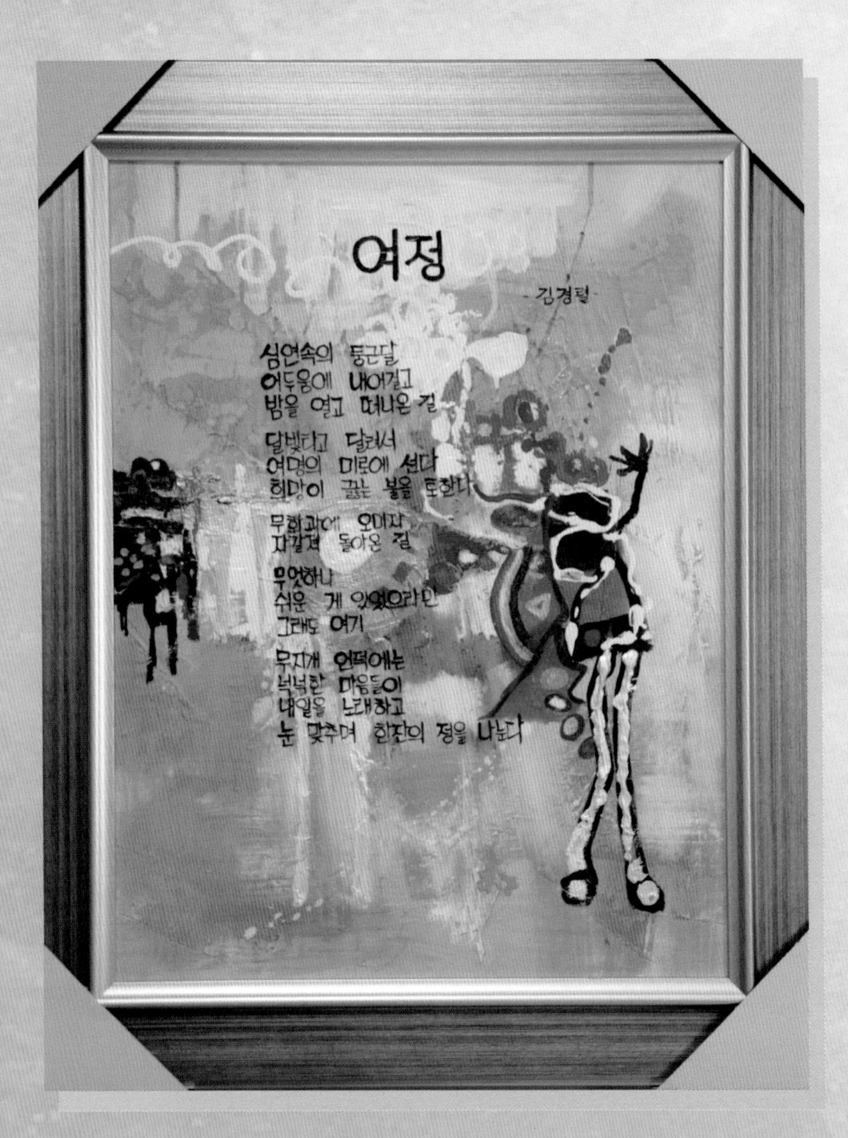

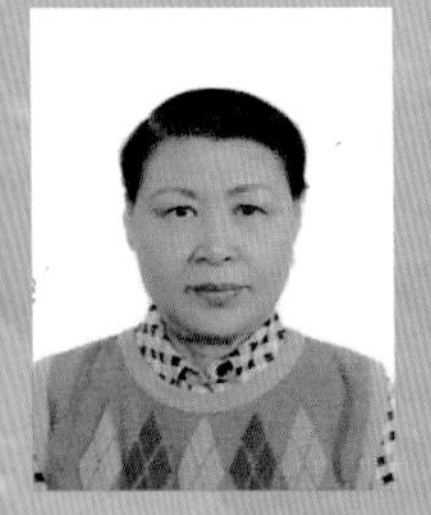

김경렬 시인

경기도 수원시 거주
대한문학세계 시 부문, 수필 부문 등단
사) 창작문학예술인협의회 정회원

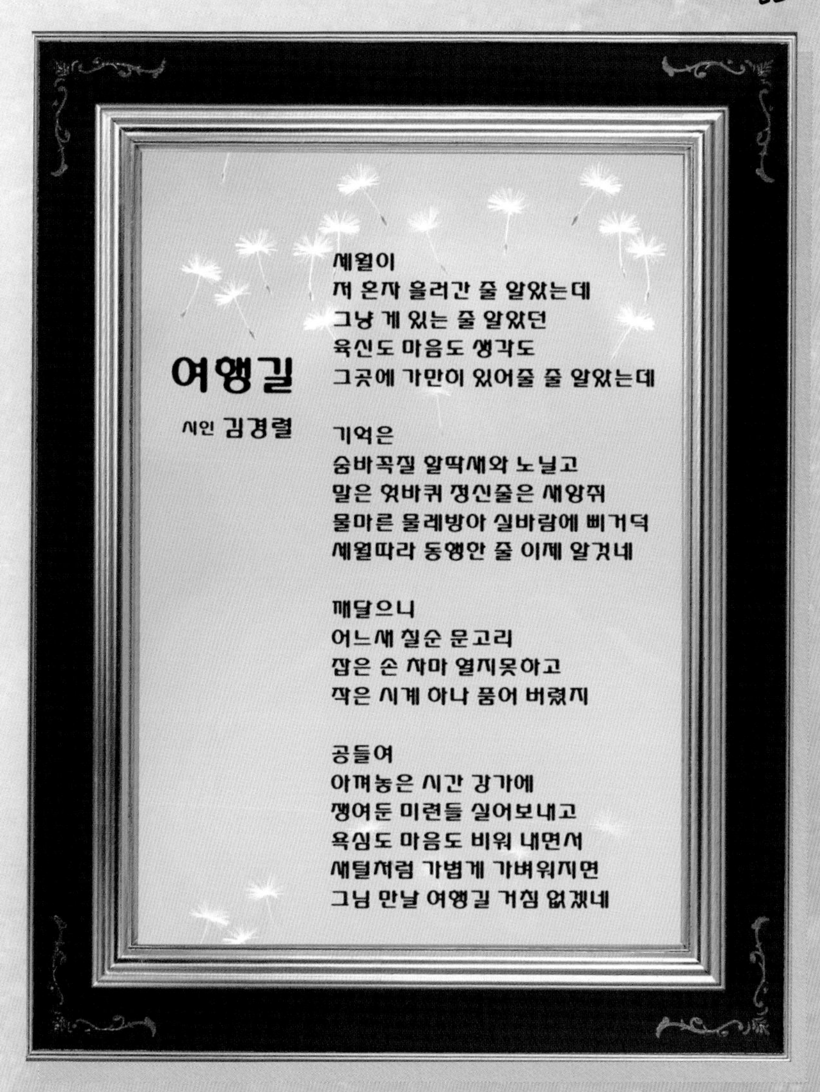

여행길

시인 김경렬

세월이
저 혼자 흘러간 줄 알았는데
그냥 게 있는 줄 알았던
육신도 마음도 생각도
그곳에 가만이 있어줄 줄 알았는데

기억은
숨바꼭질 알딱새와 노닐고
맑은 엇바퀴 정신줄은 새앙쥐
물마른 물레방아 실바람에 삐거덕
세월따라 동행한 줄 이제 알것네

깨달으니
어느새 칠순 문고리
잡은 손 차마 열지못하고
작은 시계 하나 풀어 버렸지

공들여
아껴놓은 시간 강가에
쌓여둔 미련들 실어보내고
욕심도 마음도 비워 내면서
새털처럼 가볍게 가벼워지면
그님 만날 여행길 거침 없겠네

2015 특별 초대 시인 시화집 - 김경렬 시인

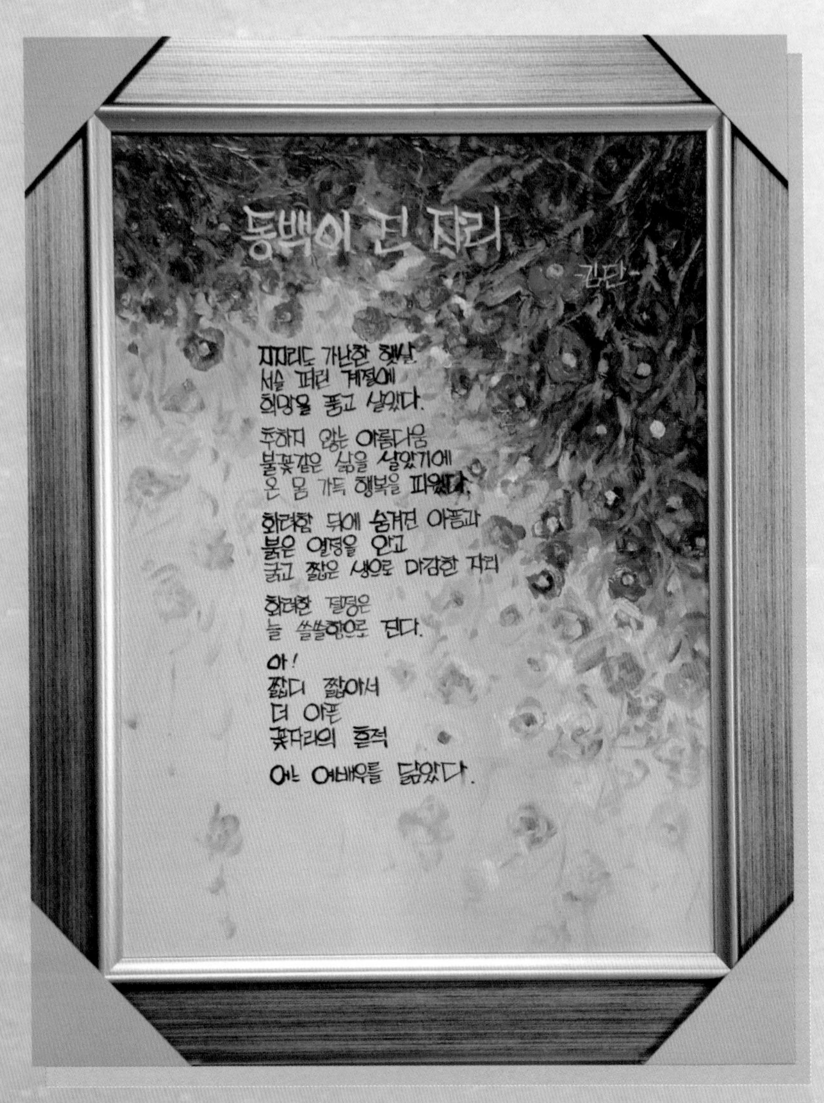

동백이 핀 자리

김단

지지리도 가난한 햇살
서슬 퍼런 계절에
희망을 품고 살았다.

주하지 않는 아름다움
불꽃같은 삶을 살았기에
온 몸 가득 행복을 피웠다.

화려함 뒤에 숨겨진 아픔과
붉은 열정을 안고
굵고 짧은 생으로 마감한 자리

화려한 땡땡은
늘 쓸쓸함으로 핀다.

아!
짧디 짧아서
더 아픈
꽃다리의 흔적

어느 애비를 닮았다.

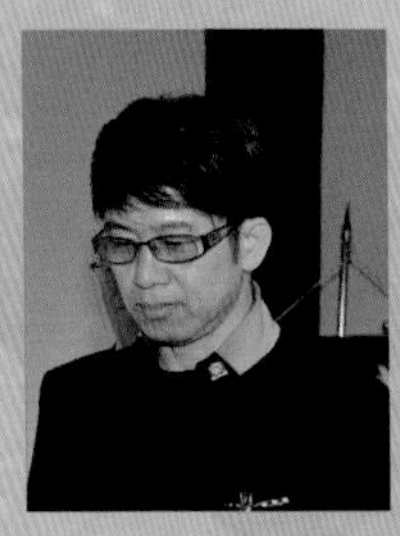

김단 시인

울산 북구 거주
대한문학세계 시 부문 등단
사) 창작문학예술인협의회 홍보국장

22

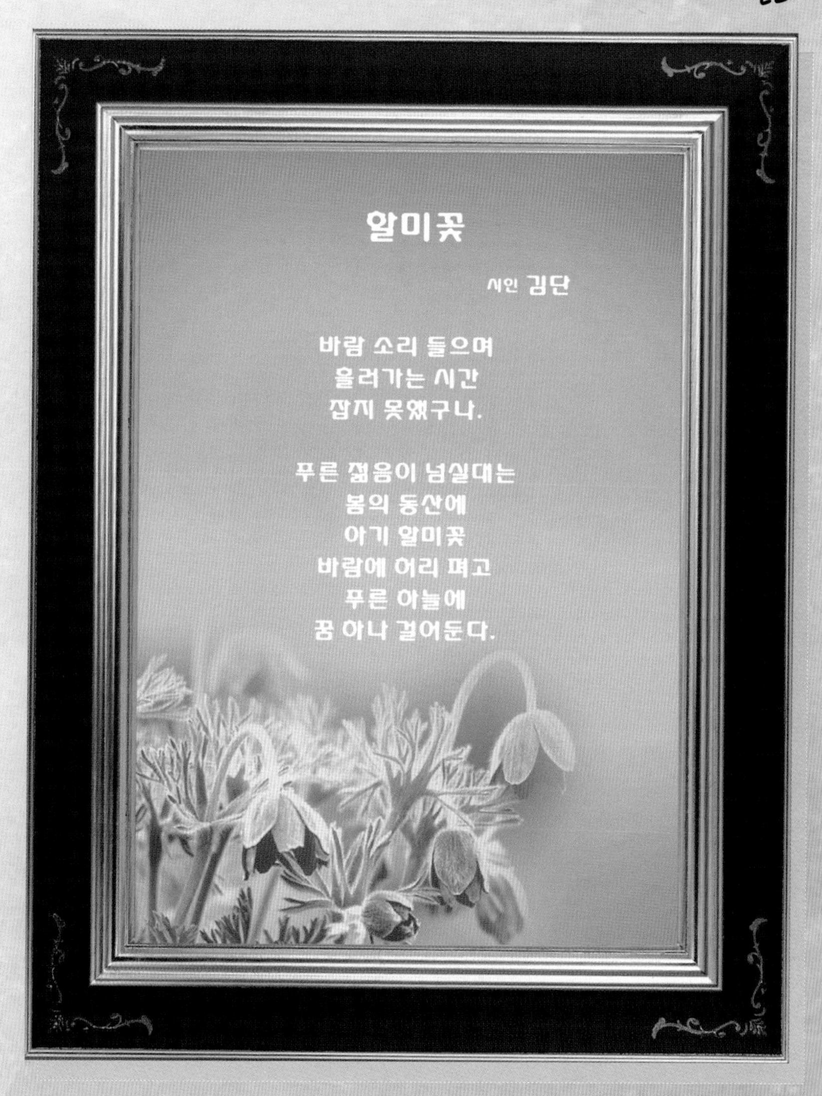

알미꽃

시인 김단

바람 소리 들으며
올라가는 시간
잡지 못했구나.

푸른 젊음이 넘실대는
봄의 동산에
아기 알미꽃
바람에 어리 펴고
푸른 하늘에
꿈 하나 걸어둔다.

2015 특별 초대 시인 시화집 - 김단 시인

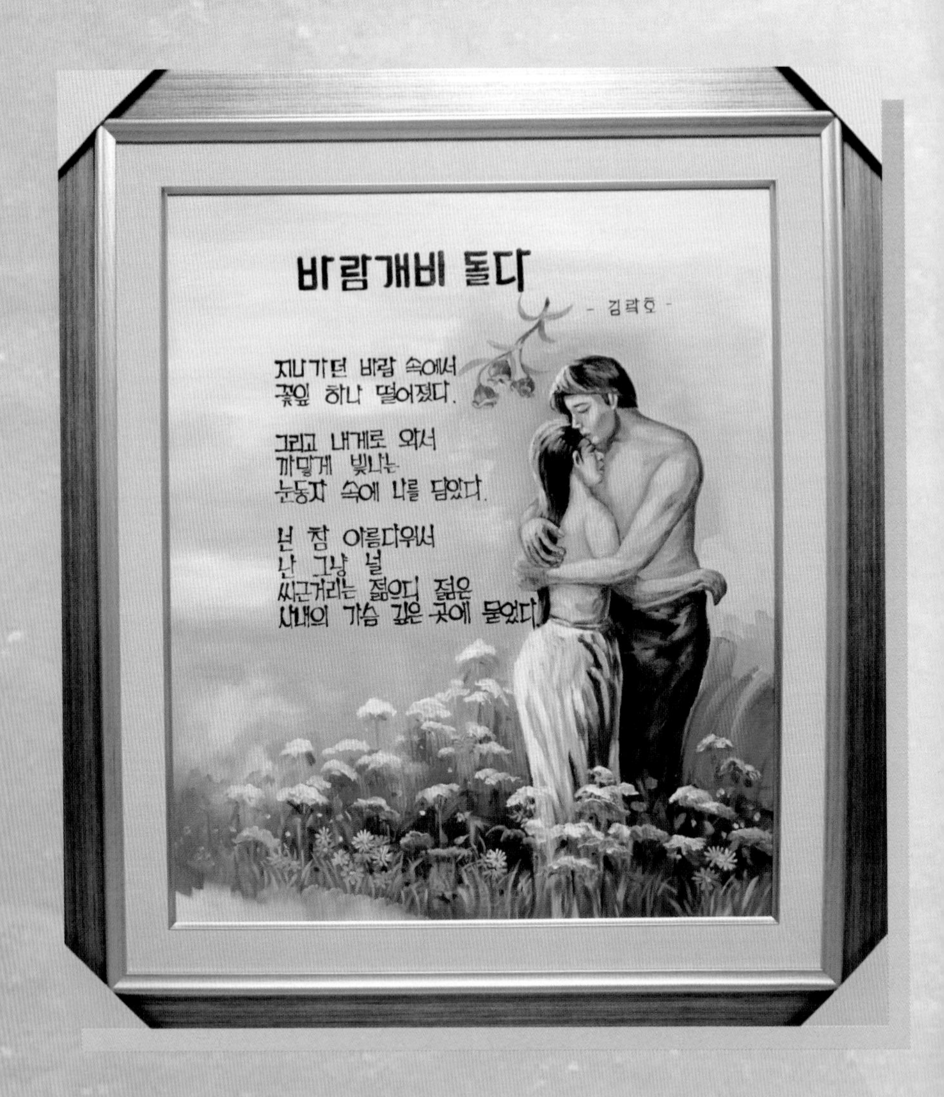

바람개비 돌다

- 김락호 -

지나가던 바람 속에서
꽃잎 하나 떨어졌다.

그리고 내게로 와서
까맣게 빛나는
눈동자 속에 나를 담았다.

넌 참 아름다워서
난 그냥 널
씨근거리는 젊은 젊은
사내의 가슴 깊은 곳에 묻었다.

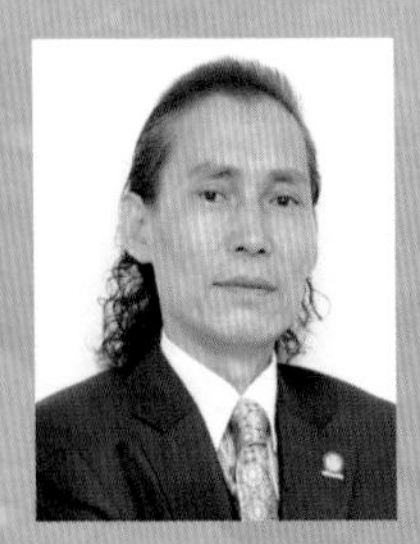

김락호 시인

대전 중구 거주
사) 창작문학예술인협의회 이사장
대한문인협회 회장

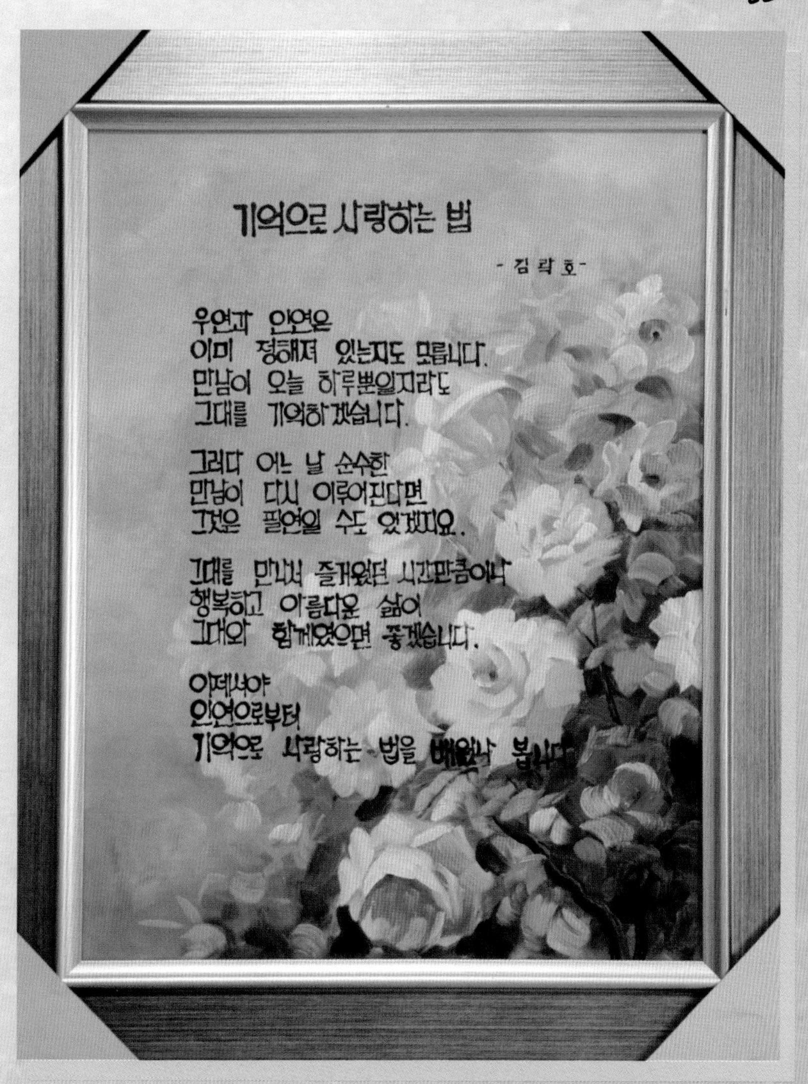

기억으로 사랑하는 법

- 김 락 호 -

우연과 인연은
이미 정해져 있는지도 모릅니다.
만남이 오늘 하루뿐일지라도
그대를 기억하겠습니다.

그러다 어느 날 순수한
만남이 다시 이루어진다면
그것은 필연일 수도 있겠지요.

그대를 만나서 즐거웠던 시간만큼이나
행복하고 아름다운 삶이
그대와 함께였으면 좋겠습니다.

이제서야
인연으로부터
기억으로 사랑하는 법을 배워야 봅니다.

2015 특별 초대 시인 시화집 - 김락호 시인

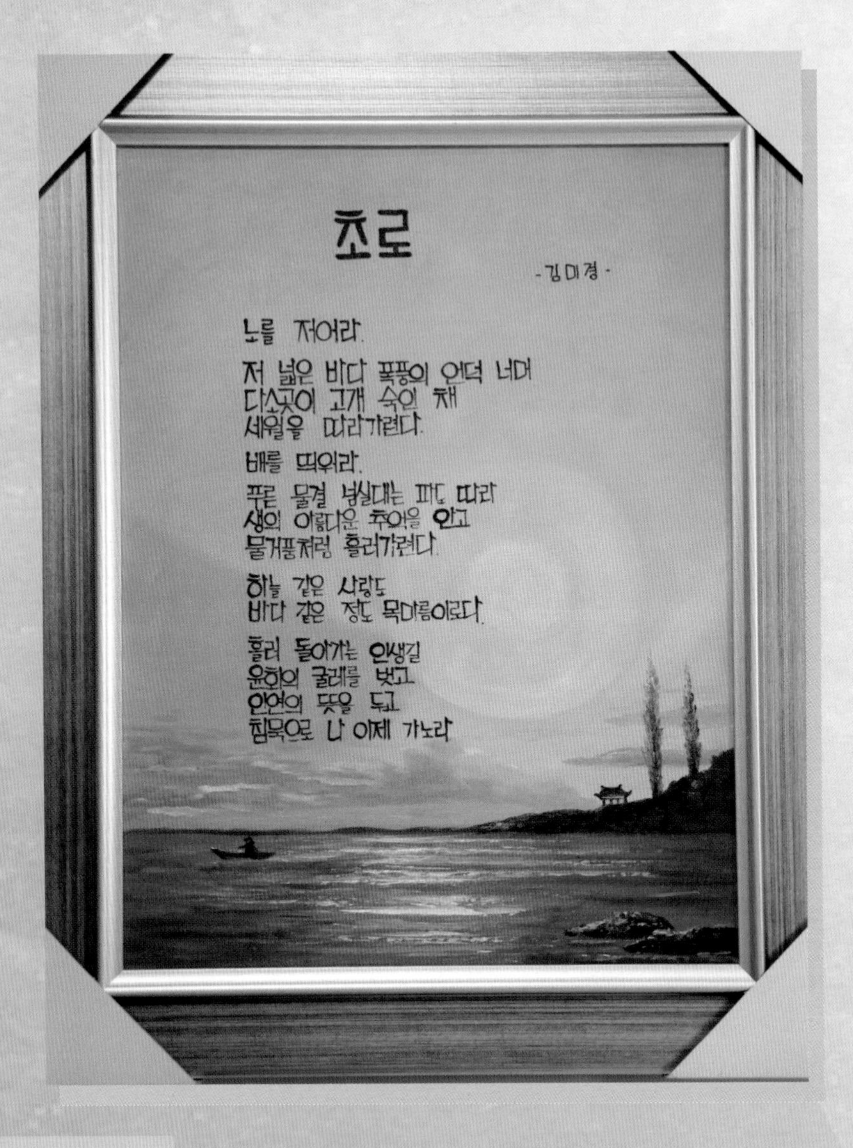

초로

- 김미경 -

노를 저어라.

저 넓은 바다 폭풍의 언덕 너머
다소곳이 고개 숙인 채
세월을 따라가련다.

배를 띄워라.
푸른 물결 부실대는 파도 따라
생의 아름다운 추억을 안고
물거품처럼 흘러가련다.

하늘 같은 사랑도
바다 같은 정도 목마름이로다.

흘러 돌아가는 인생길
유한의 굴레를 벗고
연연의 뜻을 두고
침묵으로 나 이제 가노라

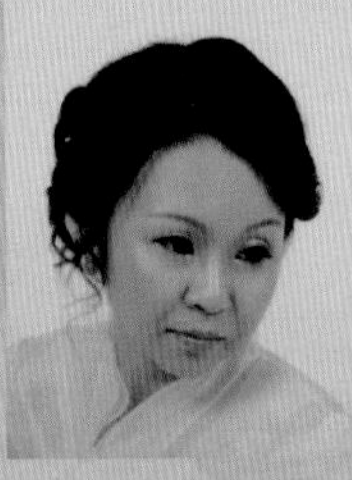

김미경 시인

경기 부천시 거주
대한문학세계 시 부문 등단
사) 창작문학예술인협의회 정회원

26

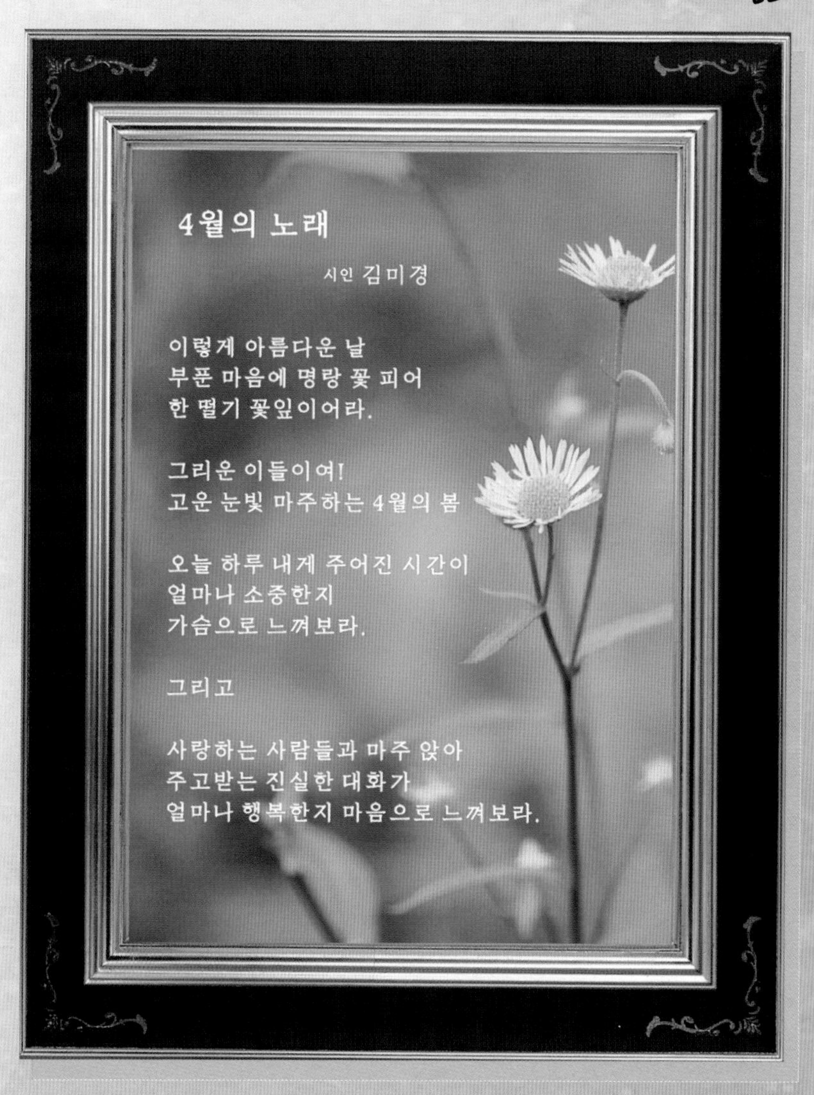

4월의 노래

시인 김미경

이렇게 아름다운 날
부푼 마음에 명랑 꽃 피어
한 떨기 꽃잎이어라.

그리운 이들이여!
고운 눈빛 마주하는 4월의 봄

오늘 하루 내게 주어진 시간이
얼마나 소중한지
가슴으로 느껴보라.

그리고

사랑하는 사람들과 마주 앉아
주고받는 진실한 대화가
얼마나 행복한지 마음으로 느껴보라.

2015 특별 초대 시인 시화집 - 김미경 시인

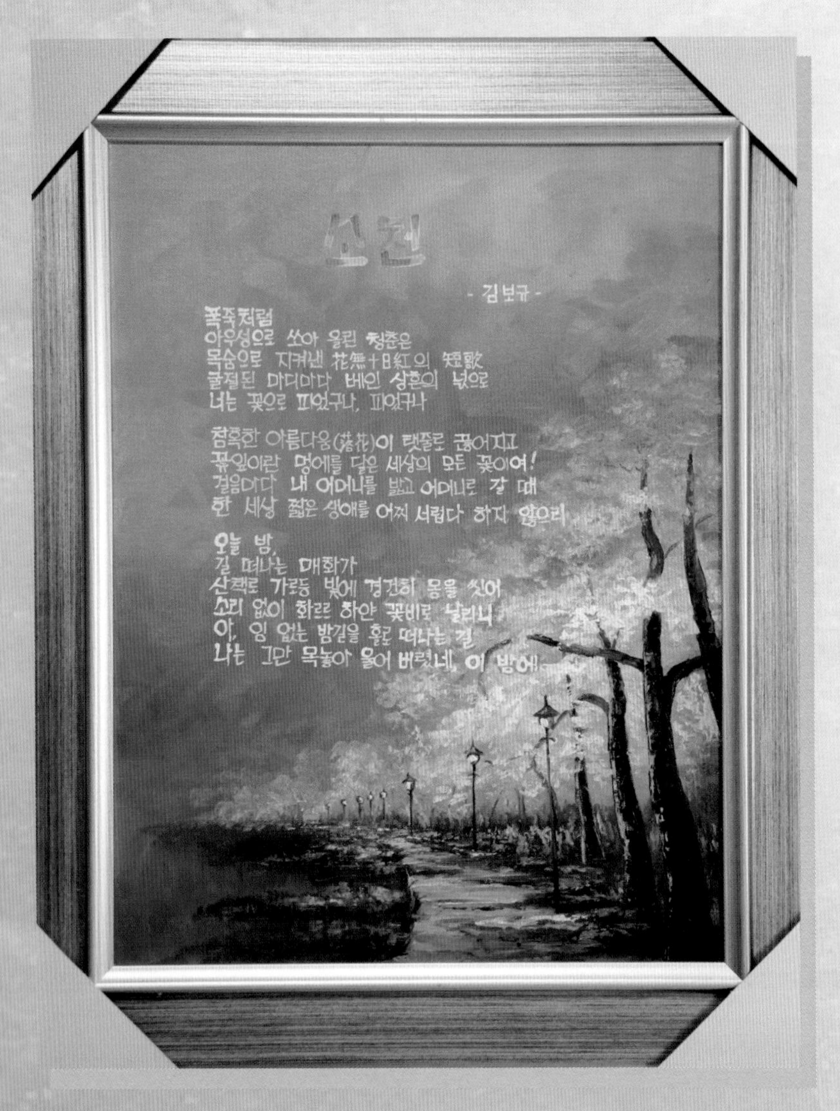

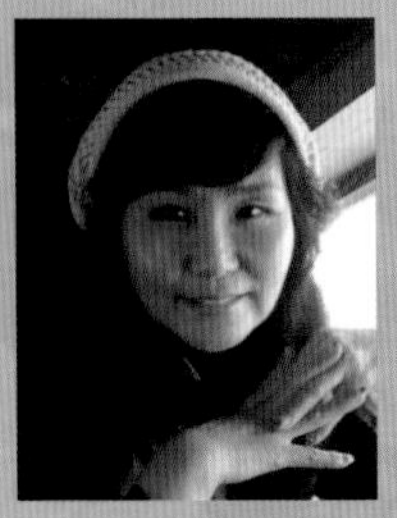

김보규 시인

경기 의정부시 거주
대한문학세계 시 부문 등단
사) 창작문학예술인협의회 정회원

28

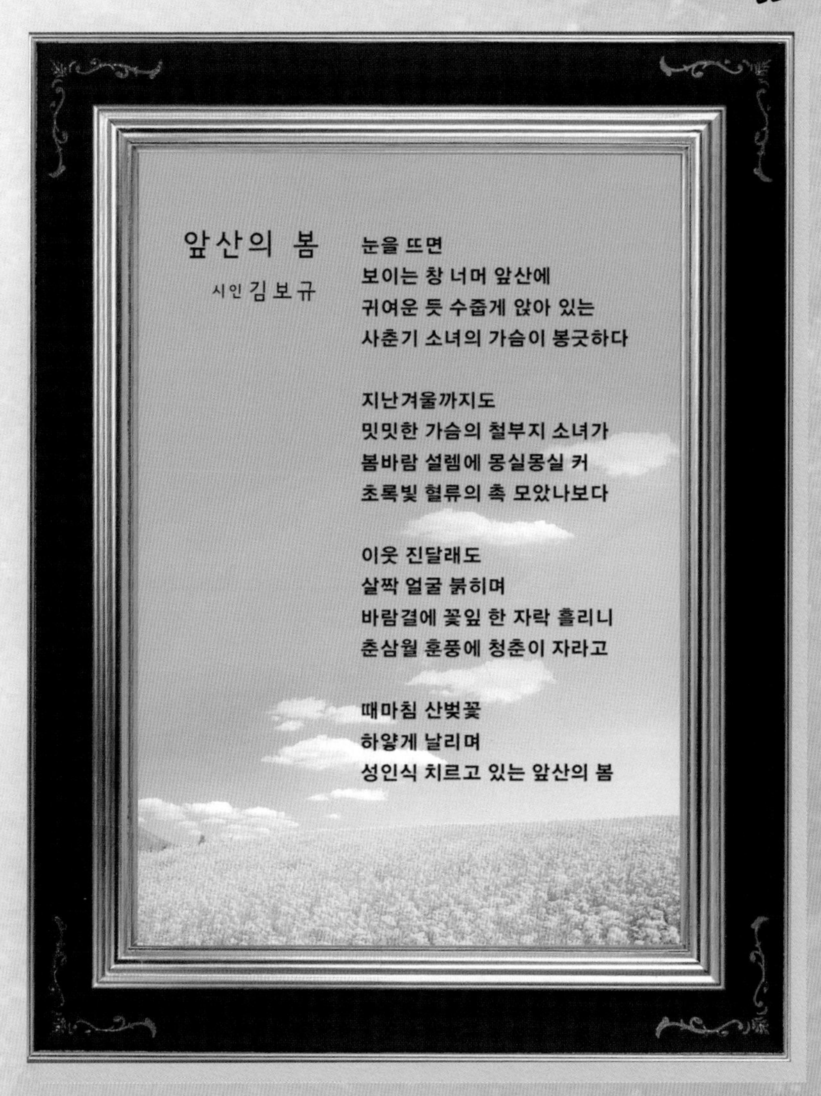

앞산의 봄

시인 김보규

눈을 뜨면
보이는 창 너머 앞산에
귀여운 듯 수줍게 앉아 있는
사춘기 소녀의 가슴이 봉긋하다

지난겨울까지도
밋밋한 가슴의 철부지 소녀가
봄바람 설렘에 몽실몽실 커
초록빛 혈류의 촉 모았나보다

이웃 진달래도
살짝 얼굴 붉히며
바람결에 꽃잎 한 자락 흘리니
춘삼월 훈풍에 청춘이 자라고

때마침 산벚꽃
하얗게 날리며
성인식 치르고 있는 앞산의 봄

2015 특별 초대 시인 시화집 - 김보규 시인

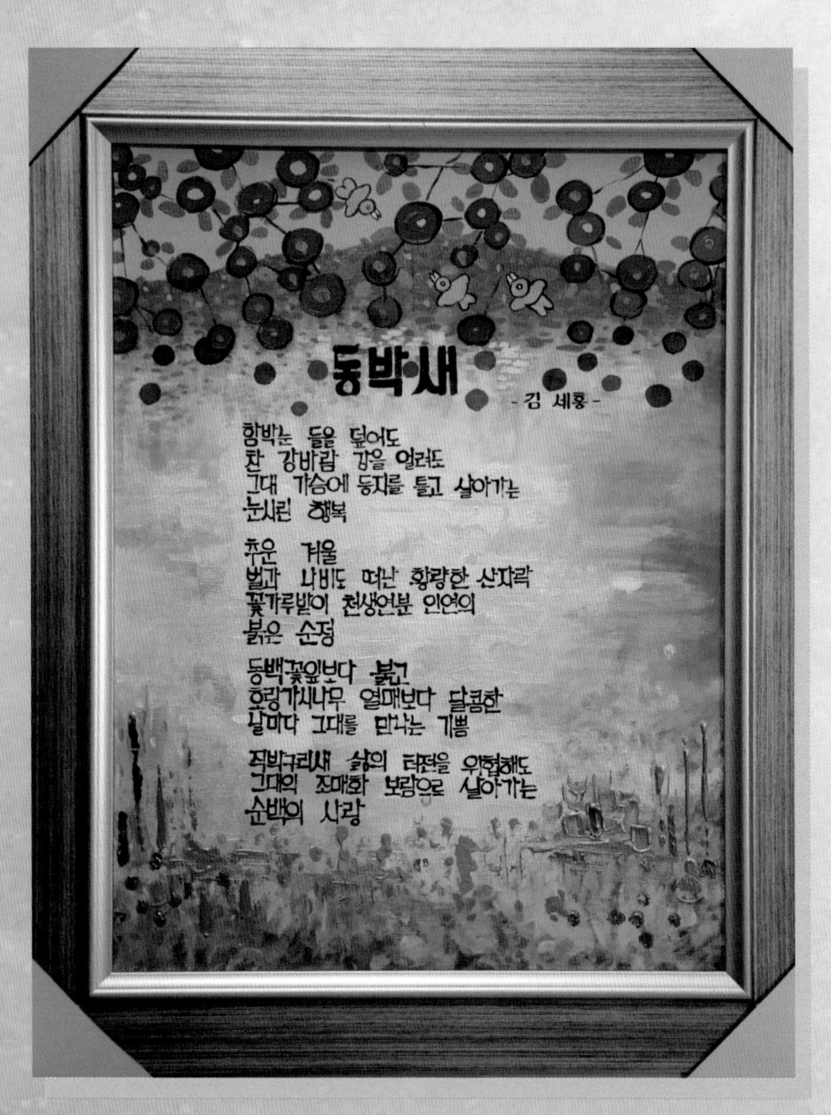

동박새
- 김 세홍 -

함박눈 들을 덮어도
찬 강바람 강을 얼려도
그대 가슴에 둥지를 틀고 살아가는
눈시린 행복

추운 겨울
벌과 나비도 떠난 황량한 산자락
꽃가루받이 천생연분 인연의
붉은 순정

동백꽃잎보다 붉고
향기나무 열매보다 달콤한
날마다 그대를 만나는 기쁨

직박구리새 삶의 터전을 위협해도
그대의 조매한 보람으로 살아가는
순백의 사랑

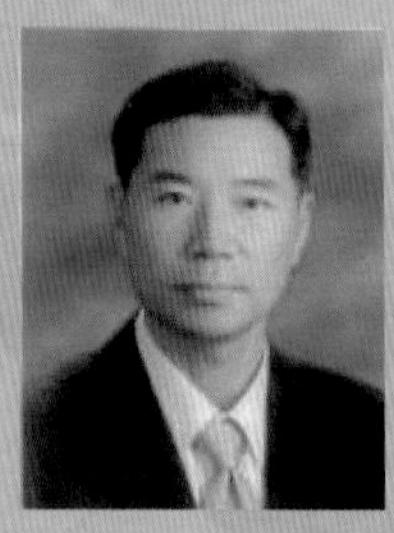

김세홍 시인

경기도 수원시 거주
대한문학세계 시 부문 등단
사) 창작문학예술인협의회 정회원

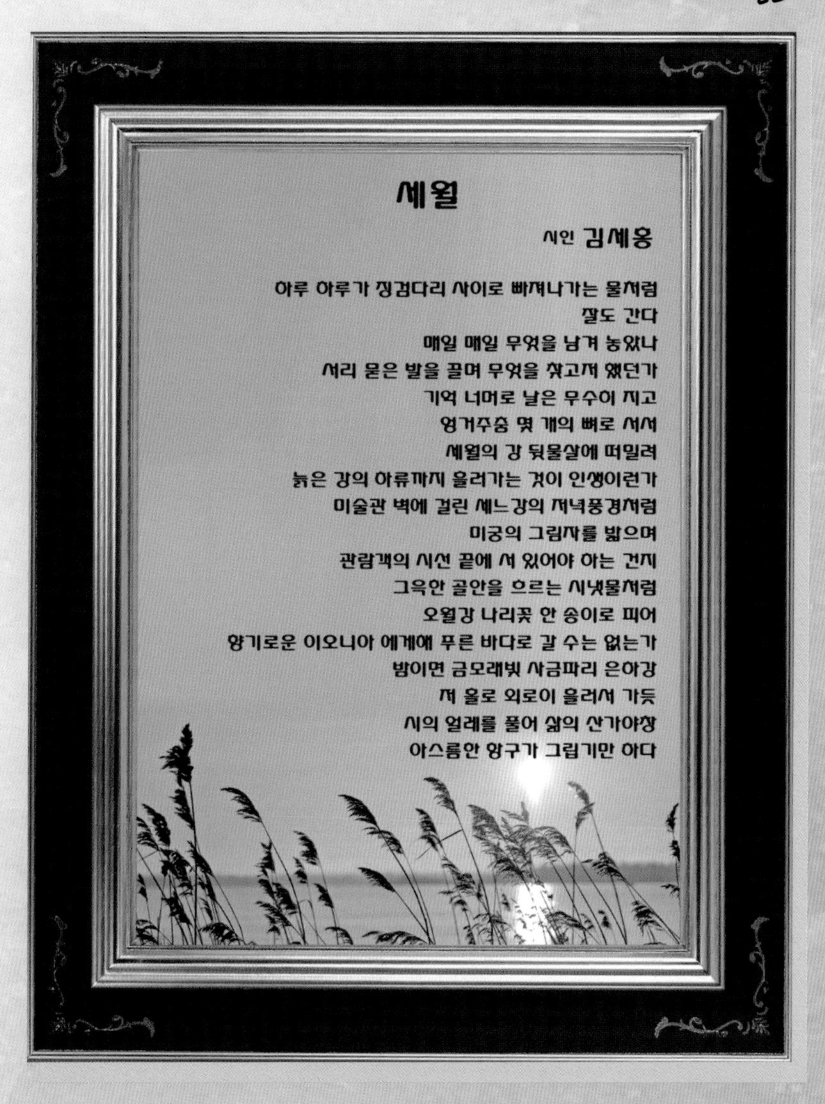

세월

시인 김세홍

아루 아루가 징검다리 사이로 빠져나가는 물처럼
잘도 간다
매일 매일 무엇을 남겨 놓았나
서리 묻은 밭을 끌며 무엇을 찾고져 했던가
기억 너머로 날은 무수이 지고
엉거주춤 몇 개의 뼈로 서서
세월의 강 뒷물살에 떠밀려
늙은 강의 아류까지 올러가는 것이 인생이런가
미술관 벽에 걸린 세느강의 저녁풍경처럼
미궁의 그림자를 밟으며
관람객의 시선 끝에 서 있어야 하는 건지
그윽한 골안을 흐르는 시냇물처럼
오월강 나리꽃 안 송이로 피어
향기로운 이오니아 에게에 푸른 바다로 갈 수는 없는가
밤이면 금모래빛 사금파리 은아강
서 올로 외로이 올러서 가듯
시의 얼레를 풀어 삶의 산가야창
아스름안 향구가 그림기만 아다

2015 특별 초대 시인 시화집 - 김세홍 시인

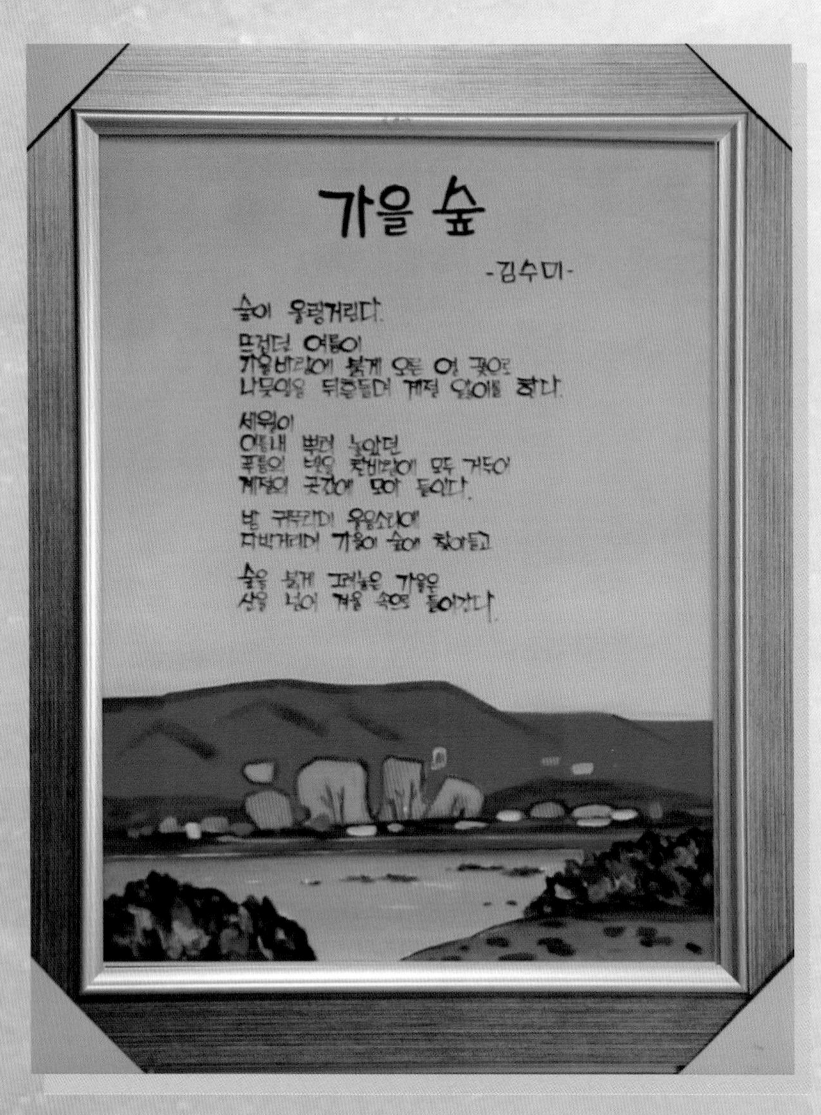

가을 숲

-김수미-

숲이 울렁거린다.

뭉텅뭉텅 어둠이
가을바람에 붉게 오른 잎 곳으로
나뭇잎을 뒤흔들며 계절 잎에 찼다.

세월이
여태내 벌려 늘었던
풀들이 넓은 한바퀴에 모두 거두어
계절의 굴곡에 묻어 들었다.

밤 구르르기 웅음소리에
다바거리니 가을이 숲에 찾아들고

숲을 붉게 과녁놓은 가을은
설을 넘어 겨울 속으로 들어간다.

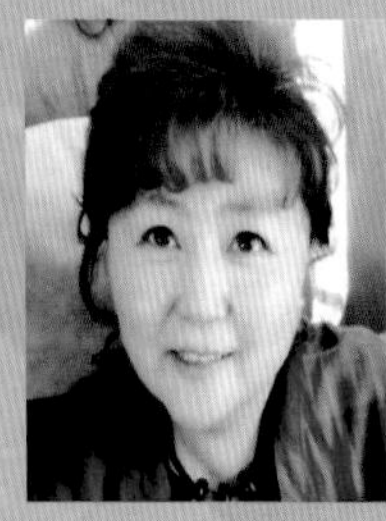

김수미 시인

서울 성북구 거주
대한문학세계 시 부문 등단
사) 창작문학예술인협의회 감사

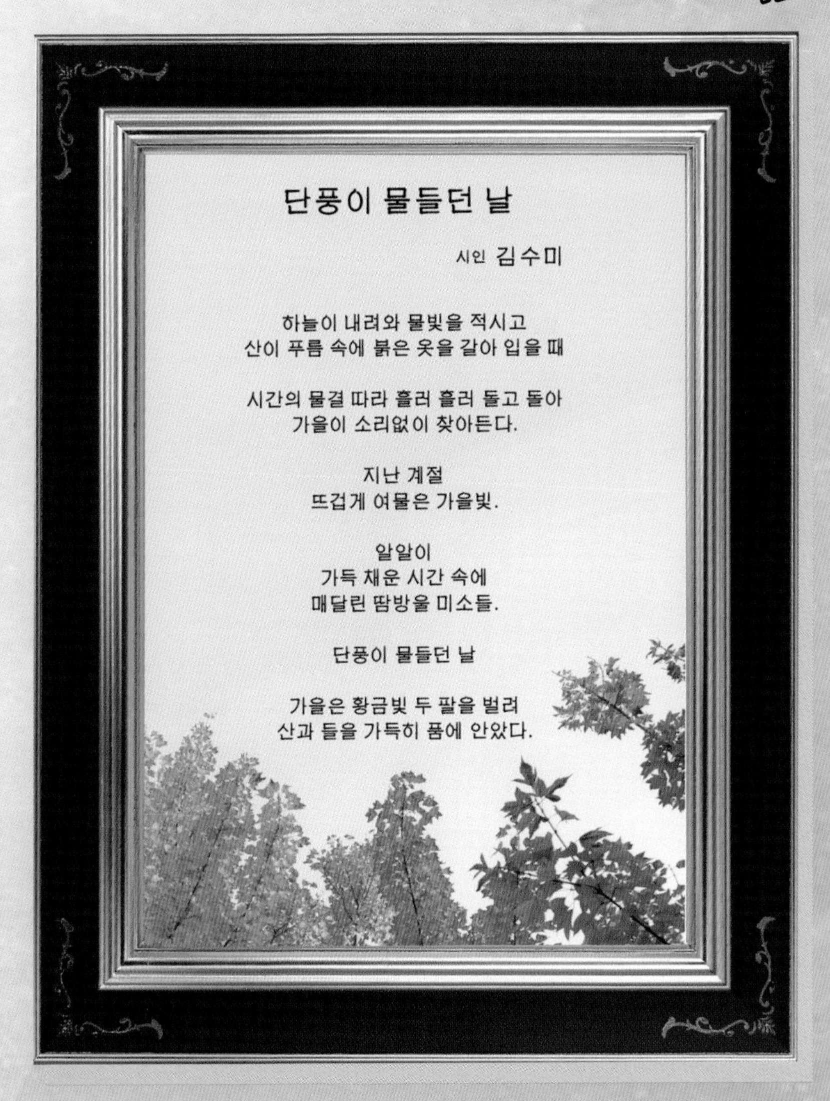

단풍이 물들던 날

시인 김수미

하늘이 내려와 물빛을 적시고
산이 푸름 속에 붉은 옷을 갈아 입을 때

시간의 물결 따라 흘러 흘러 돌고 돌아
가을이 소리없이 찾아든다.

지난 계절
뜨겁게 여문 가을빛.

알알이
가득 채운 시간 속에
매달린 땀방울 미소들.

단풍이 물들던 날

가을은 황금빛 두 팔을 벌려
산과 들을 가득히 품에 안았다.

2015 특별 초대 시인 시화집 - 김수미 시인

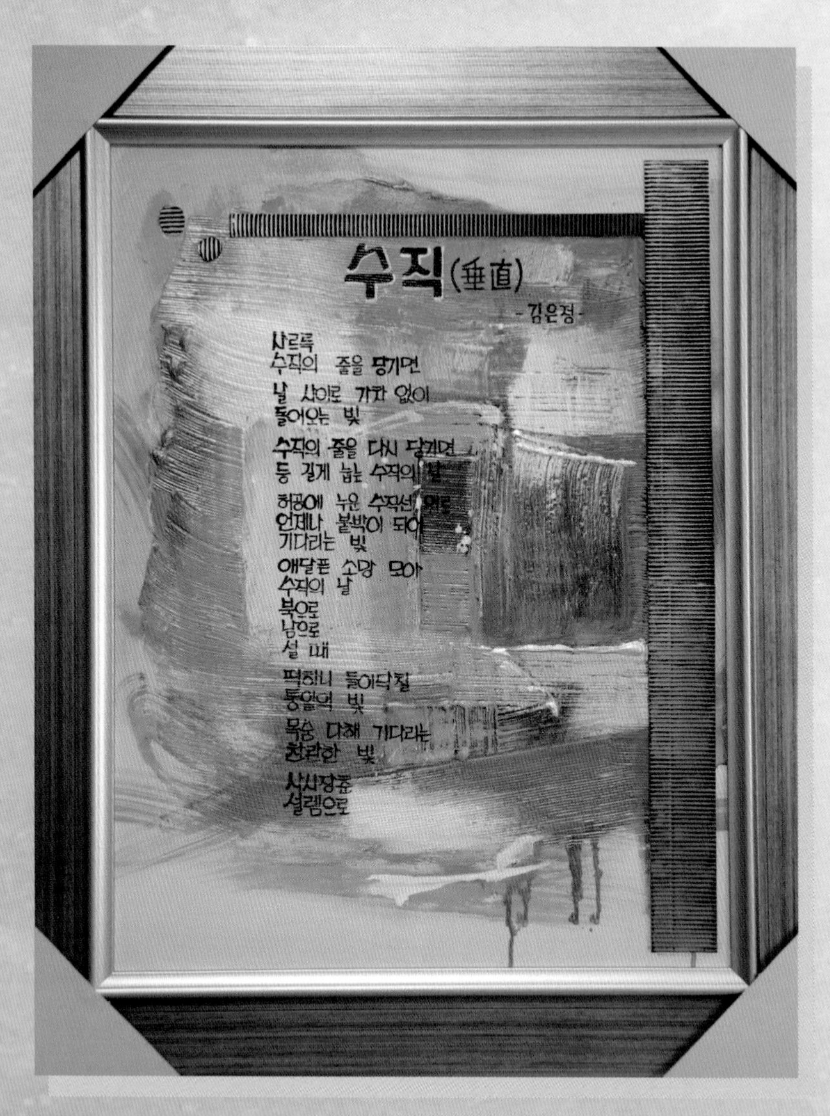

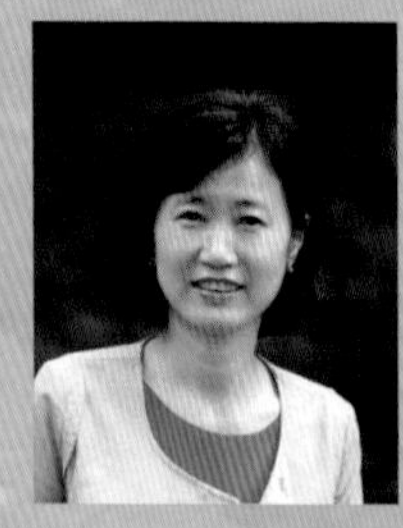

김은정 시인

서울 중랑구 거주
대한문학세계 시 부문 등단
사) 창작문학예술인협의회 정회원

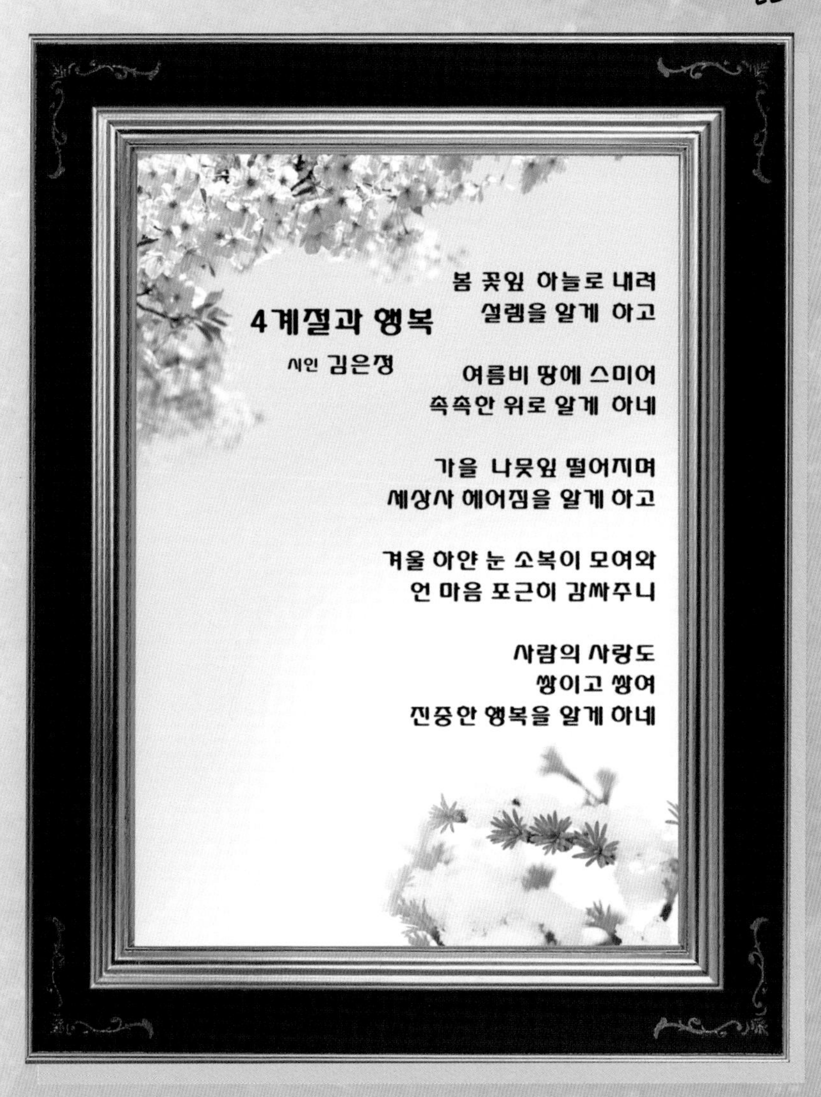

4계절과 행복

시인 김은정

봄 꽃잎 하늘로 내려
설렘을 알게 하고

여름비 땅에 스미어
촉촉한 위로 알게 하네

가을 나뭇잎 떨어지며
세상사 헤어짐을 알게 하고

겨울 하얀 눈 소복이 모여와
언 마음 포근히 감싸주니

사람의 사랑도
쌓이고 쌓여
진중한 행복을 알게 하네

2015 특별 초대 시인 시화집 - 김은정 시인

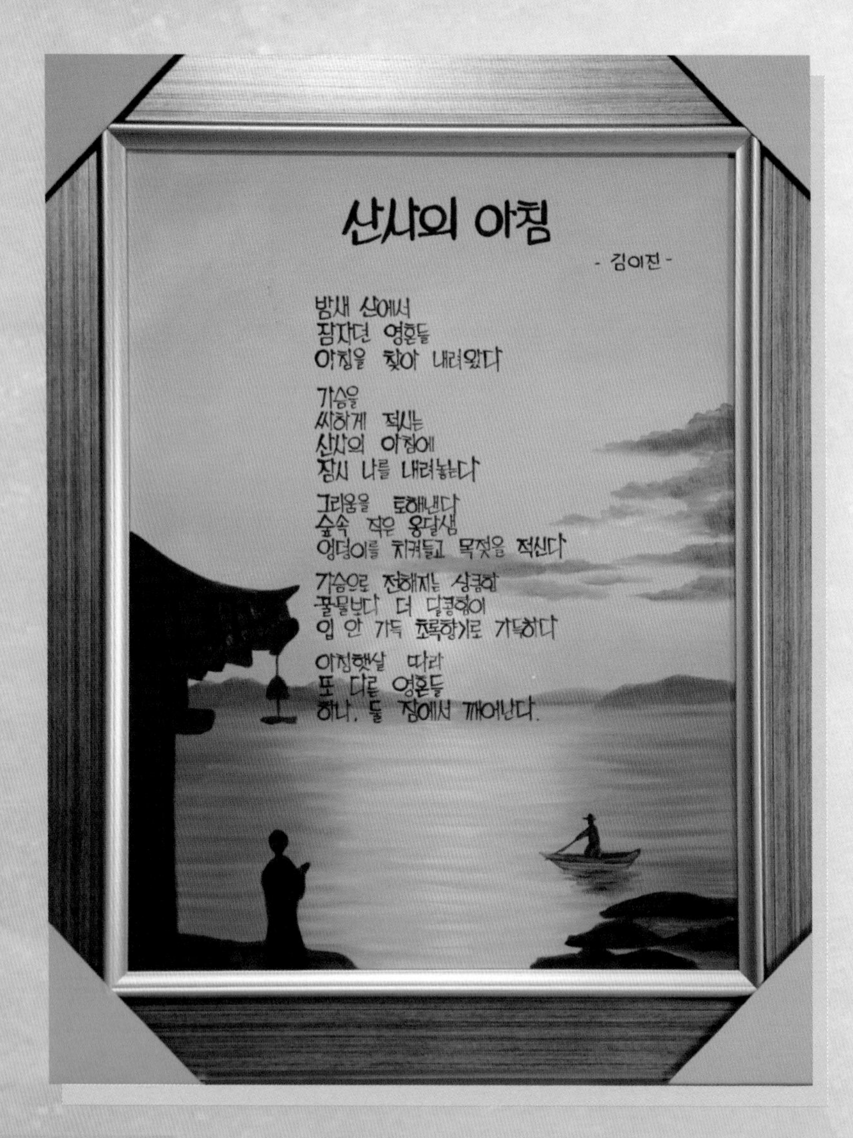

산사의 아침

- 김이진 -

밤새 산에서
잠자던 영혼들
아침을 찾아 내려왔다

가슴을
씨하게 적시는
산사의 아침에
잠시 나를 내려놓는다

그리움을 토해낸다
숲속 작은 옹달샘
잉덕이를 치켜들고 목젖을 적신다

가슴으로 전해지는 싱그러움
꿀물보다 더 달콤하여
입 안 가득 초록향기로 가득하다

아침햇살 따라
또 다른 영혼들
하나, 둘 잠에서 깨어난다.

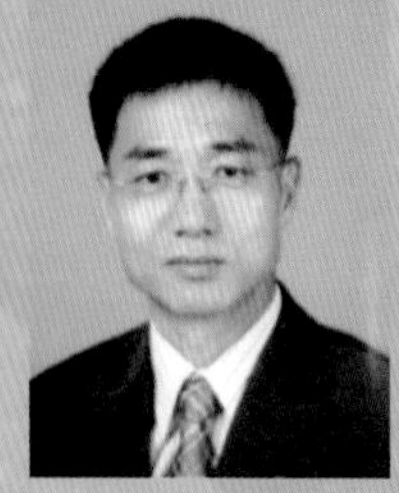

김이진 시인

강원 영월군 거주
대한문학세계 시 부문 등단
사) 창작문학예술인협의회 정회원

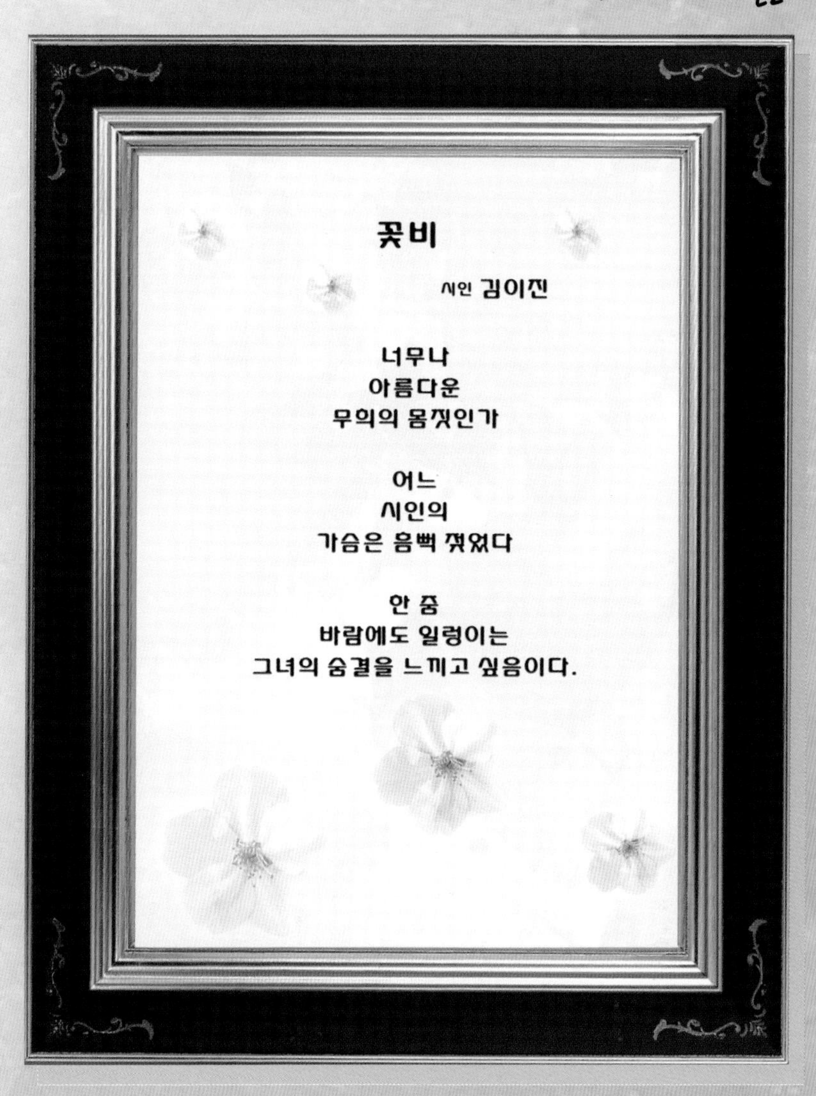

꽃비

시인 김이진

너무나
아름다운
무의의 몸짓인가

어느
시인의
가슴은 흠뻑 젖었다

한 줌
바람에도 일렁이는
그녀의 숨결을 느끼고 싶음이다.

2015 특별 초대 시인 시화집 - 김이진 시인

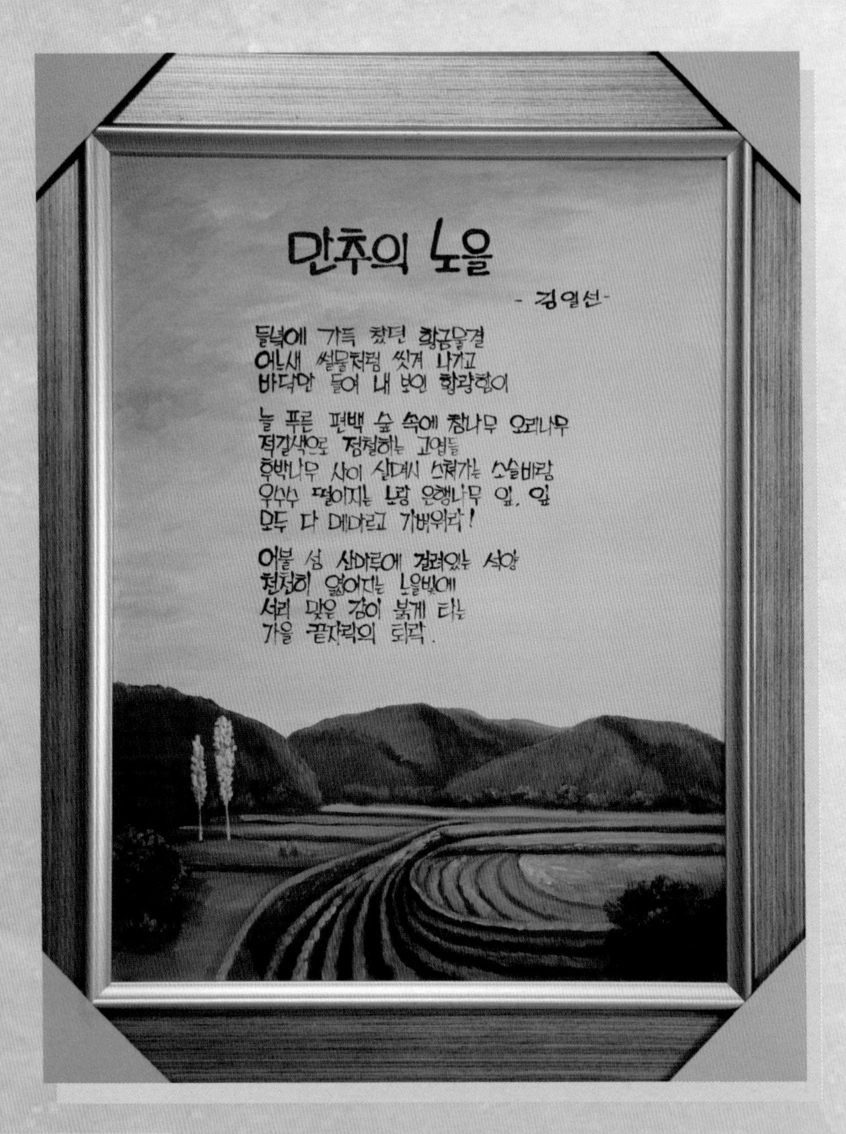

만추의 노을

- 김일선 -

들녘에 가득 했던 황금물결
어느새 썰물처럼 씻겨 나가고
바다만 들어 내 밑이 황량하여

늘 푸른 편백 숲 속에 참나무 오리나무
적갈색으로 정렬하는 고엽들
흑백나무 사이 실바람 스쳐가는 소슬바람
우수수 떨어지는 노랑 은행나무 잎, 잎
모두 다 데려가고 기쁨이라!

어블 섬 산마루에 걸려있는 석양
천천히 엷어가는 노을빛에
서리 맞은 감이 붉게 타는
가을 끝자락의 되락.

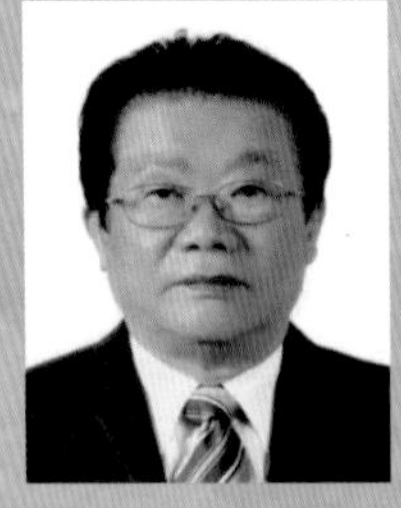

김일선 시인

광주광역시 북구 거주
대한문학세계 시 부문 등단
사) 창작문학예술인협의회 정회원

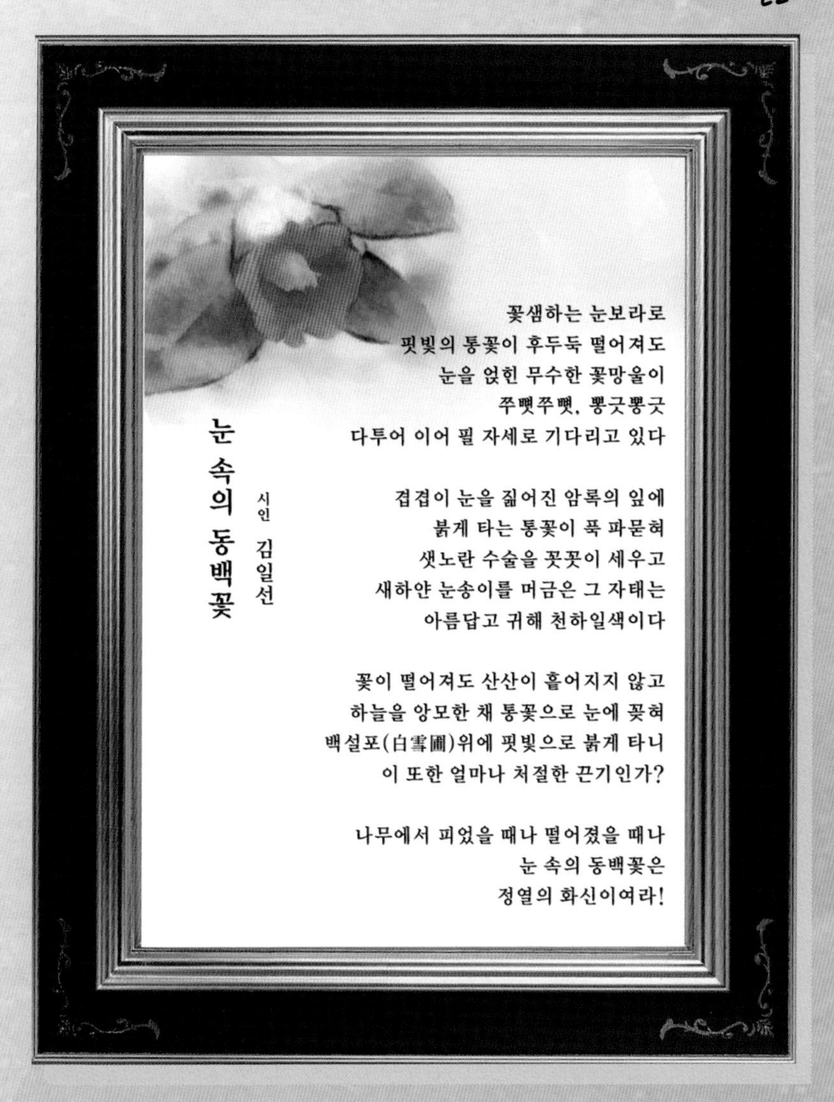

눈 속의 동백꽃

시인 김일선

꽃샘하는 눈보라로
핏빛의 통꽃이 후두둑 떨어져도
눈을 얹힌 무수한 꽃망울이
쭈뼛쭈뼛, 뽕긋뽕긋
다투어 이어 필 자세로 기다리고 있다

겹겹이 눈을 짊어진 암록의 잎에
붉게 타는 통꽃이 푹 파묻혀
샛노란 수술을 꼿꼿이 세우고
새하얀 눈송이를 머금은 그 자태는
아름답고 귀해 천하일색이다

꽃이 떨어져도 산산이 흩어지지 않고
하늘을 앙모한 채 통꽃으로 눈에 꽂혀
백설포(白雪圃)위에 핏빛으로 붉게 타니
이 또한 얼마나 처절한 끈기인가?

나무에서 피었을 때나 떨어졌을 때나
눈 속의 동백꽃은
정열의 화신이여라!

2015 특별 초대 시인 시화집 - 김일선 시인

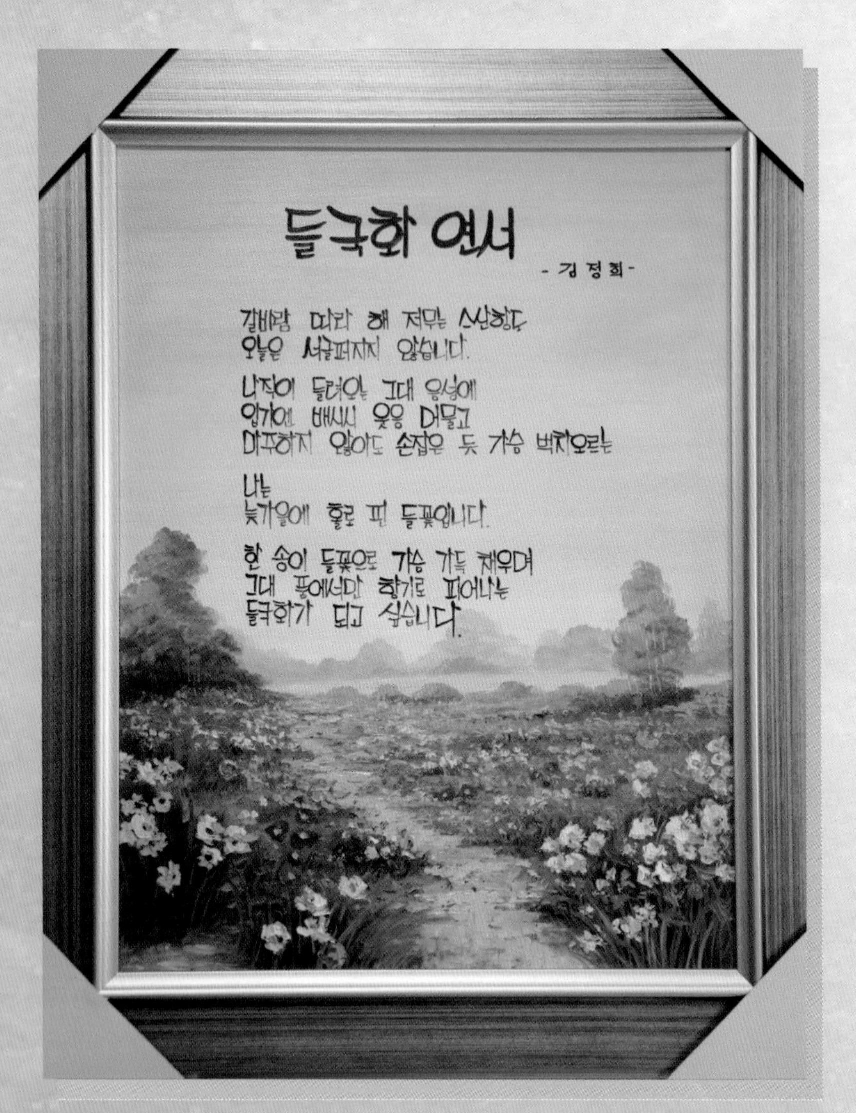

들국화 연서

- 김정희 -

갈바람 따라 해 저물 스산해도
오늘 서글퍼지지 않습니다.

나직이 들려온 그대 음성에
앙가슴 배씨시 웃음 머금고
마주하지 않아도 손잡은 듯 가슴 벅차오르는

나는
늦가을에 홀로 핀 들꽃입니다.

한 송이 들꽃으로 가슴 가득 채우며
그대 품에서만 향기로 피어나는
들국화가 되고 싶습니다.

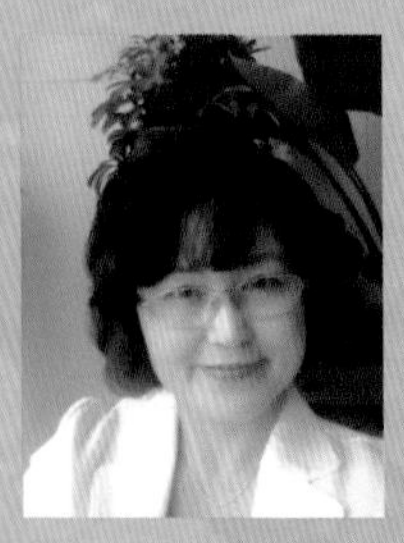

김정희 시인

인천광역시 서구 거주
대한문학세계 시 부문 등단
사) 창작문학예술인협의회 정회원
대한문인협회 상벌위원장

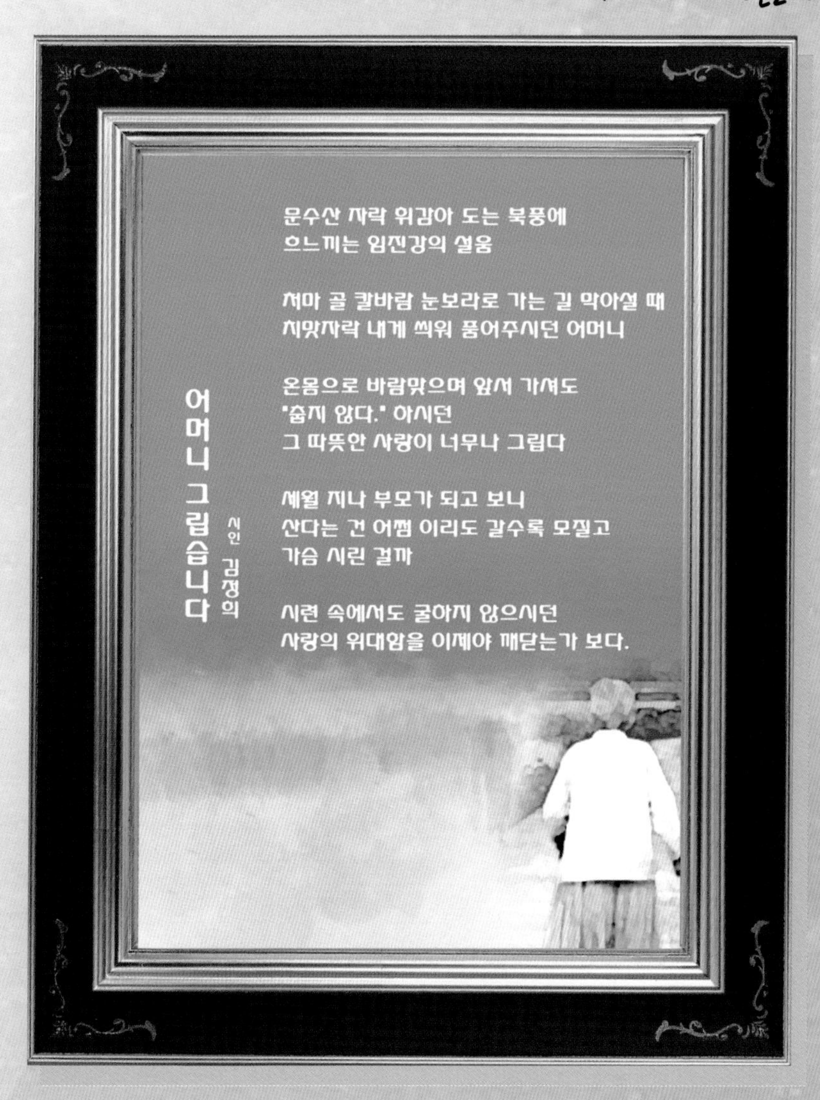

어머니 그립습니다

시인 김정희

문수산 자락 위감아 도는 북풍에
흐느끼는 임진강의 설움

처마 끝 칼바람 눈보라로 가는 길 막아설 때
치맛자락 내게 씌워 품어주시던 어머니

온몸으로 바람맞으며 앞서 가셔도
"춥지 않다." 하시던
그 따뜻한 사랑이 너무나 그립다

세월 지나 부모가 되고 보니
산다는 건 어쩜 이리도 갈수록 모질고
가슴 시린 걸까

시련 속에서도 굴하지 않으시던
사랑의 위대함을 이제야 깨닫는가 보다.

2015 특별 초대 시인 시화집 - 김정희 시인

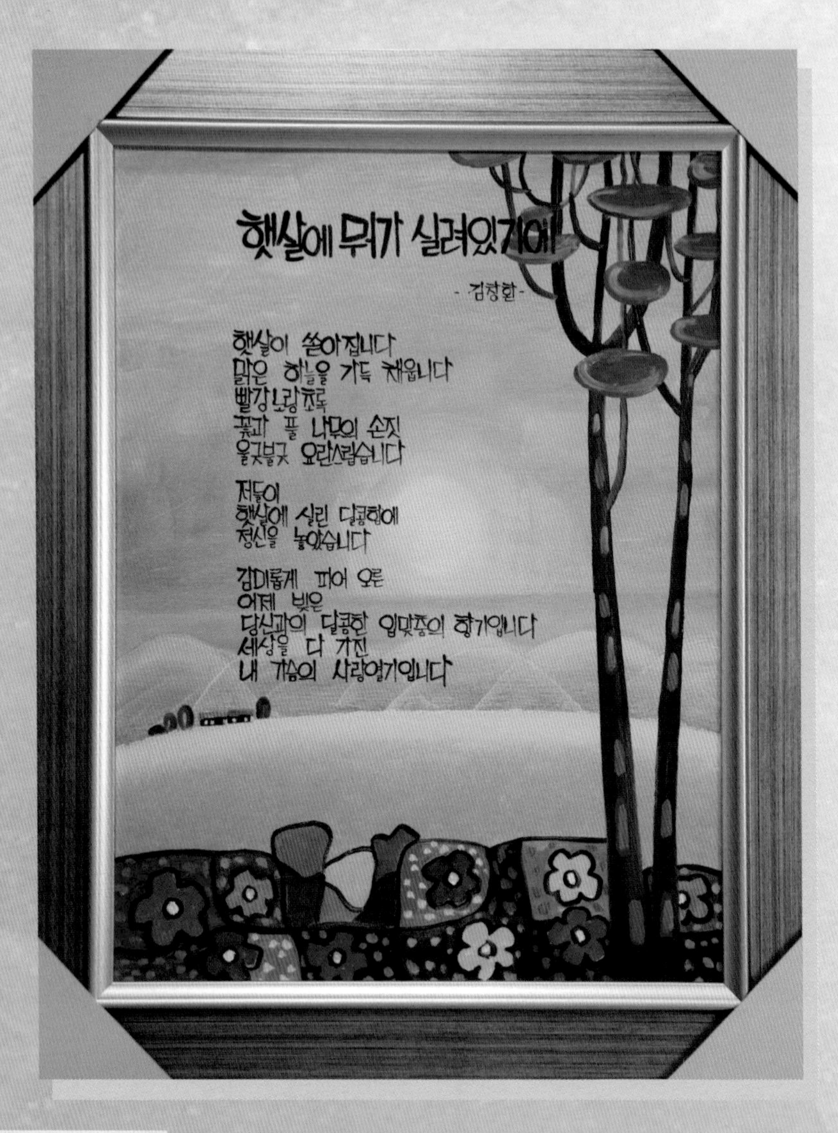

김창환 시인

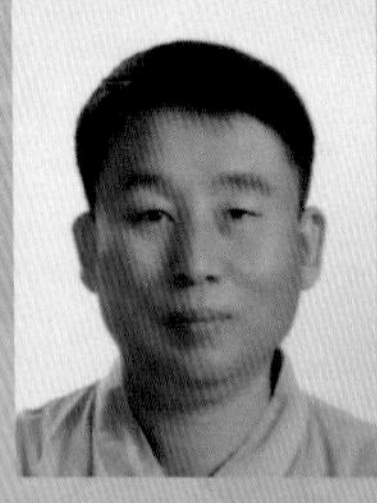

전남 순천시 거주
대한문학세계 시 부문 등단
사) 창작문학예술인협의회 정회원

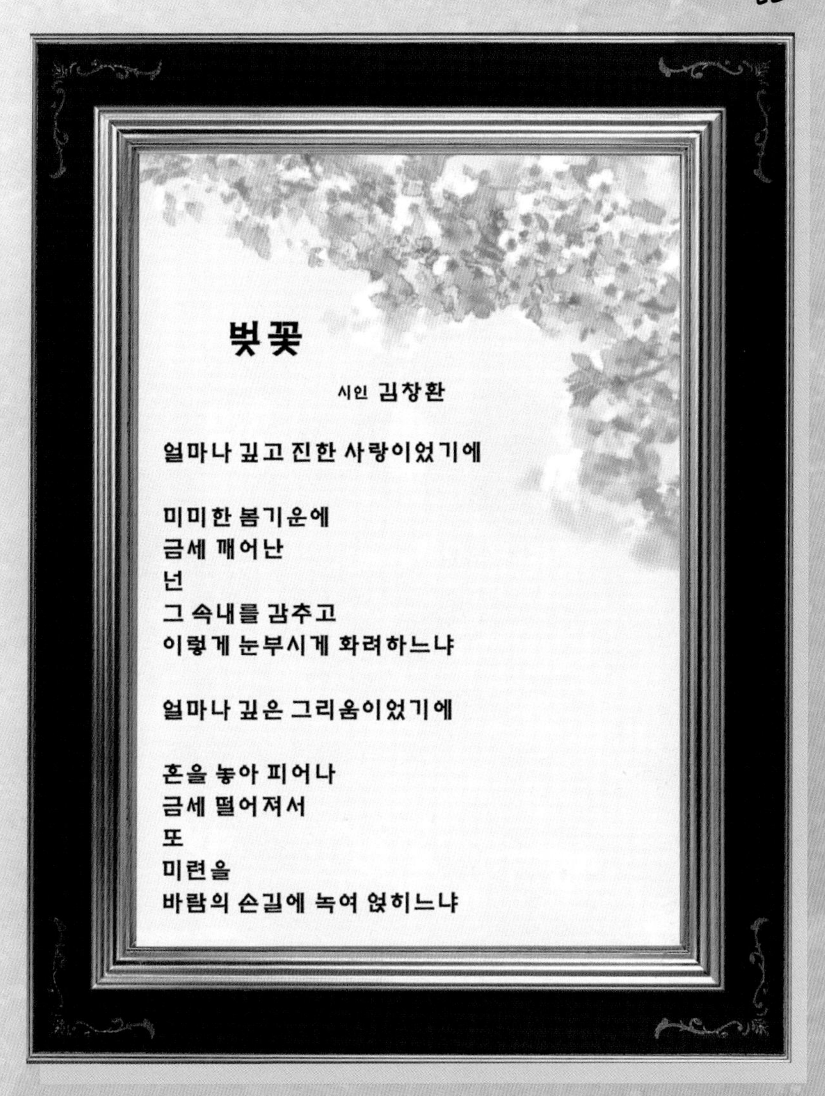

벚꽃

시인 김창환

얼마나 깊고 진한 사랑이었기에

미미한 봄기운에
금세 깨어난
넌
그 속내를 감추고
이렇게 눈부시게 화려하느냐

얼마나 깊은 그리움이었기에

혼을 놓아 피어나
금세 떨어져서
또
미련을
바람의 손길에 녹여 얹히느냐

2015 특별 초대 시인 시화집 - 김창환 시인

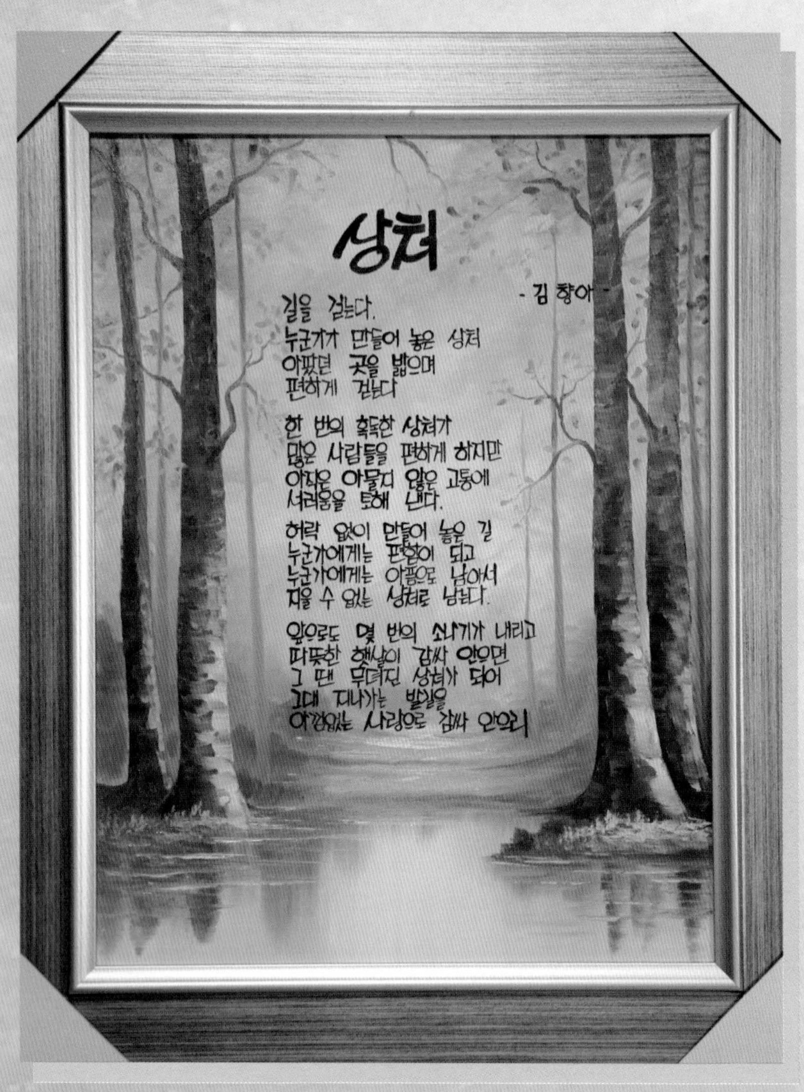

상처

- 김향아 -

길을 걷는다.
누군가가 만들어 놓은 상처
아팠던 곳을 밟으며
편하게 걷는다

한 번의 혹독한 상처가
많은 사람들을 편하게 하지만
아직도 아물지 않은 고통에
서러움을 토해 낸다.

허락 없이 만들어 놓은 길
누군가에게는 편함이 되고
누군가에게는 아픔으로 남아서
지울 수 없는 상처로 남는다.

앞으로도 몇 번의 소나기가 내리고
따뜻한 햇살이 감싸 안으면
그 땐 무뎌진 상처가 되어
그대 지나가는 발걸음
아낌없는 사랑으로 감싸 안으리

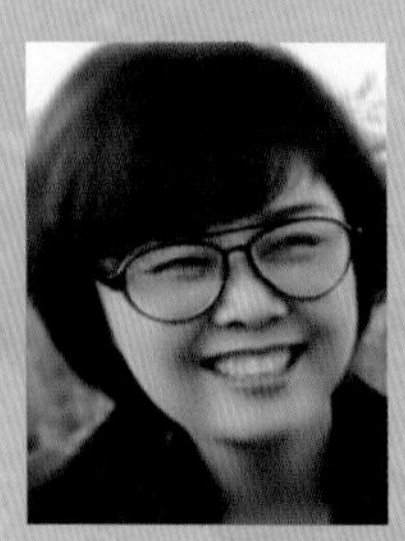

김향아 시인

서울 강서구 거주
대한문학세계 시 부문 등단
사) 창작문학예술인협의회 정회원

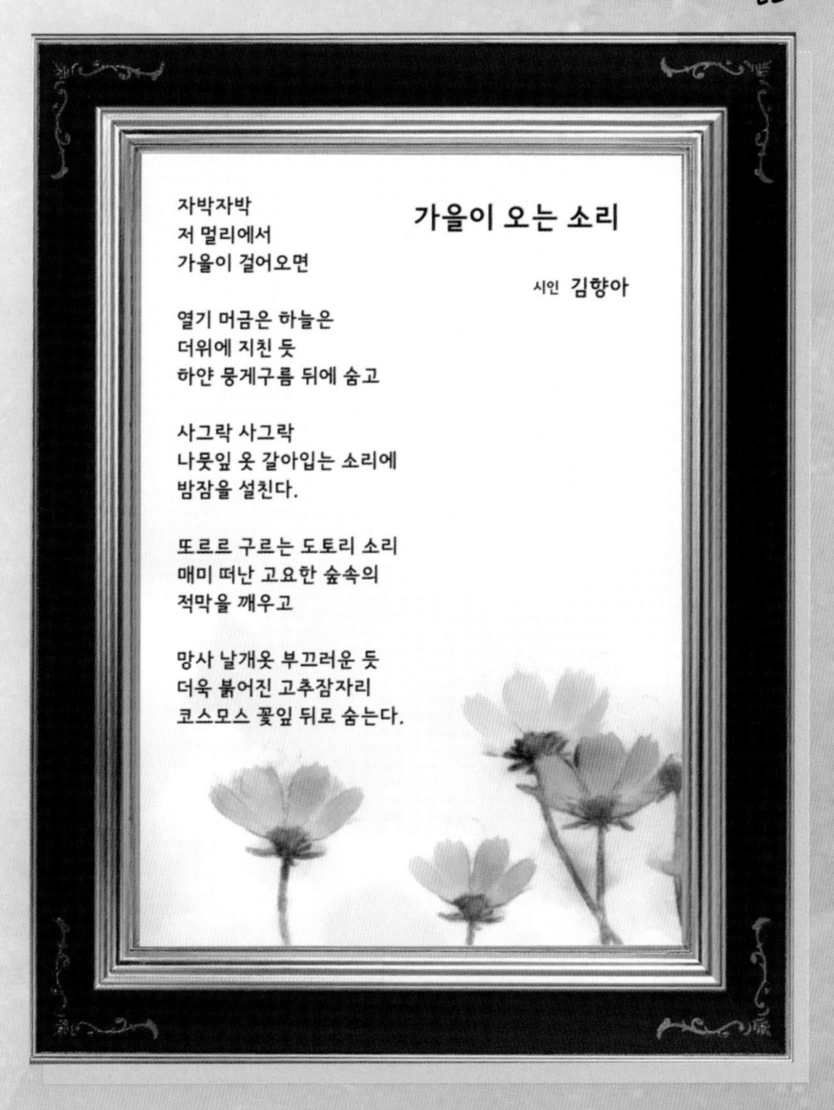

가을이 오는 소리

시인 **김향아**

자박자박
저 멀리에서
가을이 걸어오면

열기 머금은 하늘은
더위에 지친 듯
하얀 뭉게구름 뒤에 숨고

사그락 사그락
나뭇잎 옷 갈아입는 소리에
밤잠을 설친다.

또르르 구르는 도토리 소리
매미 떠난 고요한 숲속의
적막을 깨우고

망사 날개옷 부끄러운 듯
더욱 붉어진 고추잠자리
코스모스 꽃잎 뒤로 숨는다.

2015 특별 초대 시인 시화집 - 김향아 시인

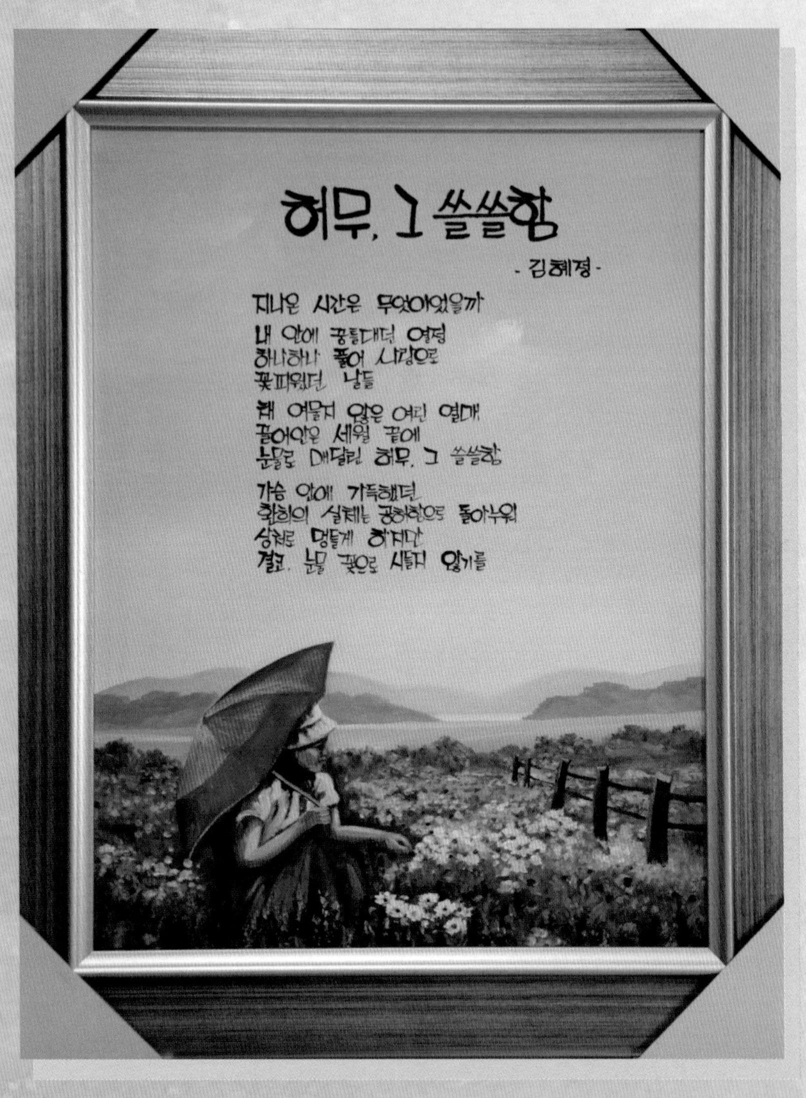

허무, 그 쓸쓸함

- 김혜정 -

지나온 시간은 무엇이었을까
내 안에 꿈틀대던 여덟
하나하나 풀어 시장으로
꽃피웠던 날들

꽤 여물지 않은 여린 열매
끌어안은 세월 끝에
눈물로 매달린 허무, 그 쓸쓸함

가슴 안에 가득했던
확희의 실체는 공허함으로 돌아누워
심장도 멍들게 하지만
결코, 눈물 꽃으로 시들지 않기를

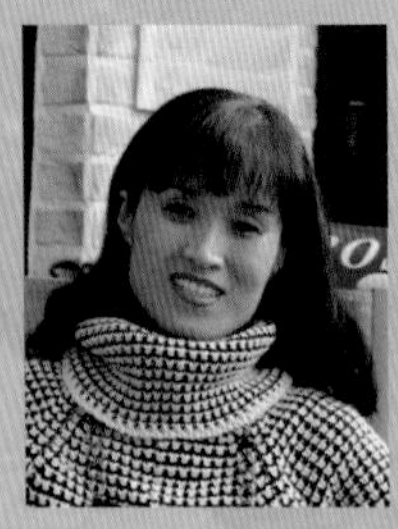

김혜정 시인

서울시 성동구 거주
대한문학세계 시 부문 등단
사) 창작문학예술인협의회 기획국장

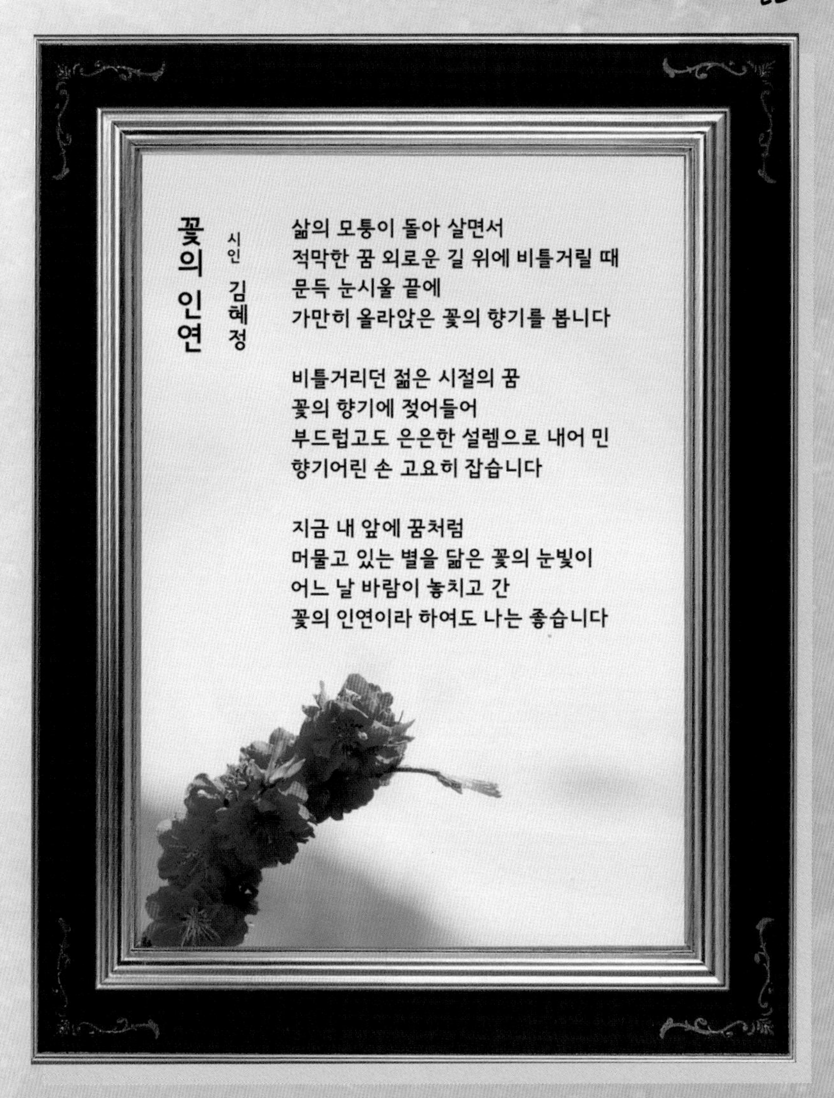

꽃의 인연

시인 김혜정

삶의 모퉁이 돌아 살면서
적막한 꿈 외로운 길 위에 비틀거릴 때
문득 눈시울 끝에
가만히 올라앉은 꽃의 향기를 봅니다

비틀거리던 젊은 시절의 꿈
꽃의 향기에 젖어들어
부드럽고도 은은한 설렘으로 내어 민
향기어린 손 고요히 잡습니다

지금 내 앞에 꿈처럼
머물고 있는 별을 닮은 꽃의 눈빛이
어느 날 바람이 놓치고 간
꽃의 인연이라 하여도 나는 좋습니다

2015 특별 초대 시인 시화집 - 김혜정 시인

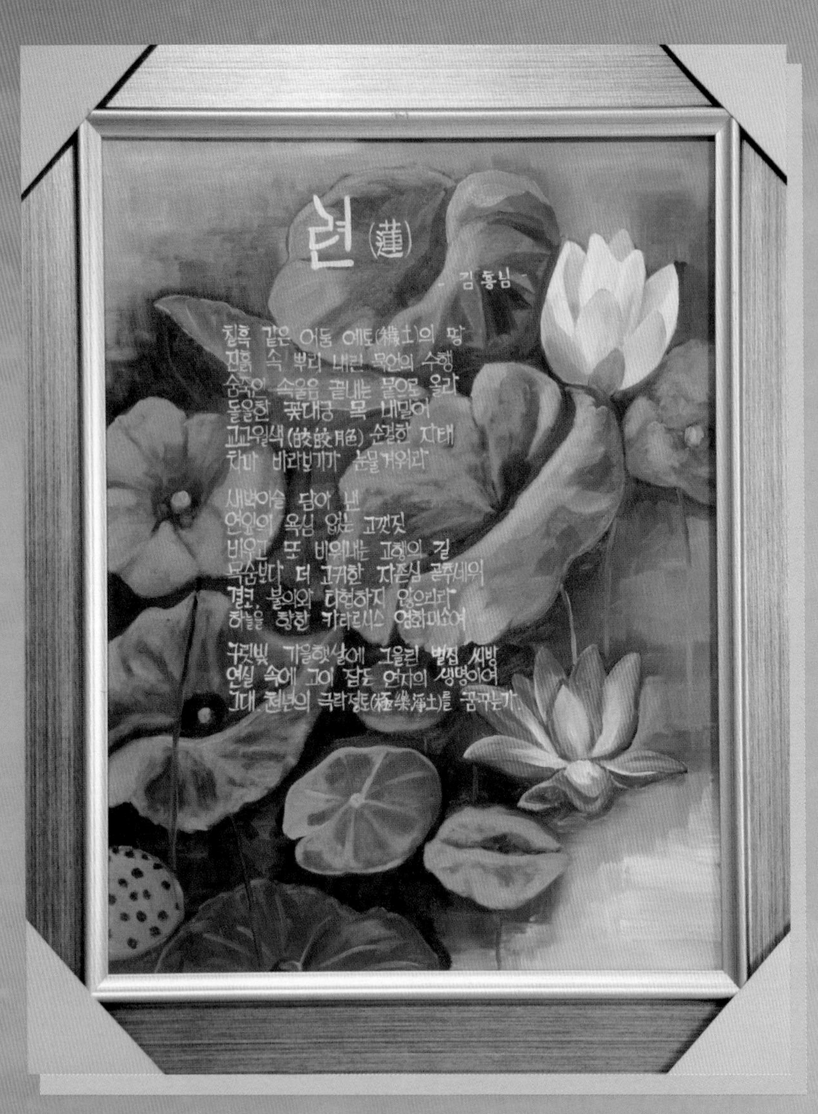

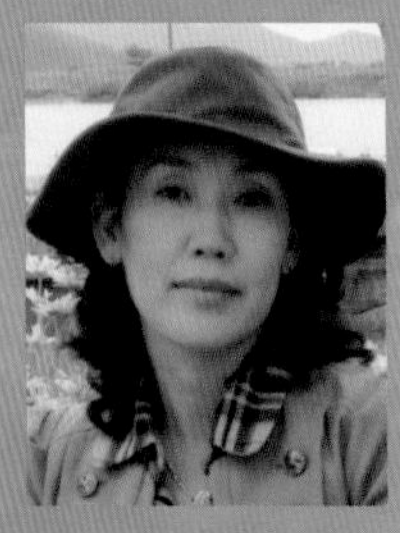

김흥님 **시인**

경남 진해시 거주
대한문학세계 시 부문 등단
사) 창작문학예술인협의회 정회원

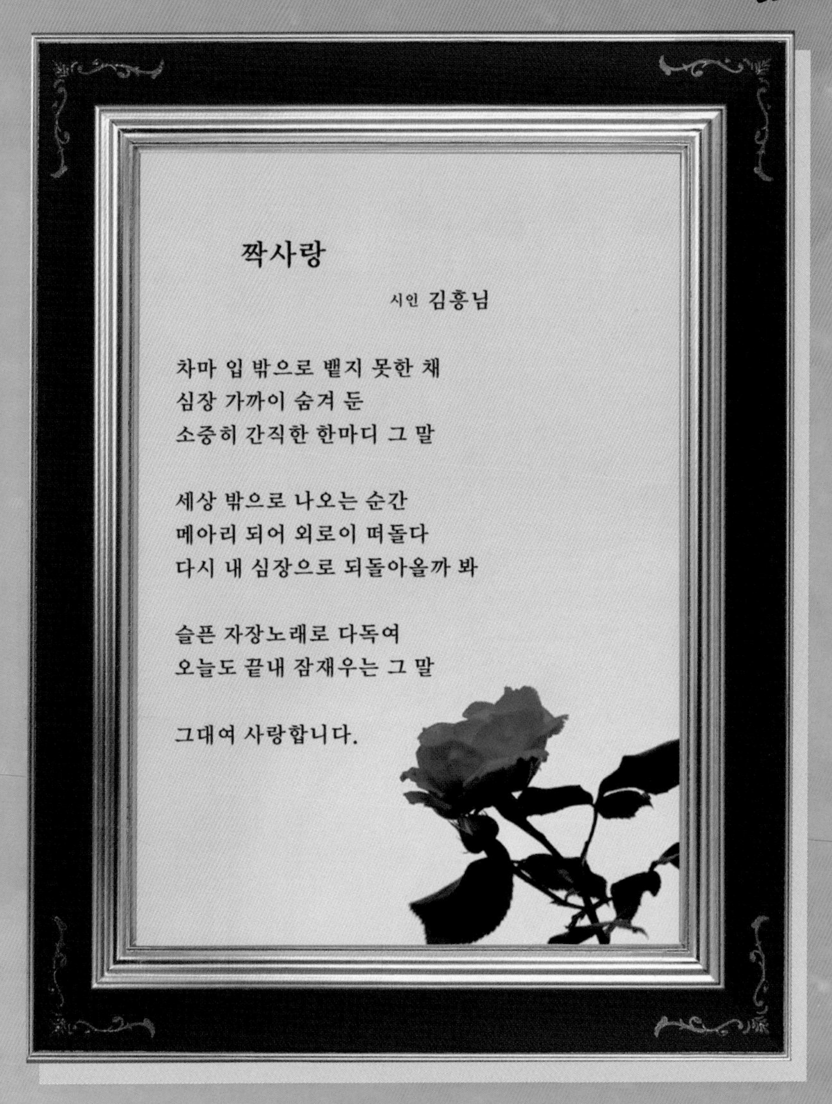

짝사랑

시인 김흥님

차마 입 밖으로 뱉지 못한 채
심장 가까이 숨겨 둔
소중히 간직한 한마디 그 말

세상 밖으로 나오는 순간
메아리 되어 외로이 떠돌다
다시 내 심장으로 되돌아올까 봐

슬픈 자장노래로 다독여
오늘도 끝내 잠재우는 그 말

그대여 사랑합니다.

2015 특별 초대 시인 시화집 - 김흥님 시인

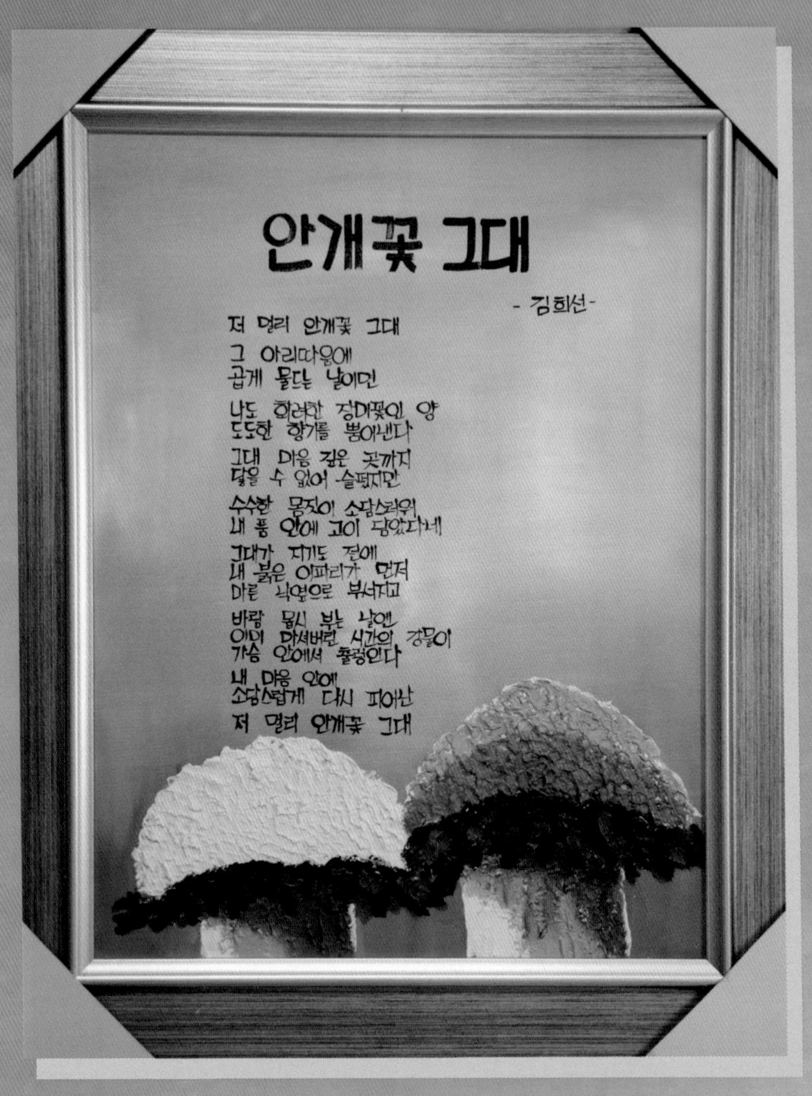

안개꽃 그대

- 김희선 -

저 멀리 안개꽃 그대

그 아리따움에
곱게 물드는 날이면

나도 화려한 장미꽃인 양
도도한 향기를 뿜어낸다

그대 마음 깊은 곳까지
닿을 수 없어 슬프지만

수수한 몸짓이 소담스러워
내 품 안에 고이 담았다네

그대가 지기도 전에
내 붉은 이파리가 먼저
마른 낙엽으로 부서지고

바람 몹시 부는 날엔
이미 가버린 시간의 경들이
가슴 안에서 출렁인다

내 마음 안에
소담스럽게 다시 피어난
저 멀리 안개꽃 그대

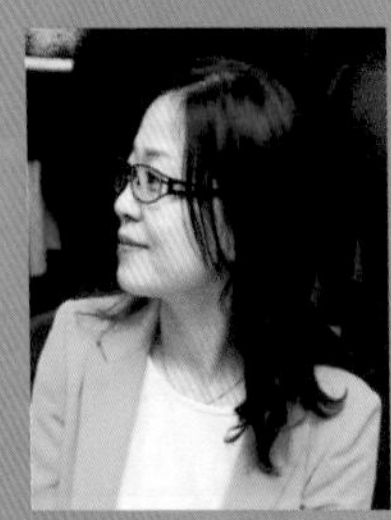

김희선 시인

부산시 해운대구 거주
대한문학세계 시 부문 등단
사) 창작문학예술인협의회 정회원

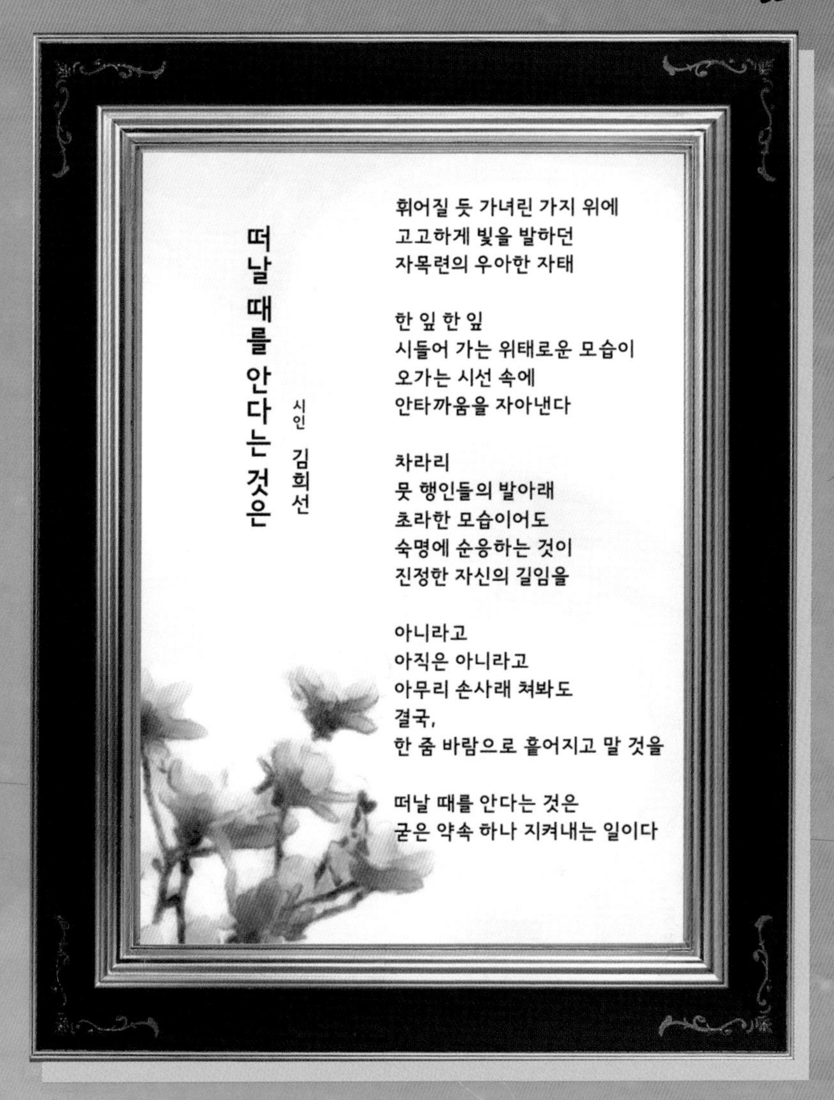

떠날 때를 안다는 것은

시인 김희선

휘어질 듯 가녀린 가지 위에
고고하게 빛을 발하던
자목련의 우아한 자태

한 잎 한 잎
시들어 가는 위태로운 모습이
오가는 시선 속에
안타까움을 자아낸다

차라리
뭇 행인들의 발아래
초라한 모습이어도
숙명에 순응하는 것이
진정한 자신의 길임을

아니라고
아직은 아니라고
아무리 손사래 쳐봐도
결국,
한 줌 바람으로 흩어지고 말 것을

떠날 때를 안다는 것은
굳은 약속 하나 지켜내는 일이다

2015 특별 초대 시인 시화집 - 김희선 시인

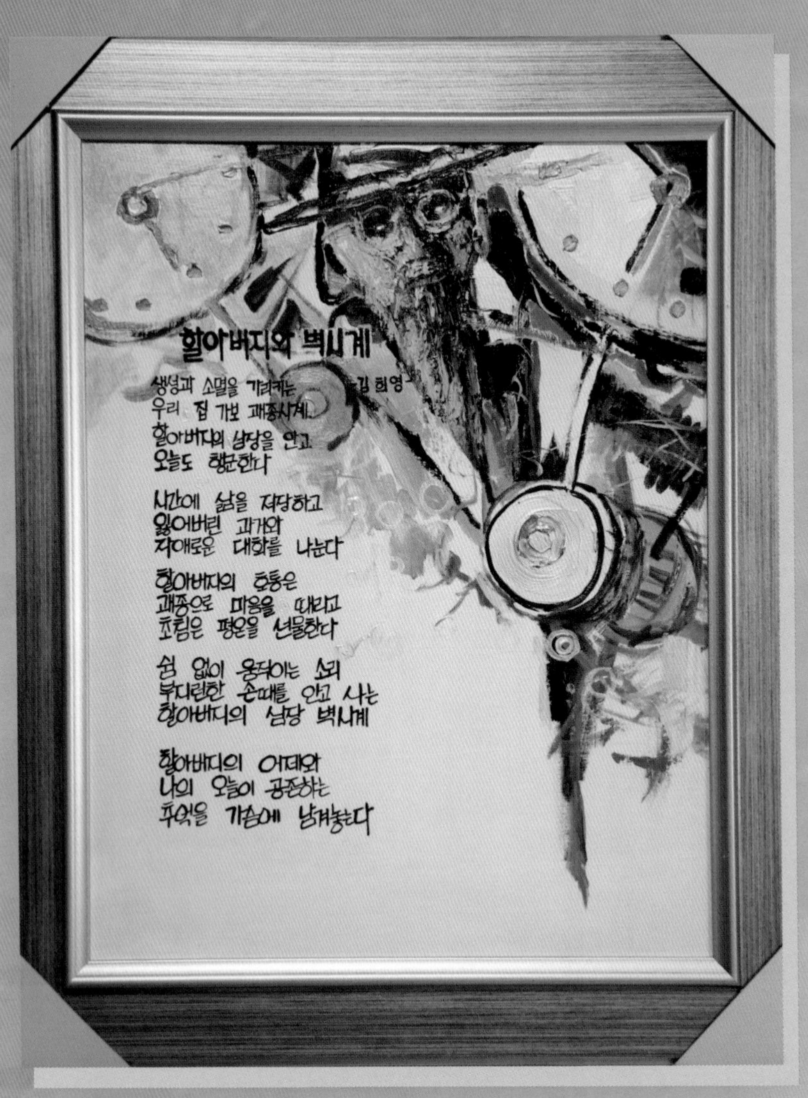

할아버지와 벽시계

김희영

생성과 소멸을 가려지는
우리 집 가보 괘종시계
할아버지의 남평을 안고
오늘도 행운한다

시간에 삶을 저당하고
잃어버린 과거와
자애로운 대화를 나눈다

할아버지의 호통은
괘종으로 마음을 때리고
흐림은 평온을 선물한다

쉼 없이 움직이는 쇠
부지런한 손때를 안고 사는
할아버지의 남당 벽시계

할아버지의 어제와
나의 오늘이 공존하는
추억을 가슴에 남겨놓는다

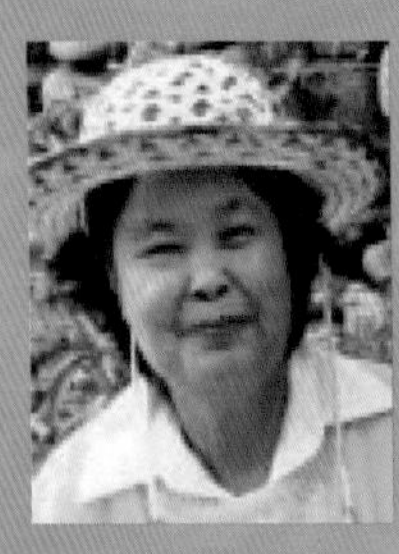

김희영 시인

인천 강화군 거주
대한문학세계 시 부문 등단
사) 창작문학예술인협의회 정회원

52

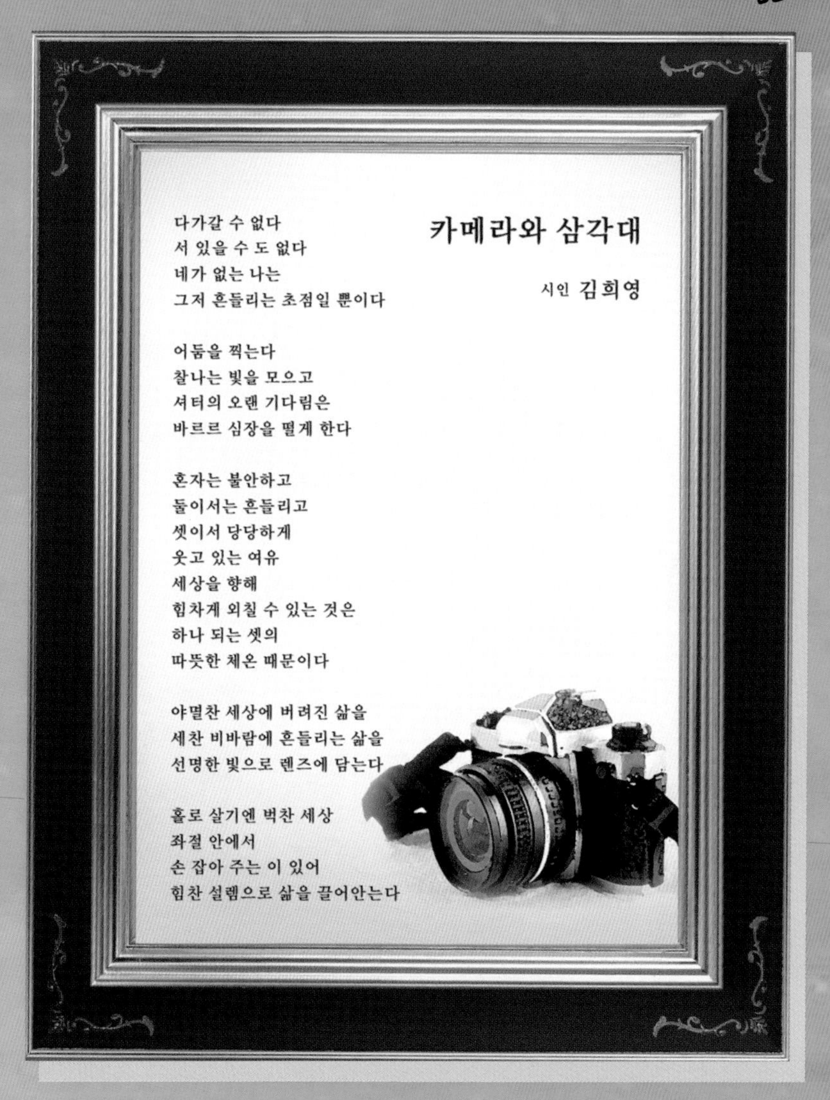

카메라와 삼각대

시인 김희영

다가갈 수 없다
서 있을 수도 없다
네가 없는 나는
그저 흔들리는 초점일 뿐이다

어둠을 찍는다
찰나는 빛을 모으고
셔터의 오랜 기다림은
바르르 심장을 떨게 한다

혼자는 불안하고
둘이서는 흔들리고
셋이서 당당하게
웃고 있는 여유
세상을 향해
힘차게 외칠 수 있는 것은
하나 되는 셋의
따뜻한 체온 때문이다

야멸찬 세상에 버려진 삶을
세찬 비바람에 흔들리는 삶을
선명한 빛으로 렌즈에 담는다

홀로 살기엔 벅찬 세상
좌절 안에서
손 잡아 주는 이 있어
힘찬 설렘으로 삶을 끌어안는다

2015 특별 초대 시인 시화집 - 김희영 시인

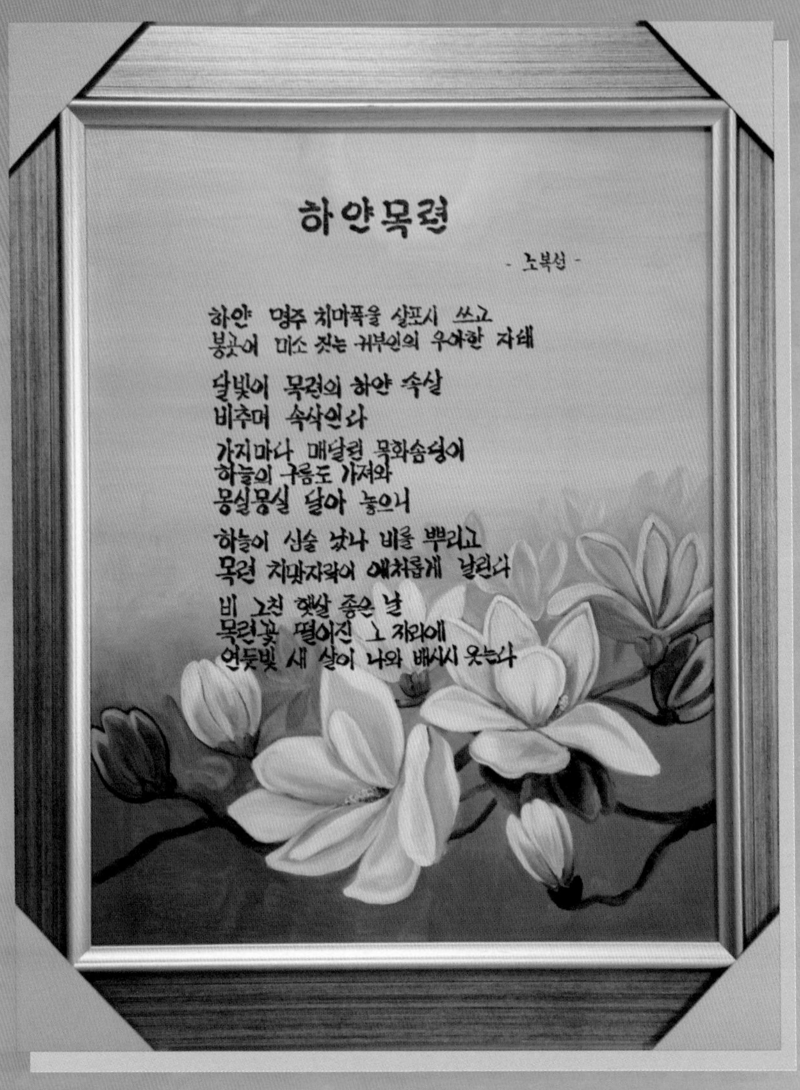

하얀목련

- 노복선 -

하얀 명주 치마폭을 살포시 쓰고
봉곳이 미소 짓는 귀부인의 우아한 자태

달빛어 목련의 하얀 속살
비추며 속삭인다

가지마다 매달린 목화송이에
하늘의 구름도 가져와
몽실몽실 달아 놓어

하늘이 심술 났나 비를 뿌리고
목련 치마자락이 애처롭게 날린다

비 그친 햇살 좋은 날
목련꽃 떨어진 그 자리에
연붉빛 새 살이 나와 배시시 웃는다

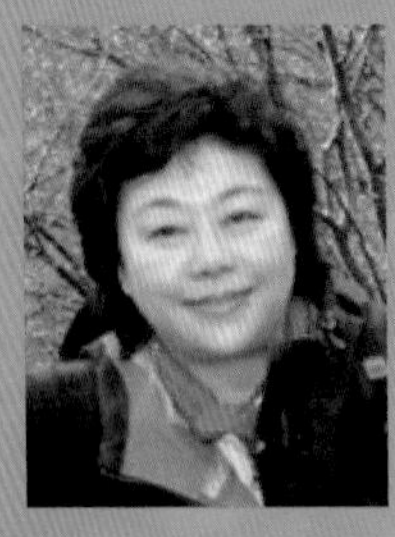

노복선 시인

경기 용인시 거주
대한문학세계 시 부문 등단
사) 창작문학예술인협의회 정회원

54

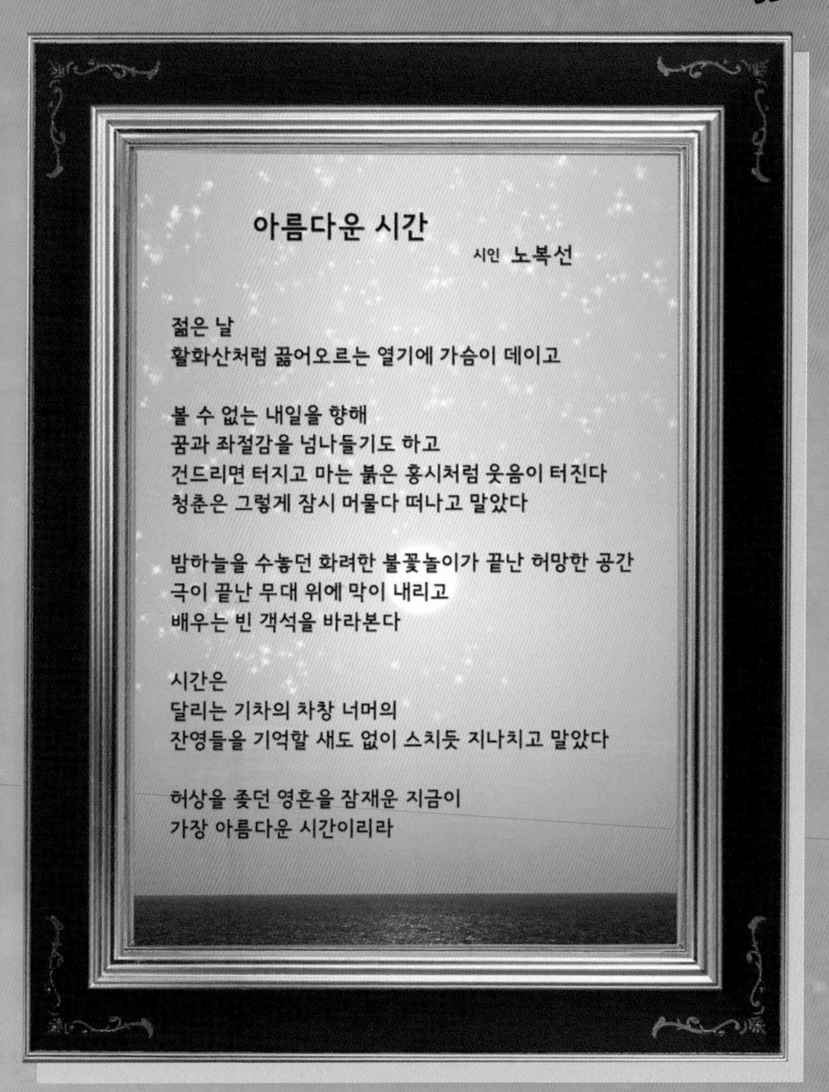

아름다운 시간

시인 **노복선**

젊은 날
활화산처럼 끓어오르는 열기에 가슴이 데이고

볼 수 없는 내일을 향해
꿈과 좌절감을 넘나들기도 하고
건드리면 터지고 마는 붉은 홍시처럼 웃음이 터진다
청춘은 그렇게 잠시 머물다 떠나고 말았다

밤하늘을 수놓던 화려한 불꽃놀이가 끝난 허망한 공간
극이 끝난 무대 위에 막이 내리고
배우는 빈 객석을 바라본다

시간은
달리는 기차의 차창 너머의
잔영들을 기억할 새도 없이 스치듯 지나치고 말았다

허상을 좇던 영혼을 잠재운 지금이
가장 아름다운 시간이리라

2015 특별 초대 시인 시화집 - 노복선 시인

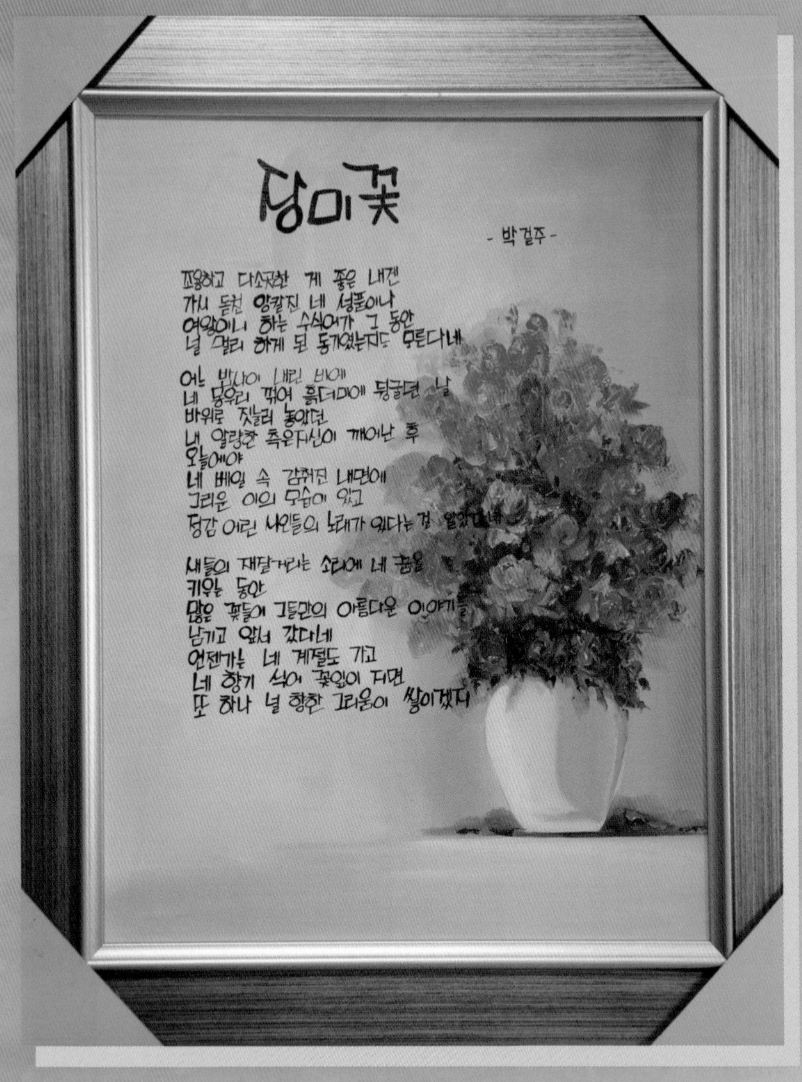

장미꽃

— 박걸주 —

포용하고 다소곳한 게 좋은 내겐
가시 돋힌 앙칼진 네 성품이나
여인이니 하는 수식어가 그 동안
널 멀리 하게 된 동기였는지도 모른다네

어느 비나이 내린 밤에
네 몽우리 찢어 흙더미에 뒹굴며 날
바위로 짓눌러 놓았던
내 얼룩한 측우신이 깨어난 후
오늘에야
네 베일 속 감춰진 내면에
그리운 어이 모습이 있고
정갈 어린 나인들의 노래가 있다는 걸 알았다네

새들의 재잘거리는 소리에 네 꿈을
키워 동안
많은 꽃들이 그들만의 아름다운 이야기를
남기고 없이 갔다네
언젠가는 네 계절도 가고
네 향기 식어 꽃잎이 지면
또 하나 널 향한 그리움이 쌓이겠다

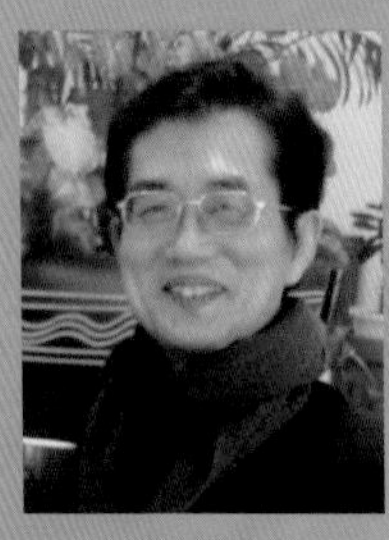

박걸주 시인

경기 광주시 거주
대한문학세계 시 부문 등단
사) 창작문학예술인협의회 정회원
대한문인협회 운영위원장

56

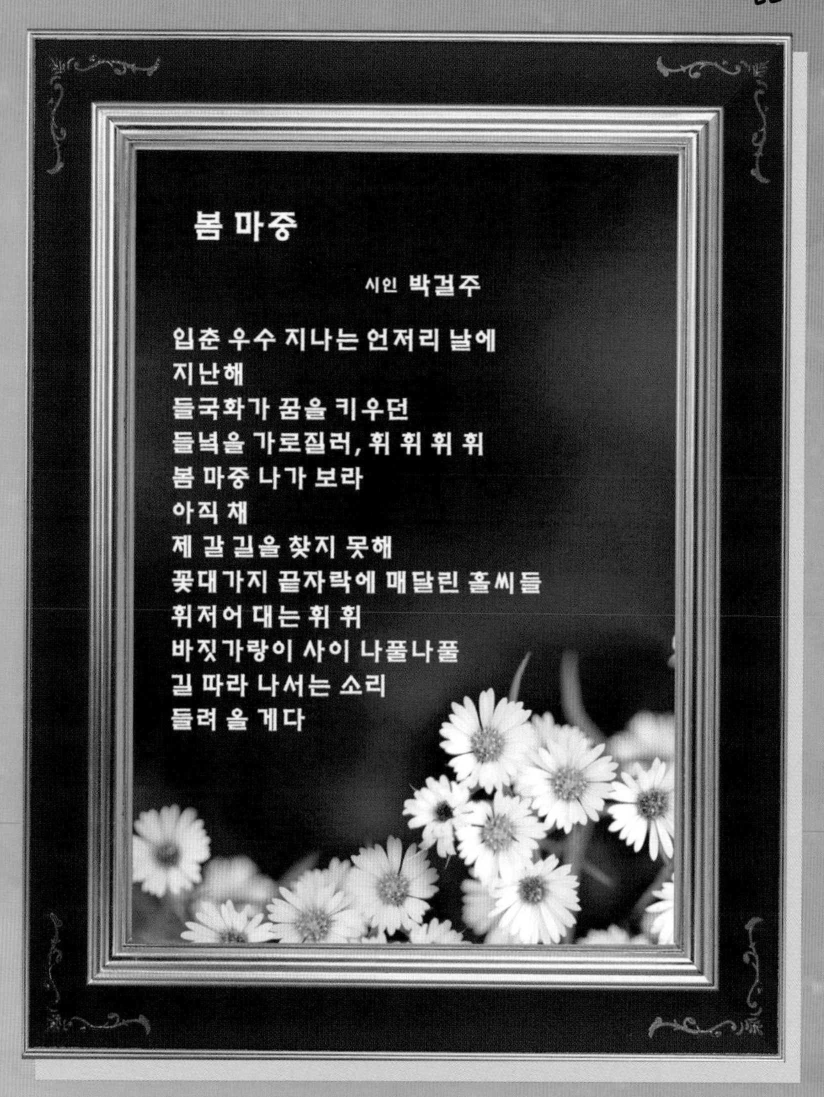

봄 마중

시인 박걸주

입춘 우수 지나는 언저리 날에
지난해
들국화가 꿈을 키우던
들녘을 가로질러, 휘 휘 휘 휘
봄 마중 나가 보라
아직 채
제 갈 길을 찾지 못해
꽃대가지 끝자락에 매달린 홀씨들
휘저어 대는 휘 휘
바짓가랑이 사이 나풀나풀
길 따라 나서는 소리
들려 올 게다

2015 특별 초대 시인 시화집 - 박걸주 시인

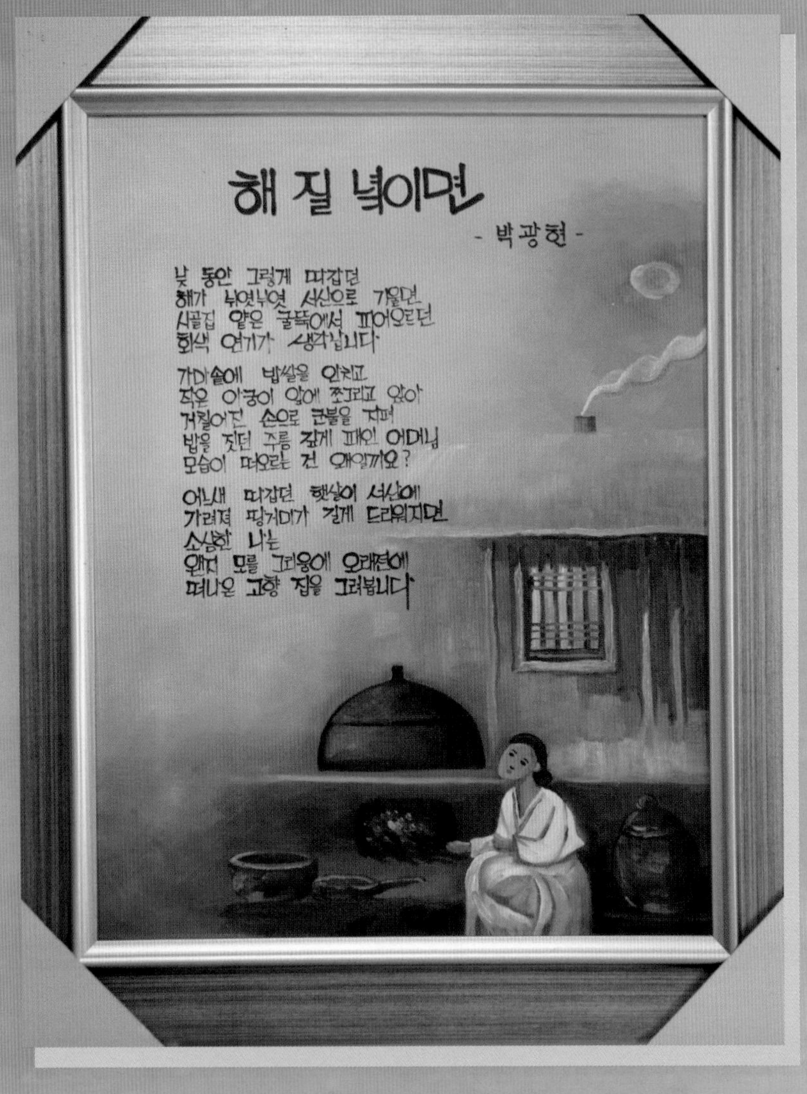

해 질 녘이면
- 박광현 -

낮 동안 그렇게 따겁던
해가 뉘엿뉘엿 서산으로 기울면
시골집 앞은 굴뚝에서 피어오르던
회색 연기가 생각납니다

가마솥에 밥쌀을 얹히고
작은 아궁이 앞에 쪼그리고 앉아
거칠어진 손으로 군불을 지며
밥을 짓던 주름 깊게 패인 어머님
모습이 떠오르는 건 왜일까요?

여내 따겁던 햇살이 서산에
가려져 땅거미가 깊게 드리워지면
소심한 나는
왠지 모를 그리움에 오래전에
떠나온 고향 집을 그려봅니다

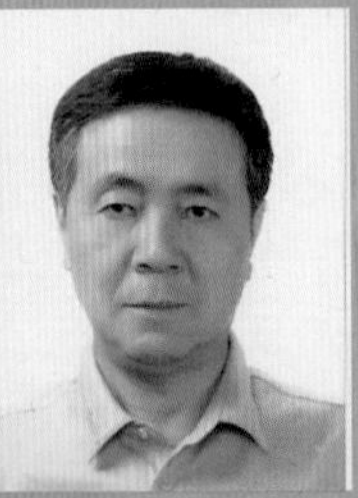

박광현 시인

서울시 도봉구 거주
대한문학세계 시 부문 등단
사) 창작문학예술인협의회 정회원

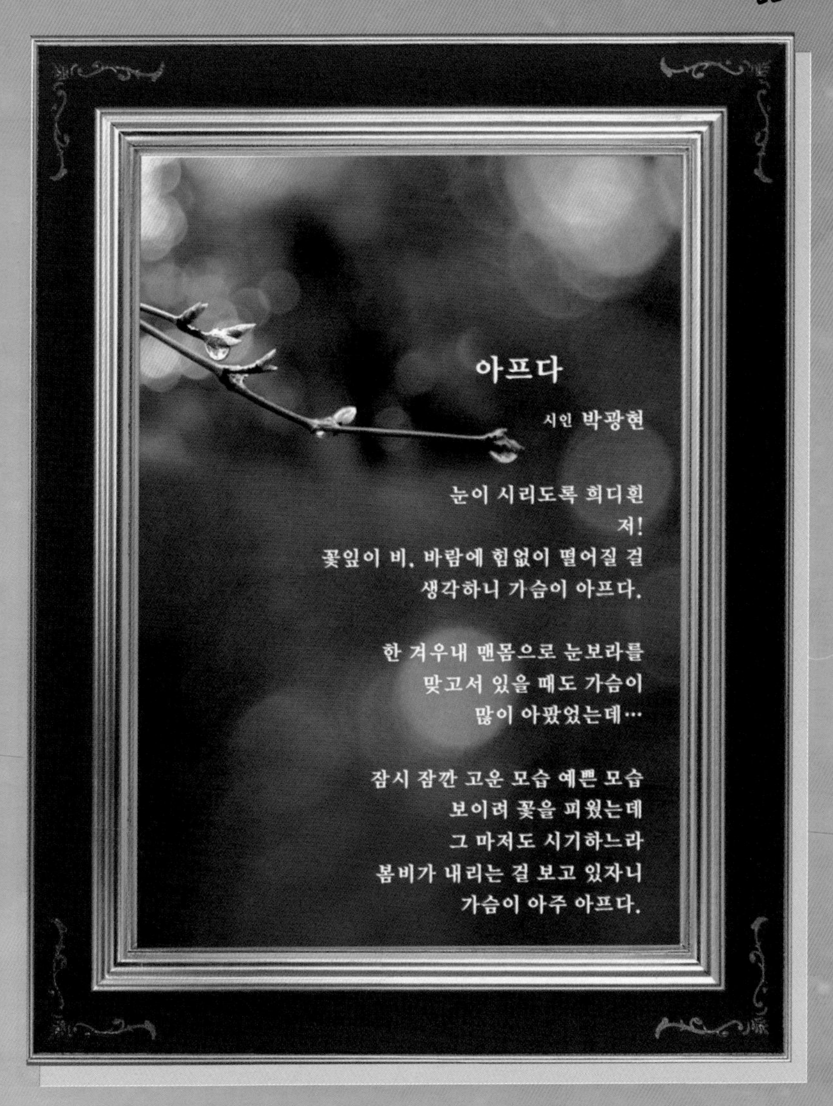

아프다

시인 박광현

눈이 시리도록 희디흰
져!
꽃잎이 비, 바람에 힘없이 떨어질 걸
생각하니 가슴이 아프다.

한 겨우내 맨몸으로 눈보라를
맞고서 있을 때도 가슴이
많이 아팠었는데…

잠시 잠깐 고운 모습 예쁜 모습
보이려 꽃을 피웠는데
그 마저도 시기하느라
봄비가 내리는 걸 보고 있자니
가슴이 아주 아프다.

2015 특별 초대 시인 시화집 - 박광현 시인

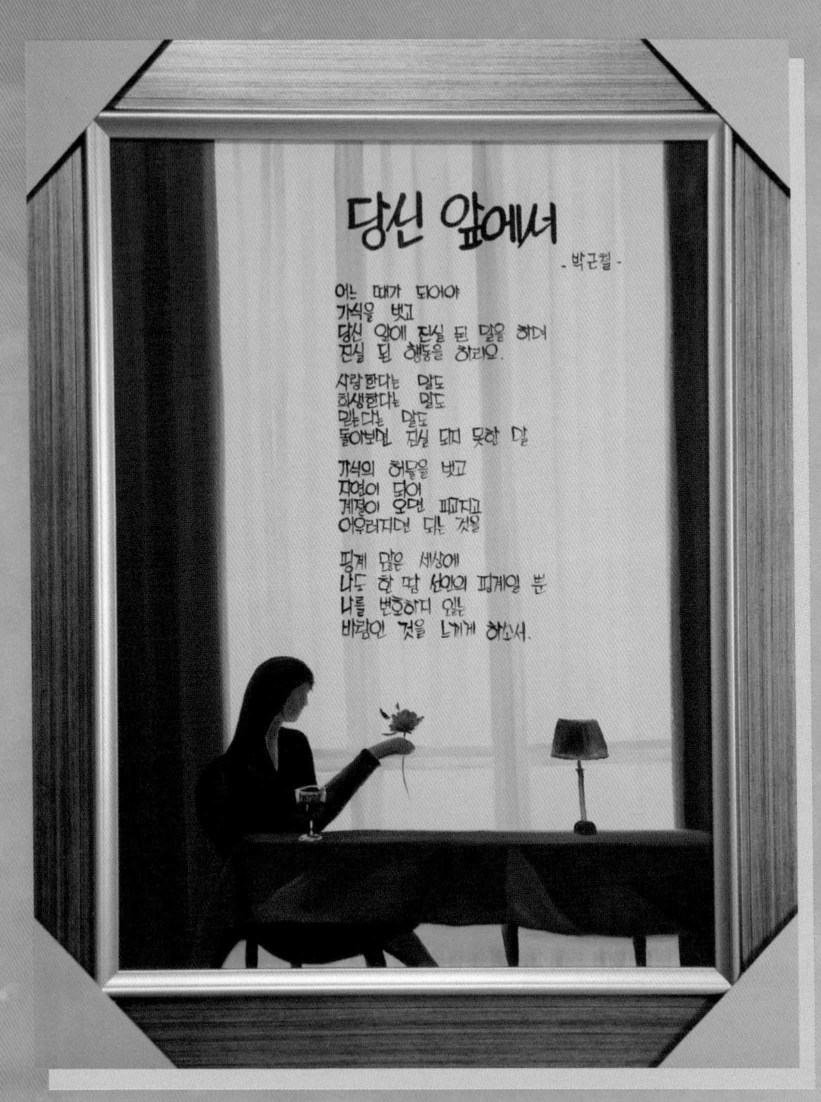

당신 앞에서

-박근철-

어느 때가 되어야
가식을 벗고
당신 앞에 진실 된 말을 하며
진실 된 행동을 하리오.

사랑한다는 말도
희생한다는 말도
믿는다는 말도
들어보니 진심 없이 무슨 말

가식의 허물을 벗고
자연이 되어
계절이 오면 피어지고
어우러지면 되는 것을

핑계 많은 세상에
나도 한 떨기 속에 피게일 뿐
나를 변화시켜 있는
바람의 것을 느끼게 하소서.

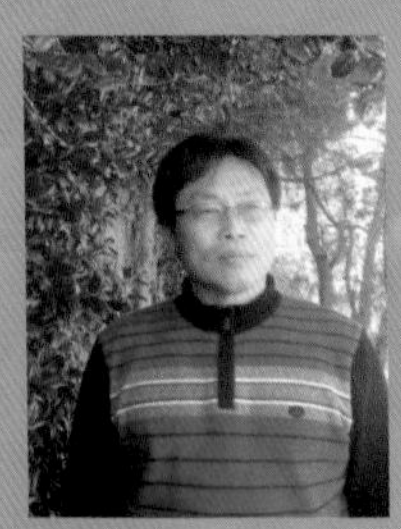

박근철 시인

전남 여수시 거주
대한문학세계 시 부문 등단
사) 창작문학예술인협의회 정회원

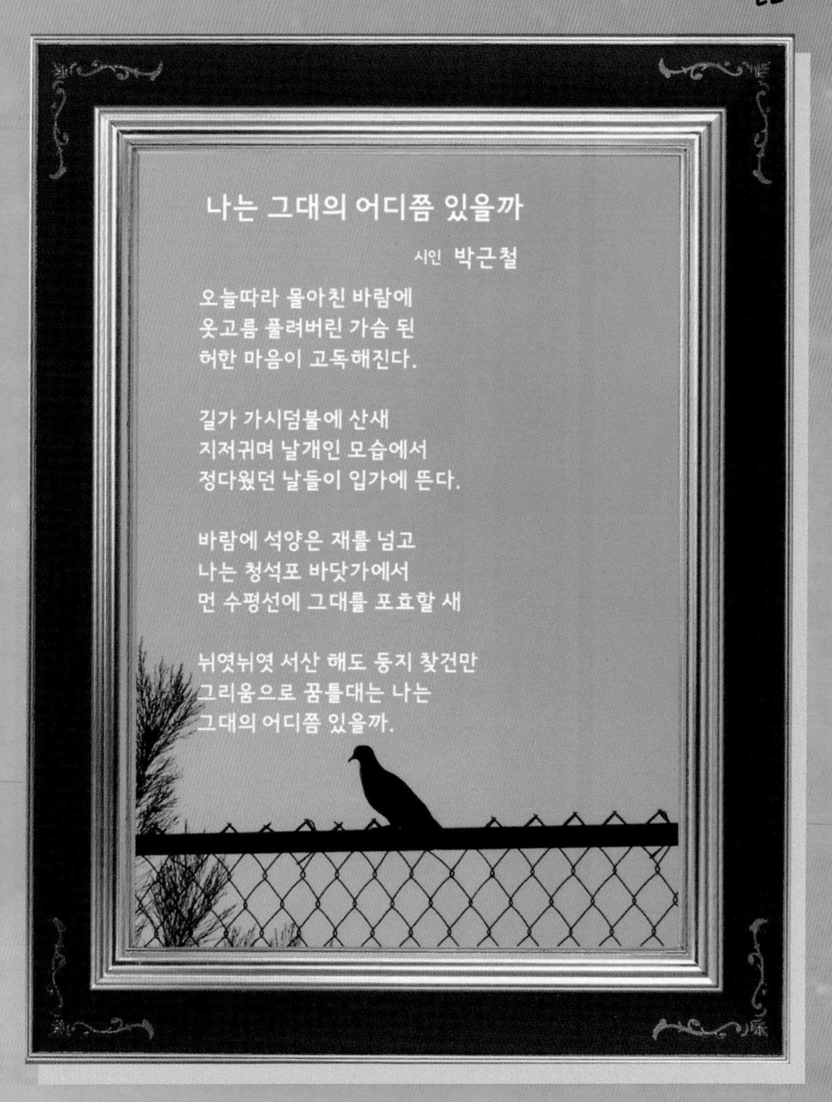

나는 그대의 어디쯤 있을까

시인 박근철

오늘따라 몰아친 바람에
옷고름 풀려버린 가슴 된
허한 마음이 고독해진다.

길가 가시덤불에 산새
지저귀며 날개인 모습에서
정다웠던 날들이 입가에 뜬다.

바람에 석양은 재를 넘고
나는 청석포 바닷가에서
먼 수평선에 그대를 포효할 새

뉘엿뉘엿 서산 해도 둥지 찾건만
그리움으로 꿈틀대는 나는
그대의 어디쯤 있을까.

2015 특별 초대 시인 시화집 - 박근철 시인

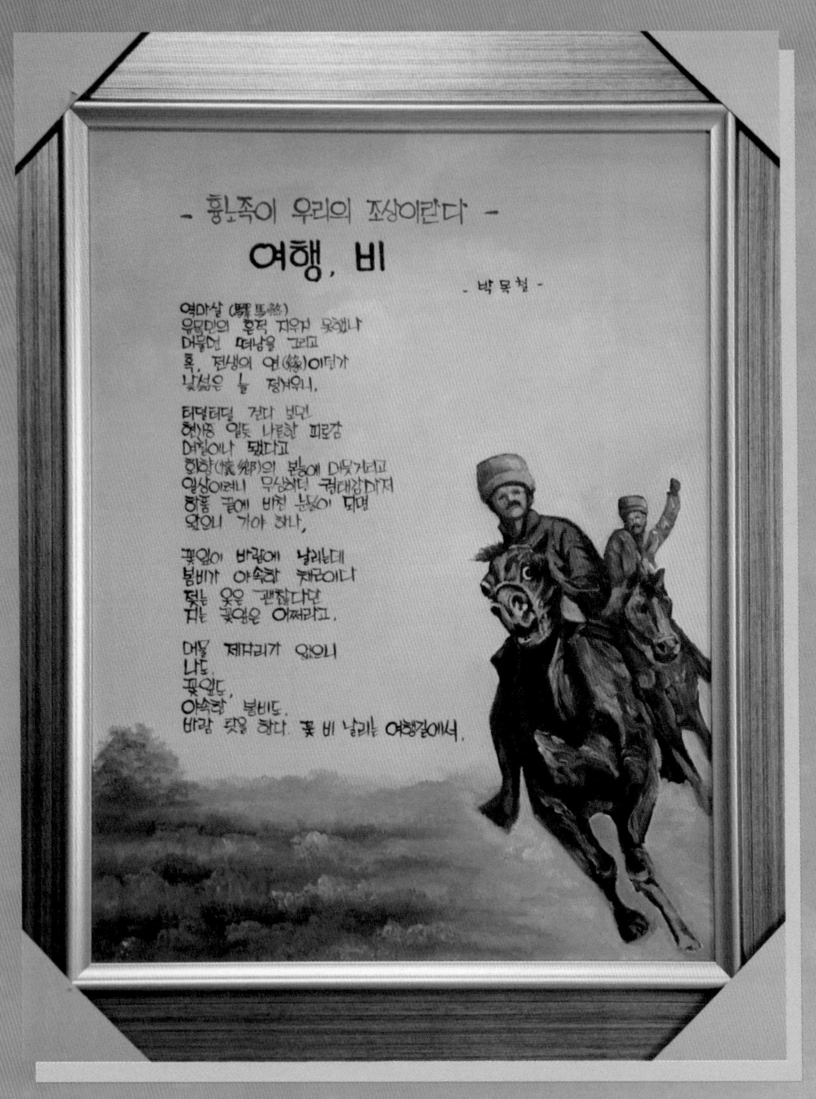

- 흉노족이 우리의 조상이란다 -

여행, 비

- 박목철 -

역마살 (驛馬殺)
우랄인의 흘적 지우지 못해나
마렵면 떠남을 그리고
흥, 전생의 연(緣)이던가
낯섦은 늘 정겨우니,

터덜터덜 걷다 보면
햇빛 익듯 나른한 피로감
마렵이나 됐다고
회항(懷鄕)의 봄에 마음거리고
일상으로나 무심하던 권태감마저
하늘 끝에 반쯤 부운이 되면
없으니 기어 하니,

꽃잎이 바람에 날리데
봄비가 아�이다
젖은 옷 괜찮다만
기는 꽃잎을 어쩌라고,

머물 제자리가 없으니
나를
꽃잎도,
아쉬라 봄비도,
바람 탓을 한다. 꽃 비 날리는 여행길에서.

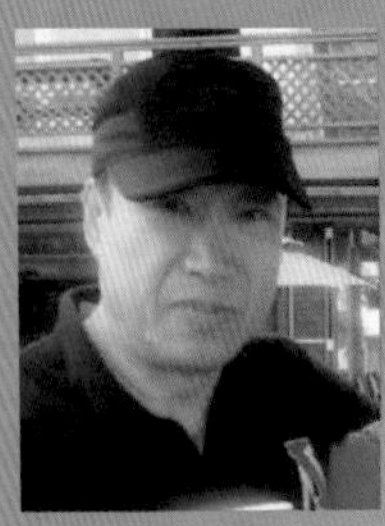

박목철 시인

서울시 노원구 거주
대한문학세계 시 부문 등단
사) 창작문학예술인협의회 정회원
대한문인협회 멀티영상아티스협회 회장

62

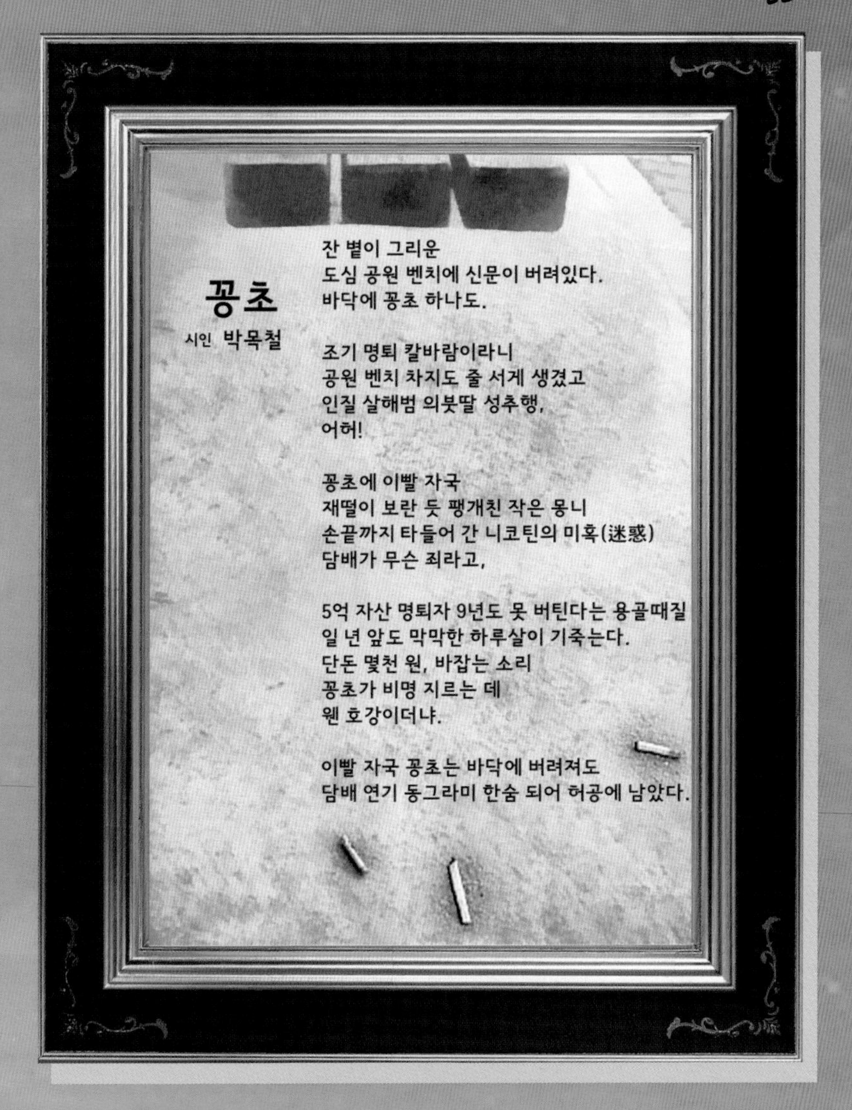

꽁초

시인 박목철

잔 볕이 그리운
도심 공원 벤치에 신문이 버려있다.
바닥에 꽁초 하나도.

조기 명퇴 칼바람이라니
공원 벤치 차지도 줄 서게 생겼고
인질 살해범 의붓딸 성추행,
어허!

꽁초에 이빨 자국
재떨이 보란 듯 팽개친 작은 몽니
손끝까지 타들어 간 니코틴의 미혹(迷惑)
담배가 무슨 죄라고,

5억 자산 명퇴자 9년도 못 버틴다는 용골때질
일 년 앞도 막막한 하루살이 기죽는다.
단돈 몇천 원, 바잡는 소리
꽁초가 비명 지르는 데
웬 호강이더냐.

이빨 자국 꽁초는 바닥에 버려져도
담배 연기 동그라미 한숨 되어 허공에 남았다.

2015 특별 초대 시인 시화집 - 박목철 시인

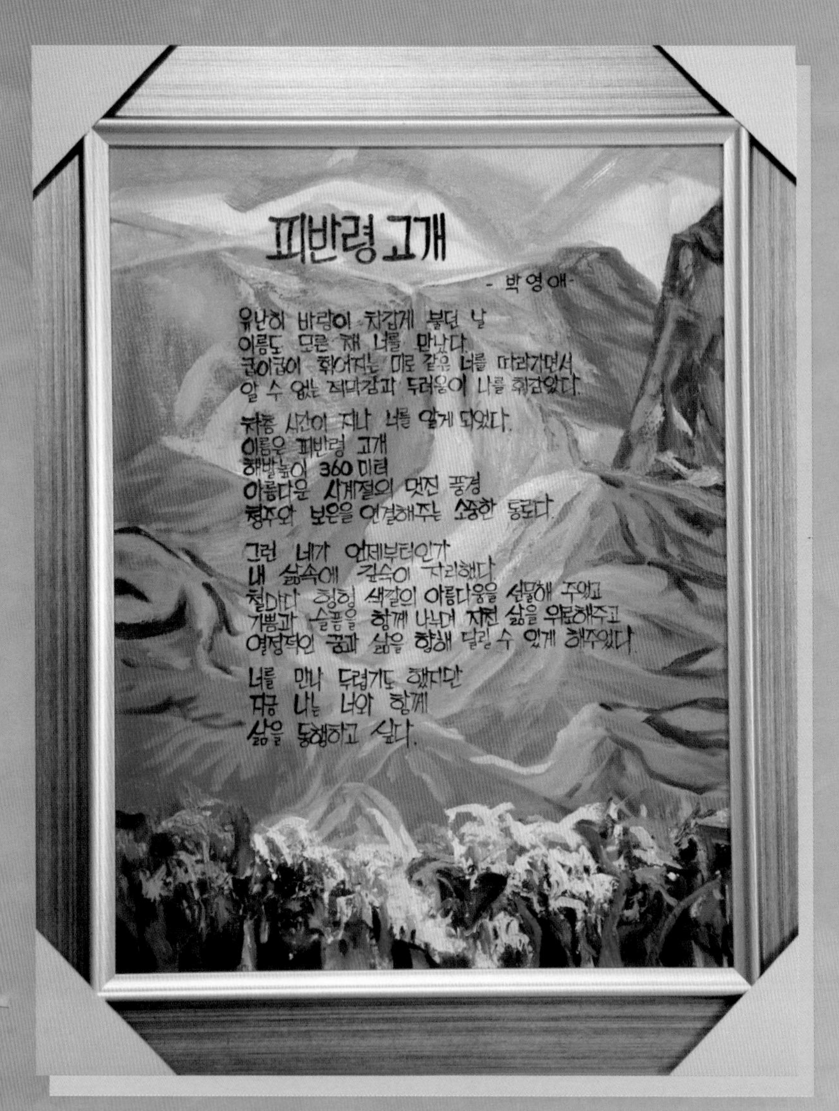

피반령 고개

- 박영애 -

유난히 바람이 차갑게 부딪던 날
이름도 모른 채 너를 만났다
굽이굽이 휘어지는 미로 같은 너를 따라가면서
알 수 없는 절망감과 두려움이 나를 휘감았다

차츰 시간이 지나 너를 알게 되었다
이름은 피반령 고개
해발높이 360미터
아름다운 사계절의 멋진 풍경
청주와 보은을 연결해주는 소중한 통로다

그럼 네가 언제부턴가
내 삶속에 깊숙이 자리했다
찬란한 형형 색깔의 아름다움을 선물해 주었고
기쁨과 슬픔을 함께 나누며 지친 삶을 위로해주고
역동적인 꿈과 삶을 향해 달릴 수 있게 해주었다

너를 만나 두렵기도 했지만
지금 나는 너와 함께
삶을 동행하고 싶다

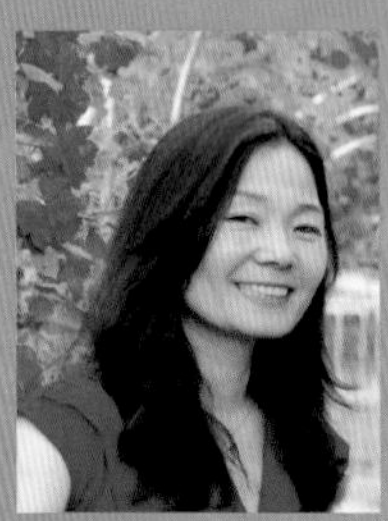

박영애 시인

충북 보은군 거주
대한문학세계 시 부문 등단
사) 창작문학예술인협의회 이사
대한시낭송가협회 회장

64

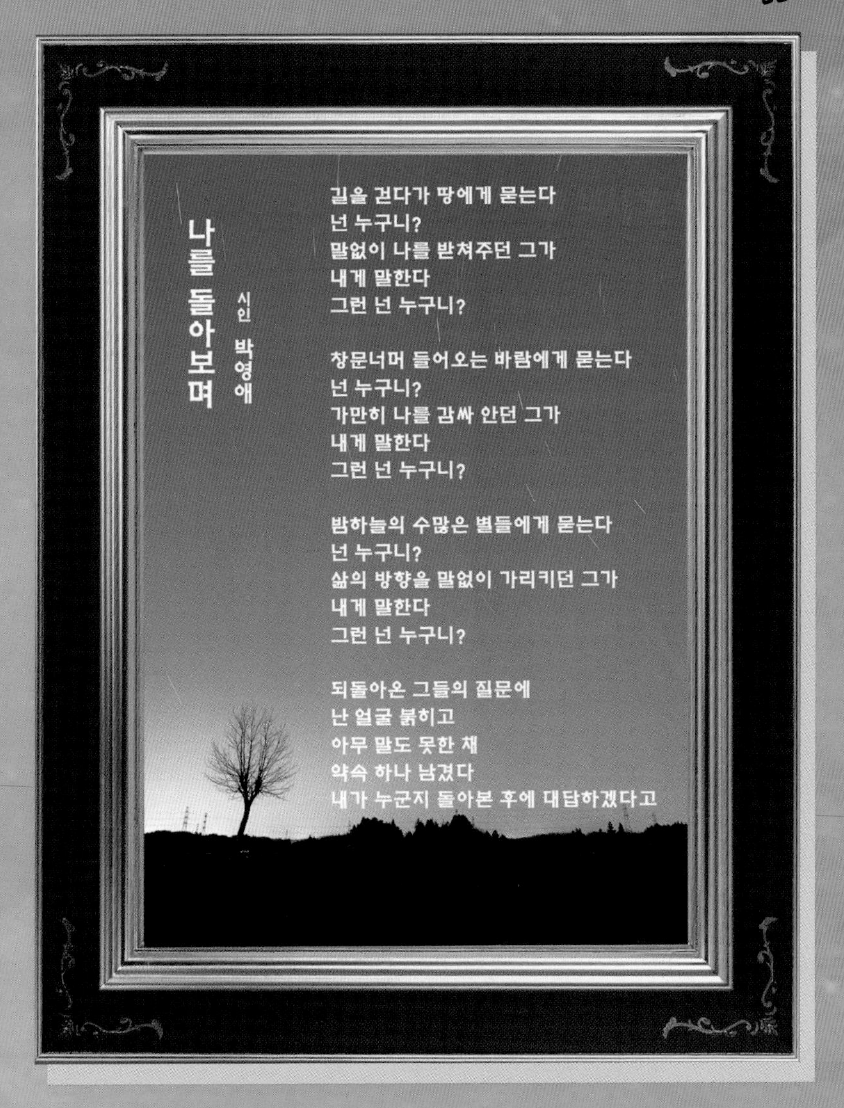

나를 돌아보며

시인 박영애

길을 걷다가 땅에게 묻는다
넌 누구니?
말없이 나를 받쳐주던 그가
내게 말한다
그런 넌 누구니?

창문너머 들어오는 바람에게 묻는다
넌 누구니?
가만히 나를 감싸 안던 그가
내게 말한다
그런 넌 누구니?

밤하늘의 수많은 별들에게 묻는다
넌 누구니?
삶의 방향을 말없이 가리키던 그가
내게 말한다
그런 넌 누구니?

되돌아온 그들의 질문에
난 얼굴 붉히고
아무 말도 못한 채
약속 하나 남겼다
내가 누군지 돌아본 후에 대답하겠다고

2015 특별 초대 시인 시화집 - 박영애 시인

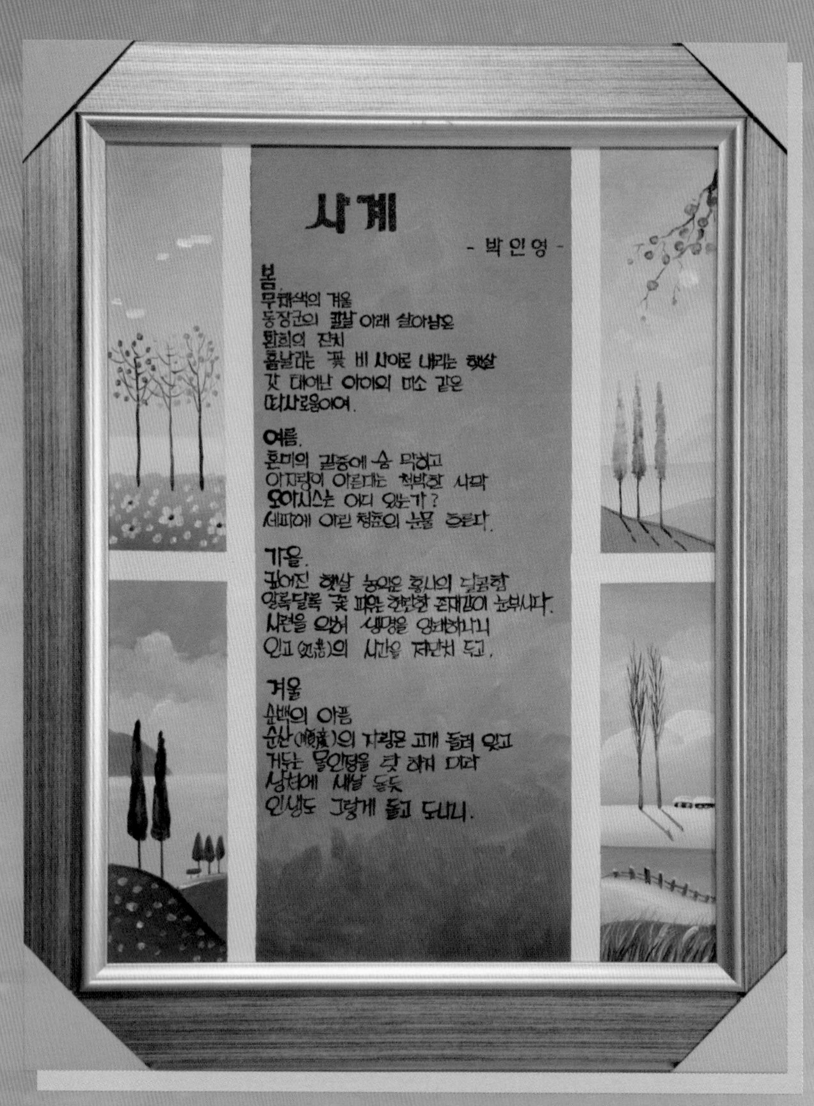

사계

- 박인영 -

봄,
무채색의 겨울
동장군의 칼날 아래 살아남은
환희의 잔치
흩날리는 꽃 비 사이로 내리는 햇살
갓 태어난 아이의 미소 같은
따사로움이여.

여름,
혼미의 격중에 숨 막히고
아지랑이 아른대는 척박한 사막
오아시스는 어디 없는가?
세파에 어린 청춘의 눈물 흐른다.

가을,
깊어진 햇살 농익은 풍나의 닐그림
양록달록 꽃 피운 찬란한 존재감이 눈부시다.
사련을 앓어 생채을 연애하니
잊고 있었던 시간을 재촉하게 되고,

겨울,
순백의 아픔
순산(醇産)의 저럼을 고개 돌려 있고
거두는 물인령을 짝 내려 디디
상처에 새살 돋듯
인생도 그렇게 돌고 도나니.

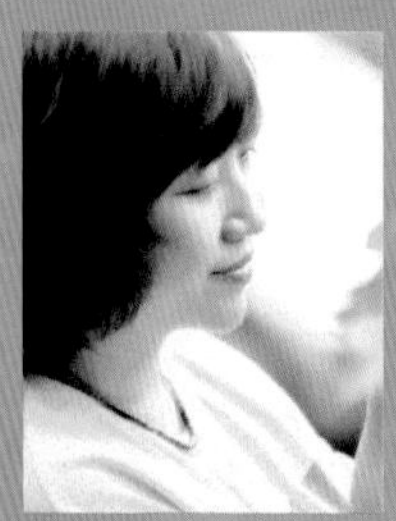

박인영 시인

경기 양평군 거주
대한문학세계 시 부문 등단
사) 창작문학예술인협의회 정회원

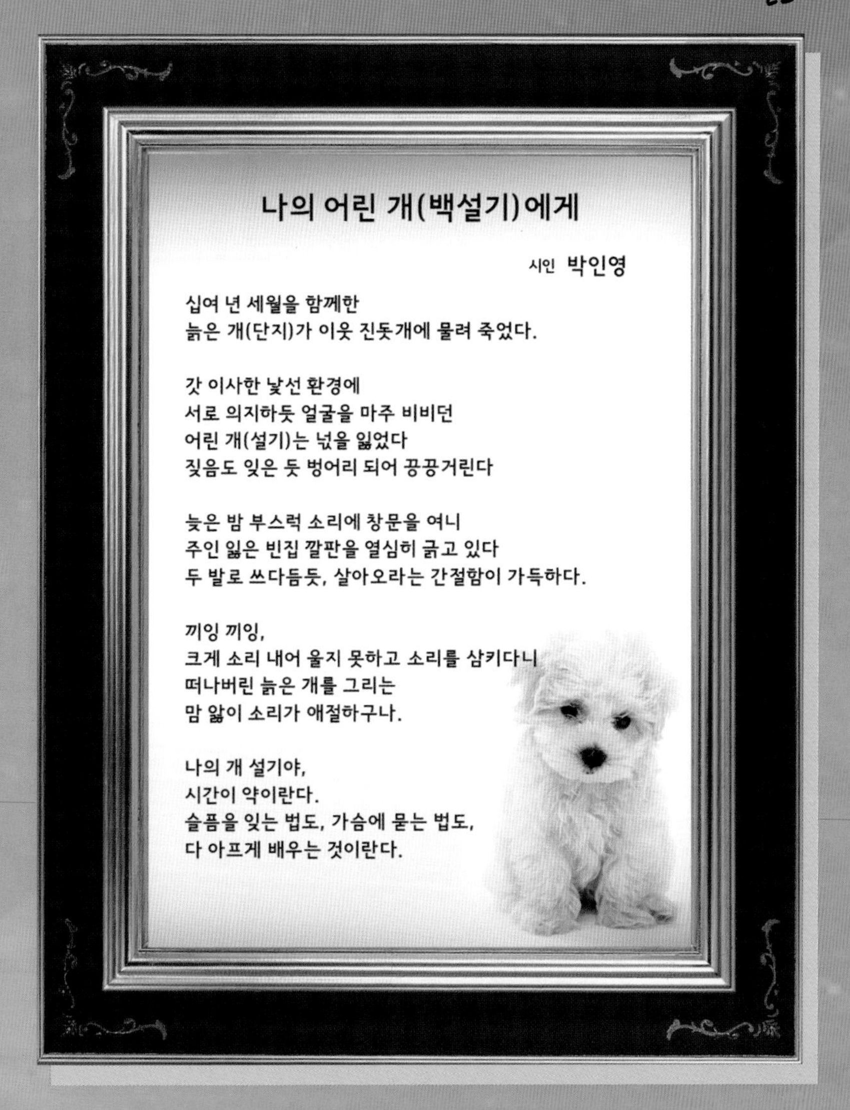

나의 어린 개(백설기)에게

시인 **박인영**

십여 년 세월을 함께한
늙은 개(단지)가 이웃 진돗개에 물려 죽었다.

갓 이사한 낯선 환경에
서로 의지하듯 얼굴을 마주 비비던
어린 개(설기)는 넋을 잃었다
짖음도 잊은 듯 벙어리 되어 끙끙거린다

늦은 밤 부스럭 소리에 창문을 여니
주인 잃은 빈집 깔판을 열심히 긁고 있다
두 발로 쓰다듬듯, 살아오라는 간절함이 가득하다.

끼잉 끼잉,
크게 소리 내어 울지 못하고 소리를 삼키다니
떠나버린 늙은 개를 그리는
맘 앓이 소리가 애절하구나.

나의 개 설기야,
시간이 약이란다.
슬픔을 잊는 법도, 가슴에 묻는 법도,
다 아프게 배우는 것이란다.

2015 특별 초대 시인 시화집 - 박인영 시인

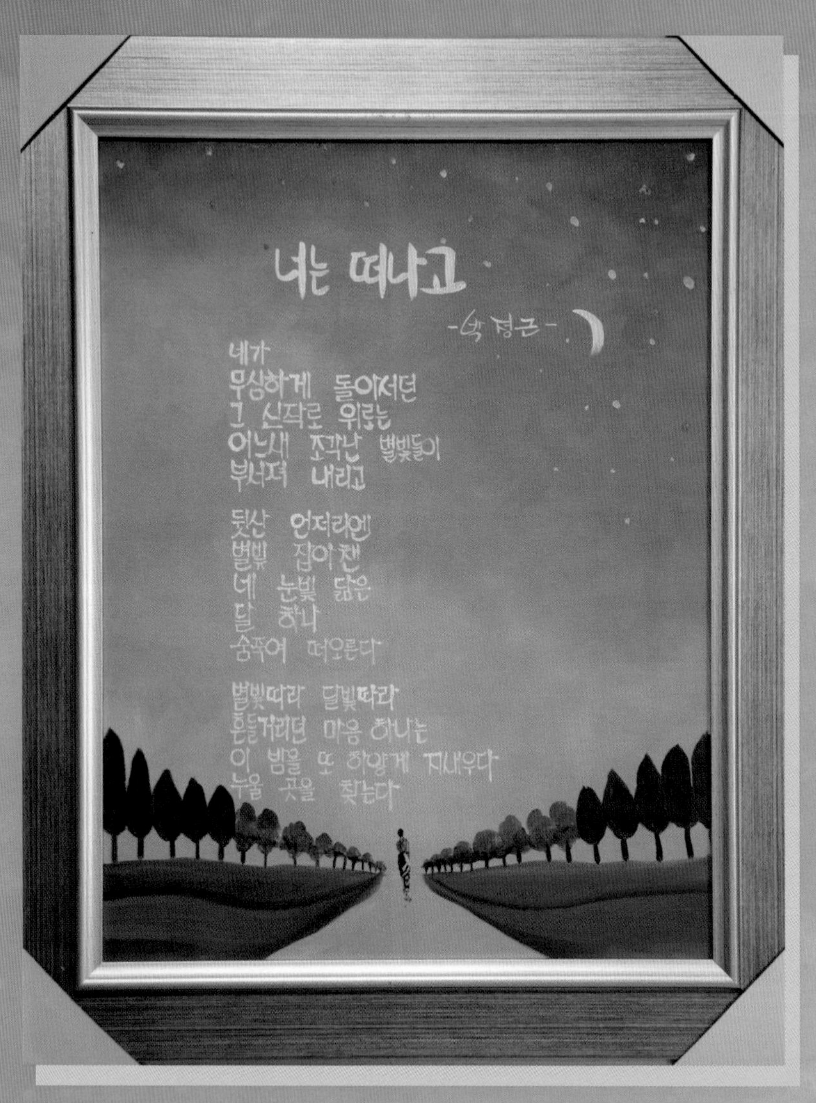

너는 떠나고
-박정근-

네가
무심하게 돌아서던
그 신작로 위로는
어느새 조각난 별빛들이
부서져 내리고

뒷산 언저리엔
밤밤 잡아챈
네 눈빛 닮은
달 하나
솟구쳐 떠오른다

별빛따라 달빛따라
흔들거리던 마음 하나는
이 밤을 또 하얗게 지새우다
누울 곳을 찾는다

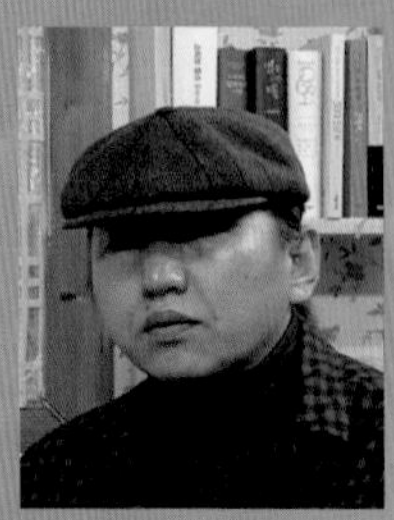

박정근 시인

경북 문경시 거주
대한문학세계 시 부문, 수필 부문 등단
사) 창작문학예술인협의회 정회원

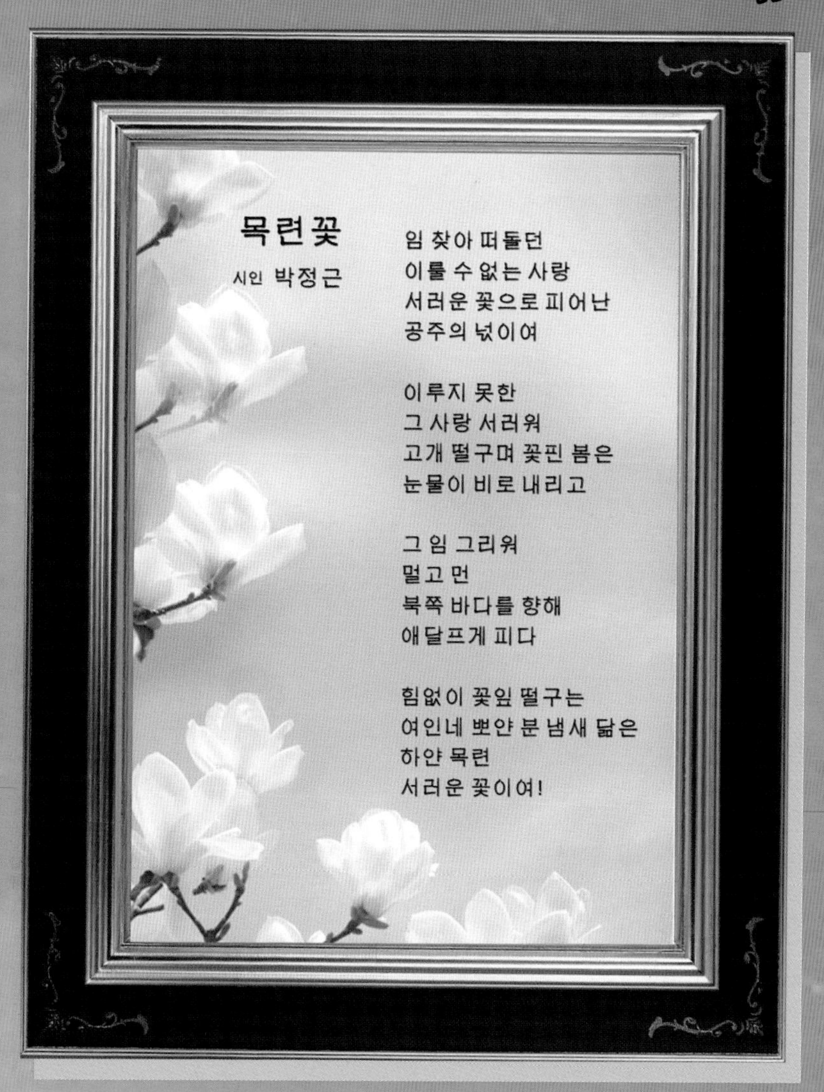

- 유화에 시의 영혼을 담다

목련꽃

시인 박정근

임 찾아 떠돌던
이룰 수 없는 사랑
서러운 꽃으로 피어난
공주의 넋이여

이루지 못한
그 사랑 서러워
고개 떨구며 꽃핀 봄은
눈물이 비로 내리고

그 임 그리워
멀고 먼
북쪽 바다를 향해
애달프게 피다

힘없이 꽃잎 떨구는
여인네 뽀얀 분 냄새 닮은
하얀 목련
서러운 꽃이여!

2015 특별 초대 시인 시화집 - 박정근 시인

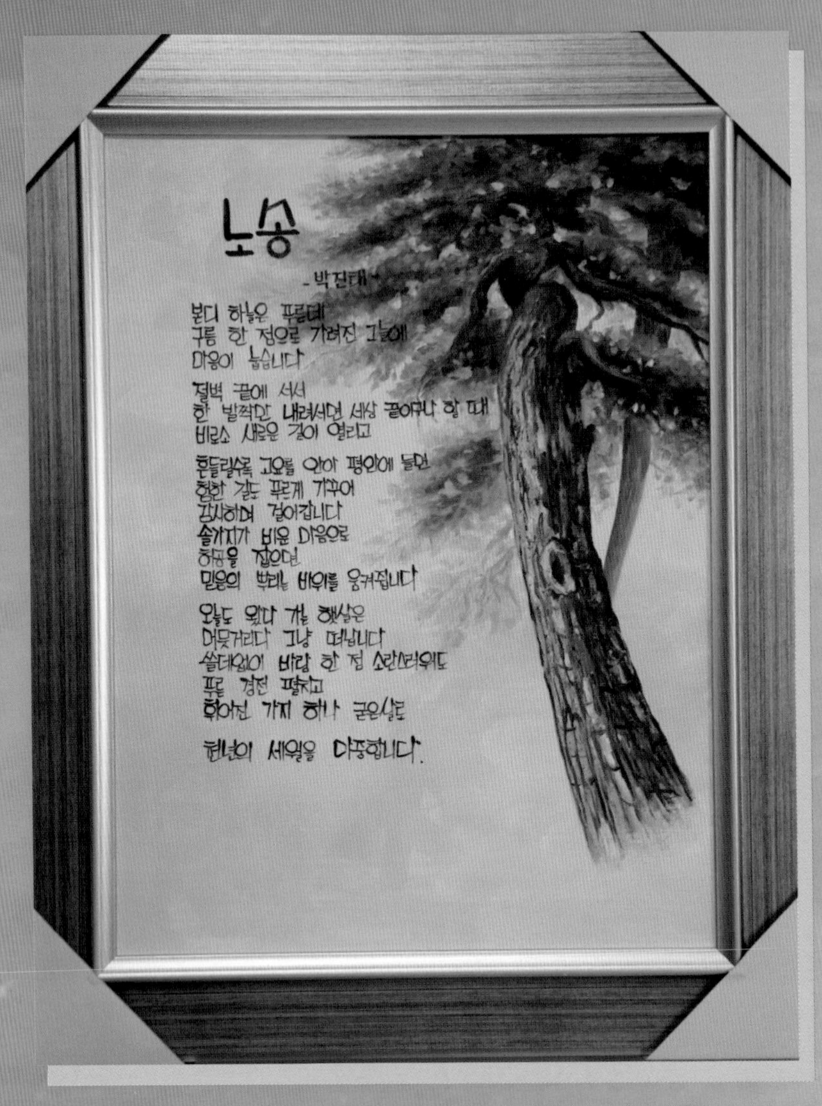

노송
- 박진태 -

부디 하늘이 푸른데
구름 한 점으로 가려진 그늘에
마음이 놓입니다

절벽 끝에 서서
한 발짝만 내려서면 세상 끝이구나 할 때
비로소 새로운 길이 열리고

흔들릴수록 고요를 잡아 평온에 들며
험한 길도 푸르게 기우어
감사하며 걸어갑니다
솔가지가 비운 마음으로
하늘을 잡으면
믿음의 뿌리 비움을 움켜집니다

오늘도 왔던 겨울 햇살은
머뭇거리다 그냥 떠납니다
쓸데없이 바람 한 점 소란하여도
푸른 경건 팔치고
휘어진 가지 하나 굽은실도

한나이 세월을 다독합니다

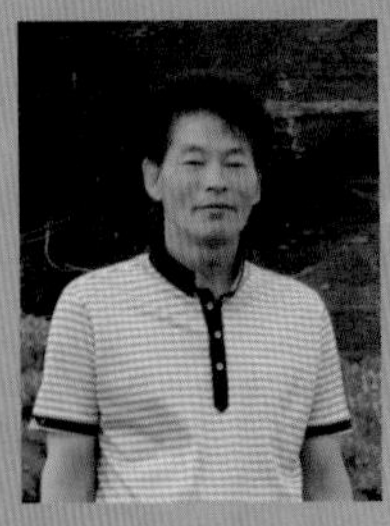

박진태 시인

경북 칠곡군 거주
대한문학세계 시 부문 등단
사) 창작문학예술인협의회 정회원

70

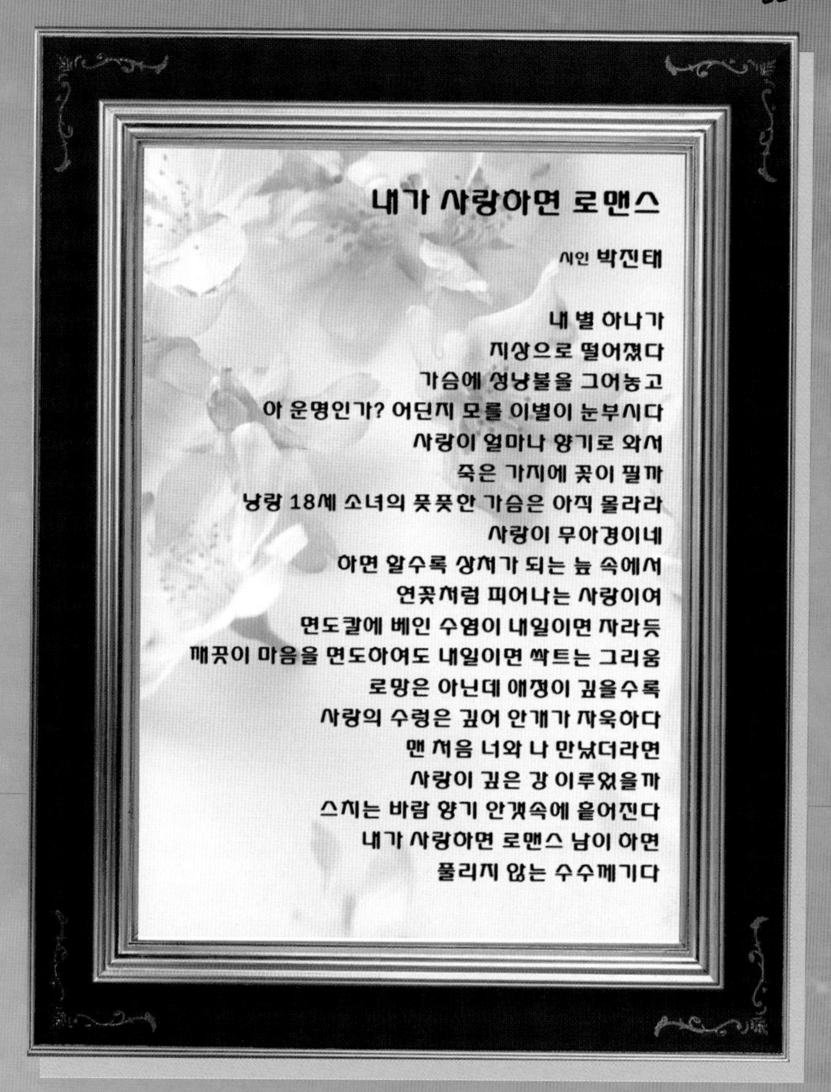

내가 사랑하면 로맨스

시인 박진태

내 별 하나가
지상으로 떨어졌다
가슴에 성냥불을 그어놓고
아 운명인가? 어딘지 모를 이별이 눈부시다
사랑이 얼마나 향기로 와서
죽은 가지에 꽃이 필까
낭랑 18세 소녀의 풋풋한 가슴은 아직 몰라라
사랑이 무아경이네
아면 알수록 상처가 되는 늪 속에서
연꽃처럼 피어나는 사랑이여
면도칼에 베인 수염이 내일이면 자라듯
깨끗이 마음을 면도하여도 내일이면 싹트는 그리움
로망은 아닌데 애정이 깊을수록
사랑의 수렁은 깊어 안개가 자욱하다
맨 처음 너와 나 만났더라면
사랑이 깊은 강 이루었을까
스치는 바람 향기 안겟속에 옅어진다
내가 사랑하면 로맨스 남이 하면
풀리지 않는 수수께기다

2015 특별 초대 시인 시화집 - 박진태 시인

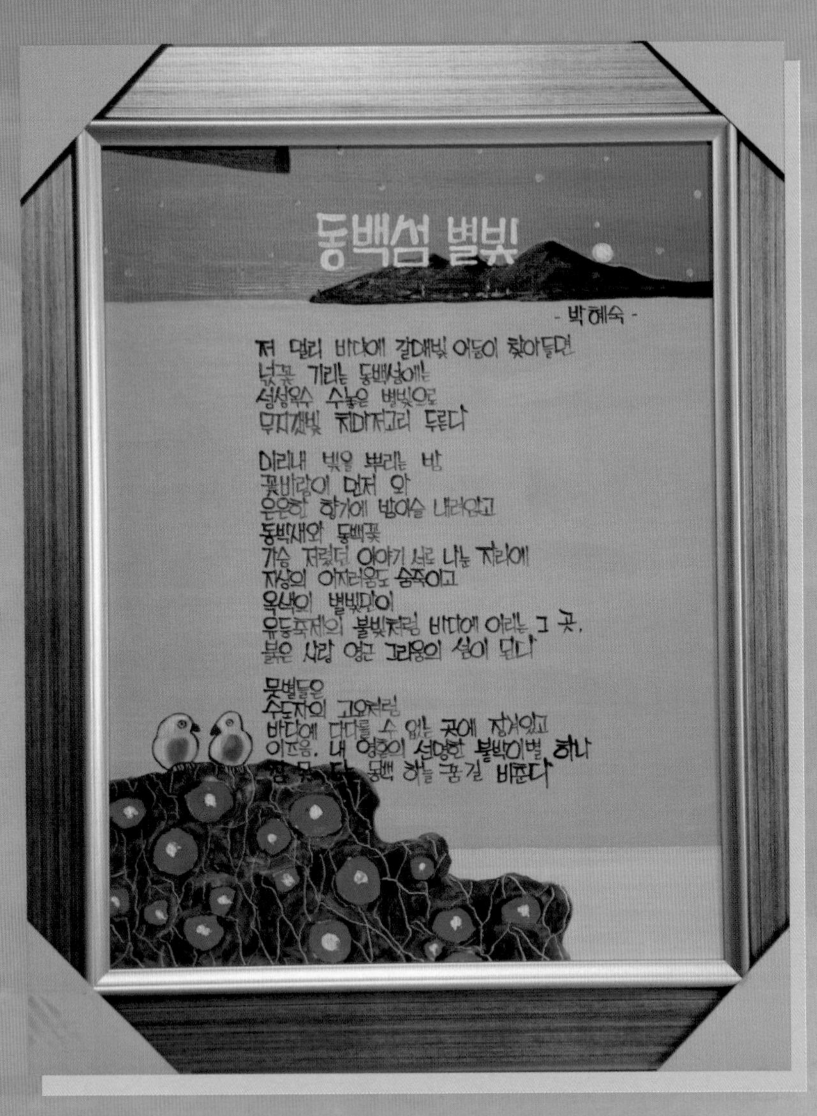

동백섬 별빛

-박혜숙-

저 멀리 바다에 갈대빛 어둠이 찾아들면
넘실 기리는 동백섬에
성성안 수놓은 별빛으로
무지갯빛 치마저고리 두른다

미리내 빛을 뿌리는 밤
꽃비라이 먼저 와
은은한 향기에 밤이슬 내려앉고
동백새야 붉백꽃
가슴 저렸던 이야기 서로 나눈 자리에
자정의 아저러움도 숨죽이고
옥사이 별빛맞이
유동죽제의 불빛처럼 바다에 어리는 그 곳,
붉은 사랑 앓은 그리움의 섬이 된다

뭇별들은
수도자의 고요처럼
바다에 다다를 수 없는 곳에 잠겨있고
이즈음, 내 영혼이 선명한 불빛이별 하나
점 무거 더 동백 하늘 물결 비춘다

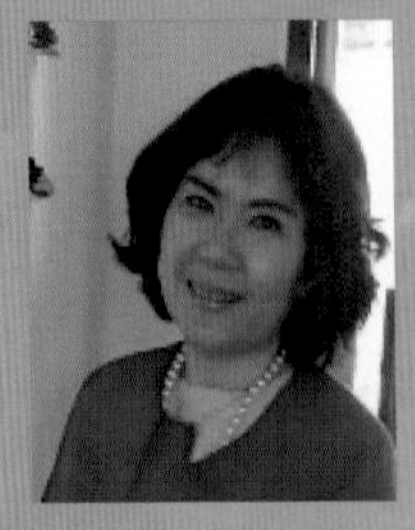

박혜숙 시인

부산 해운대구 거주
한국문학작가회 시 부문 등단
사) 창작문학예술인협의회 정회원

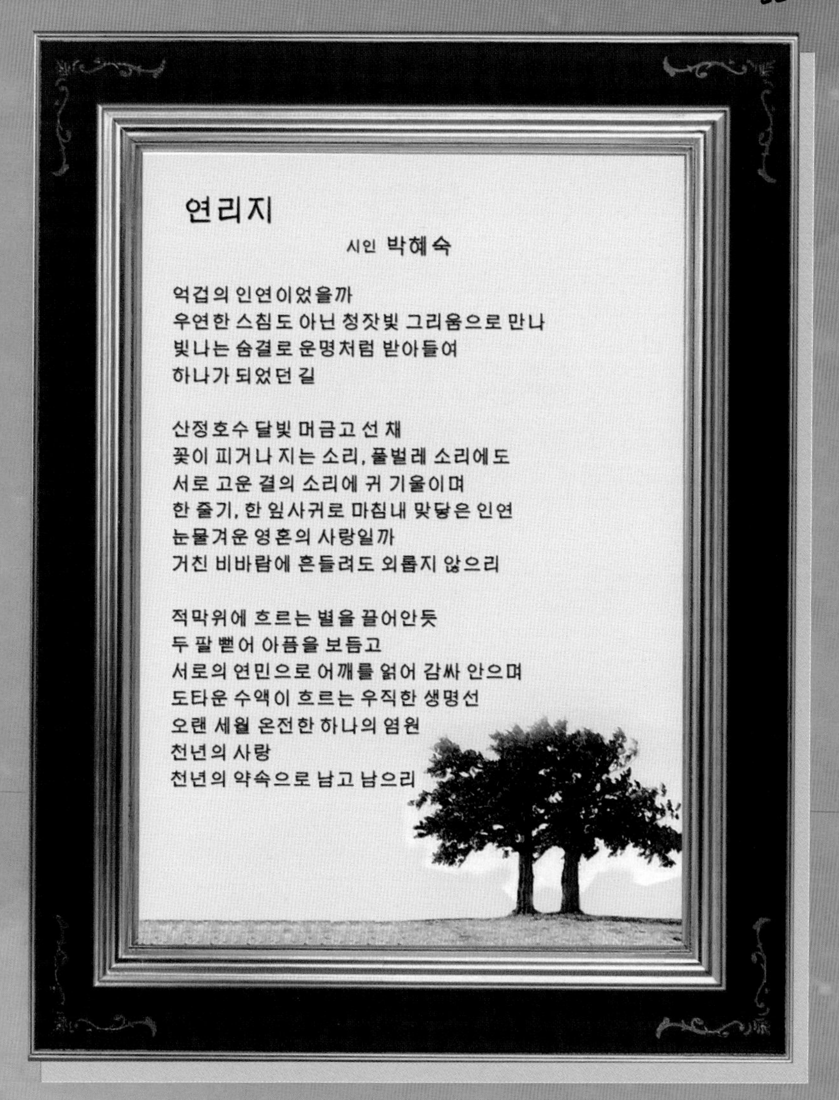

연리지

시인 박혜숙

억겁의 인연이었을까
우연한 스침도 아닌 청잣빛 그리움으로 만나
빛나는 숨결로 운명처럼 받아들여
하나가 되었던 길

산정호수 달빛 머금고 선 채
꽃이 피거나 지는 소리, 풀벌레 소리에도
서로 고운 결의 소리에 귀 기울이며
한 줄기, 한 잎사귀로 마침내 맞닿은 인연
눈물겨운 영혼의 사랑일까
거친 비바람에 흔들려도 외롭지 않으리

적막위에 흐르는 별을 끌어안듯
두 팔 뻗어 아픔을 보듬고
서로의 연민으로 어깨를 얽어 감싸 안으며
도타운 수액이 흐르는 우직한 생명선
오랜 세월 온전한 하나의 염원
천년의 사랑
천년의 약속으로 남고 남으리

2015 특별 초대 시인 시화집 - 박혜숙 시인

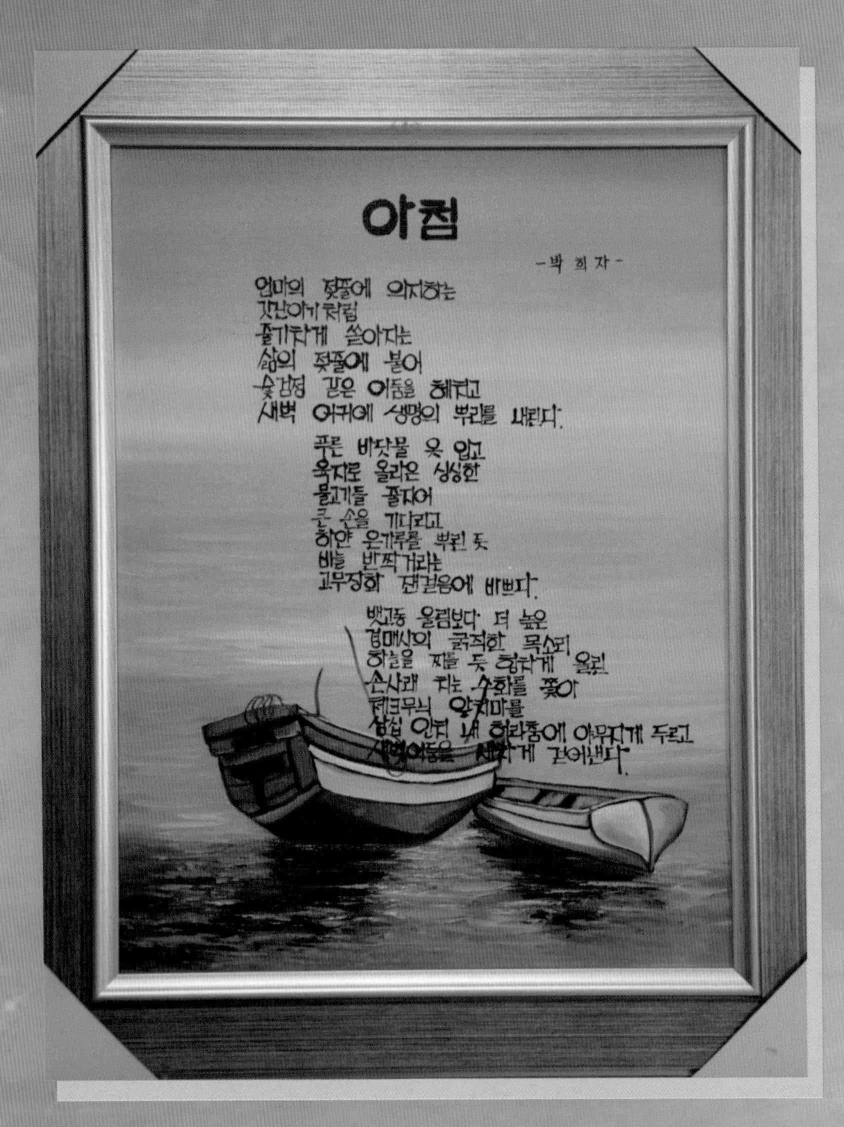

아침

-박희자-

엄마의 젖줄에 의지하는
갓난아기처럼
줄기차게 쏟아지는
삶의 젖줄에 붙어
숯검정 같은 어둠을 헤치고
새벽 어귀에 생명의 뿌리를 내린다.

푸른 바닷물 옷 입고
육지로 올라온 싱싱한
물고기들 풀어
큰 손을 기다리며
하얀 은가루를 뿌린 듯
비늘 반짝거리는
고무장화 뒷걸음에 바쁘다.

뱃고동 울림보다 더 높은
경매사의 극적한 목소리
하늘을 찌를 듯 힘차게 올린
손사래 치는 숫자를 쫓아
체크무늬 앞치마를
삽짝 어귀 내 허리춤에 야무지게 두르고
새벽 어둠을 시원하게 걷어낸다.

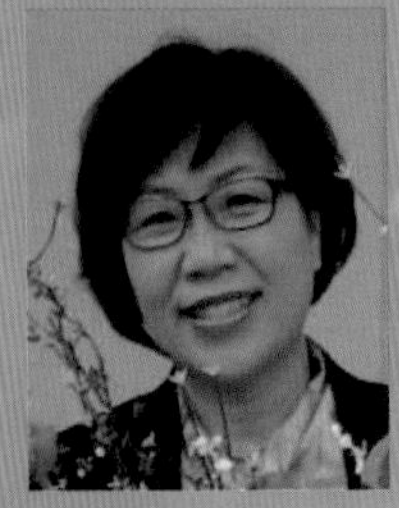

박희자 시인

부산시 사하구 거주
대한문학세계 시 부문 등단
사) 창작문학예술인협의회 정회원

74

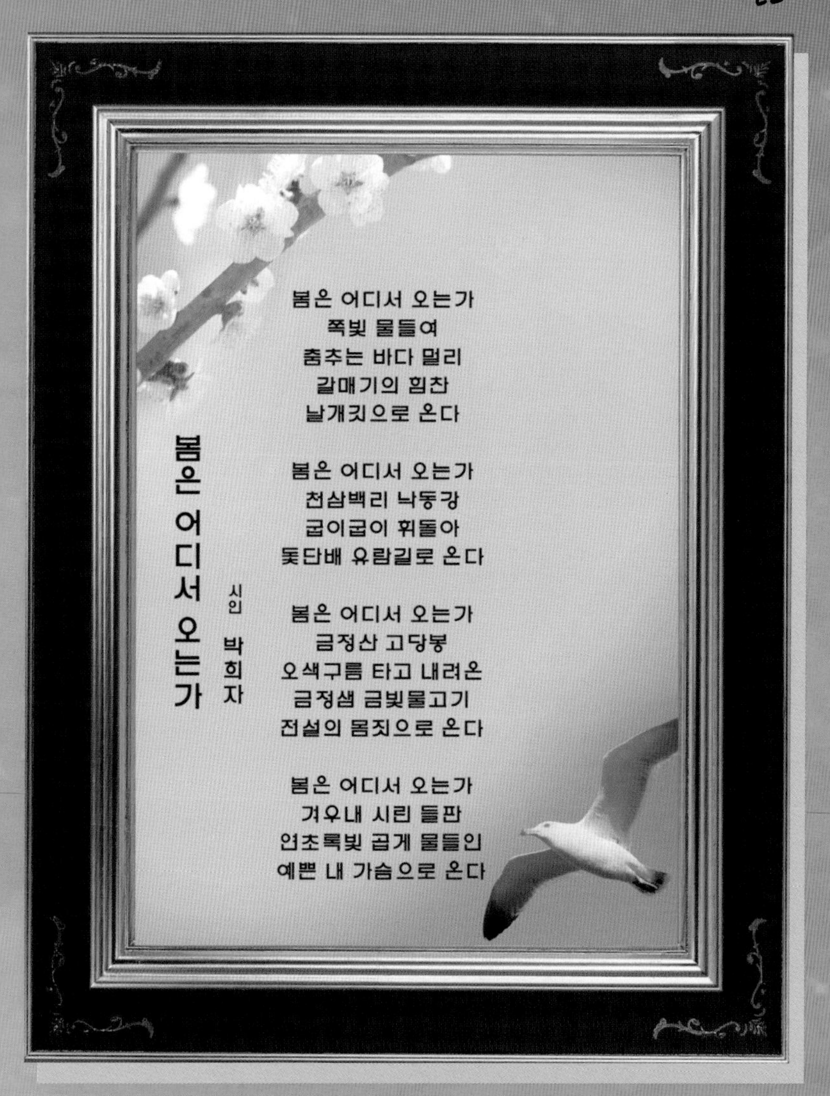

봄은 어디서 오는가
쪽빛 물들여
춤추는 바다 멀리
갈매기의 힘찬
날개짓으로 온다

봄은 어디서 오는가
천삼백리 낙동강
굽이굽이 휘돌아
돛단배 유람길로 온다

봄은 어디서 오는가
금정산 고당봉
오색구름 타고 내려온
금정샘 금빛물고기
전설의 몸짓으로 온다

봄은 어디서 오는가
겨우내 시린 들판
연초록빛 곱게 물들인
예쁜 내 가슴으로 온다

봄은 어디서 오는가

시인 박희자

2015 특별 초대 시인 시화집 - 박희자 시인

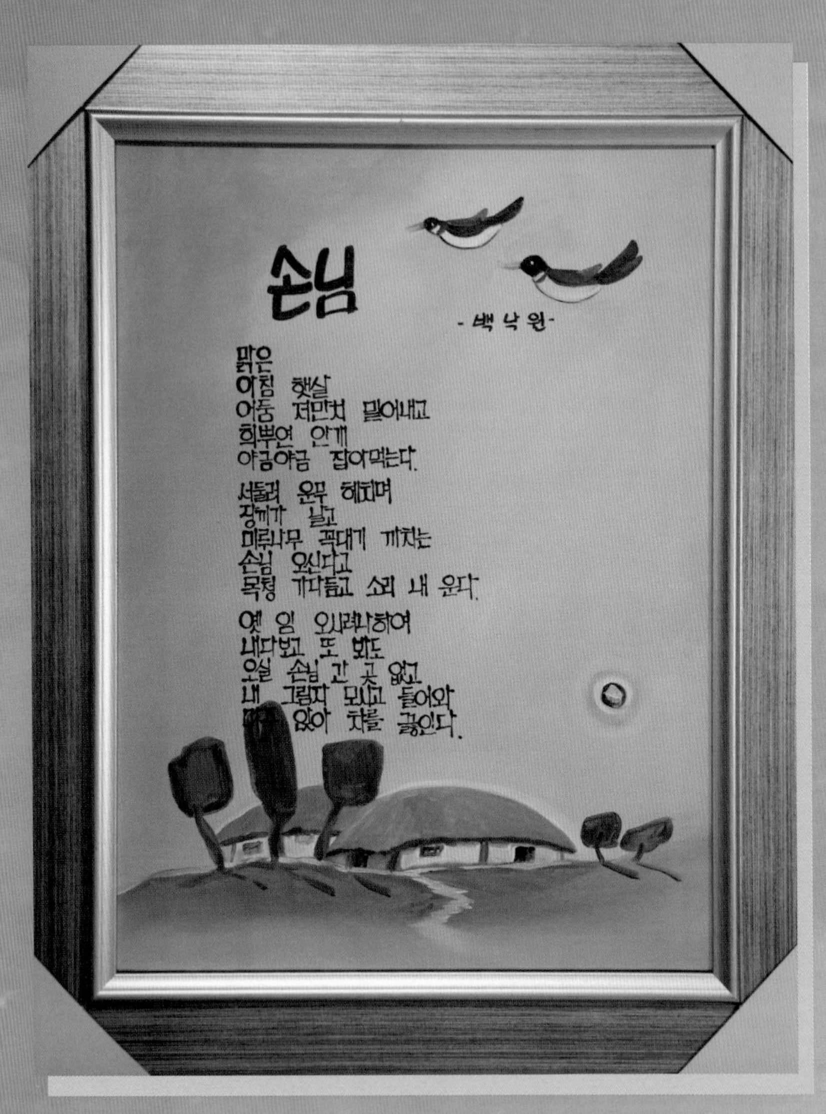

백낙원 시인

경북 포항시 거주
대한문학세계 시 부문 등단
사) 창작문학예술인협의회 정회원
대한문인협회 수필소설분과위원회장

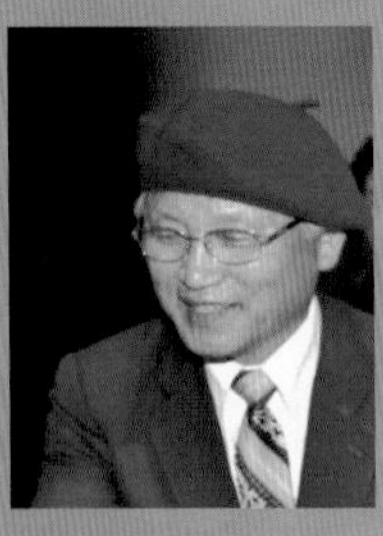

76

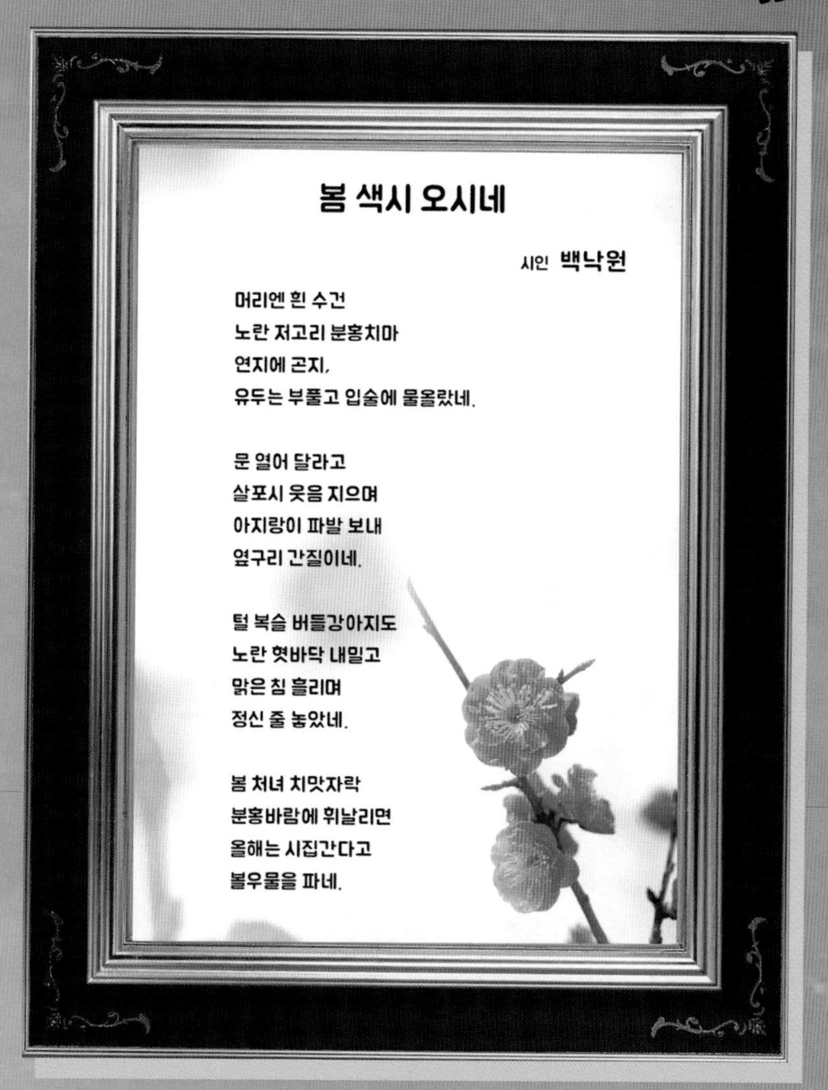

봄 색시 오시네

시인 **백낙원**

머리엔 흰 수건
노란 저고리 분홍치마
연지에 곤지,
유두는 부풀고 입술에 물올랐네.

문 열어 달라고
살포시 웃음 지으며
아지랑이 파발 보내
옆구리 간질이네.

털 복슬 버들강아지도
노란 혓바닥 내밀고
맑은 침 흘리며
정신 줄 놓았네.

봄 처녀 치맛자락
분홍바람에 휘날리면
올해는 시집간다고
볼우물을 파네.

2015 특별 초대 시인 시화집 - 백낙원 시인

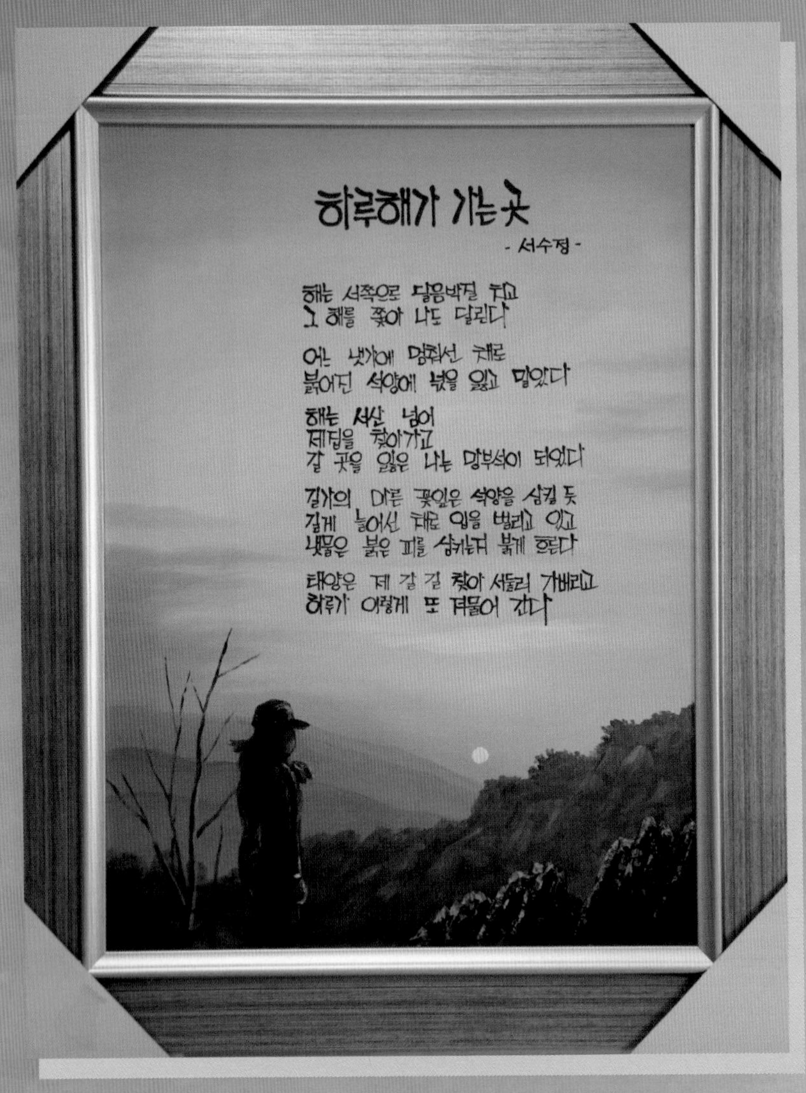

하루해가 가는 곳
- 서수정 -

해는 서쪽으로 달음박질 치고
그 해를 쫓아 나도 달린다

어느 냇가에 멈춰선 채로
붉어진 석양에 넋을 잃고 말았다

해는 산살 넘어
제집을 찾아가고
갈 곳을 잃은 나는 망부석이 되었다

강가의 마른 풀잎은 석양을 삼킬 듯
길게 늘어선 채로 잎을 벌리고 있고
냇물은 붉은 피를 삼키듯이 붉게 흐른다

태양은 제 갈 길 찾아 서둘러 가버리고
하루가 이렇게 또 저물어 간다

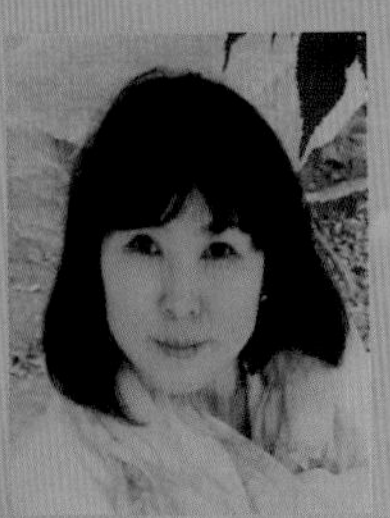

서수정 시인

서울 관악구 거주
대한문학세계 시 부문 등단
사) 창작문학예술인협의회 정회원

78

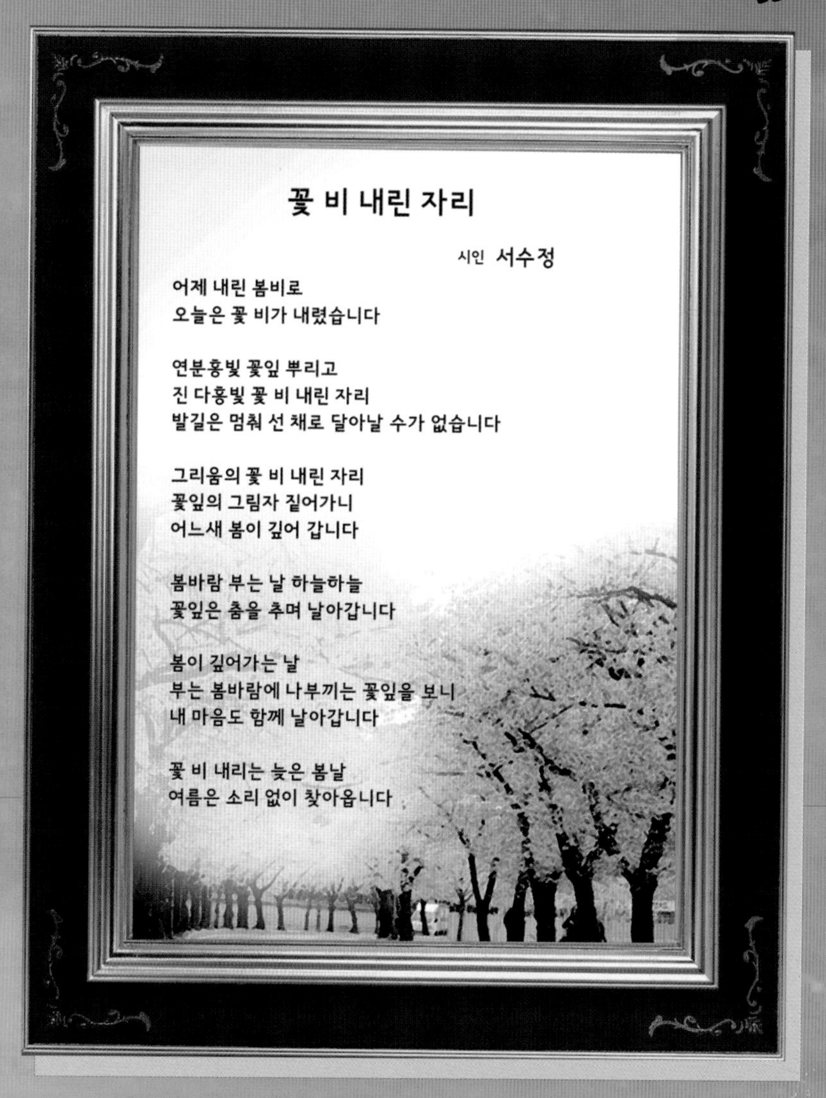

꽃 비 내린 자리

시인 **서수정**

어제 내린 봄비로
오늘은 꽃 비가 내렸습니다

연분홍빛 꽃잎 뿌리고
진 다홍빛 꽃 비 내린 자리
발길은 멈춰 선 채로 달아날 수가 없습니다

그리움의 꽃 비 내린 자리
꽃잎의 그림자 짙어가니
어느새 봄이 깊어 갑니다

봄바람 부는 날 하늘하늘
꽃잎은 춤을 추며 날아갑니다

봄이 깊어가는 날
부는 봄바람에 나부끼는 꽃잎을 보니
내 마음도 함께 날아갑니다

꽃 비 내리는 늦은 봄날
여름은 소리 없이 찾아옵니다

2015 특별 초대 시인 시화집 - 서수정 시인

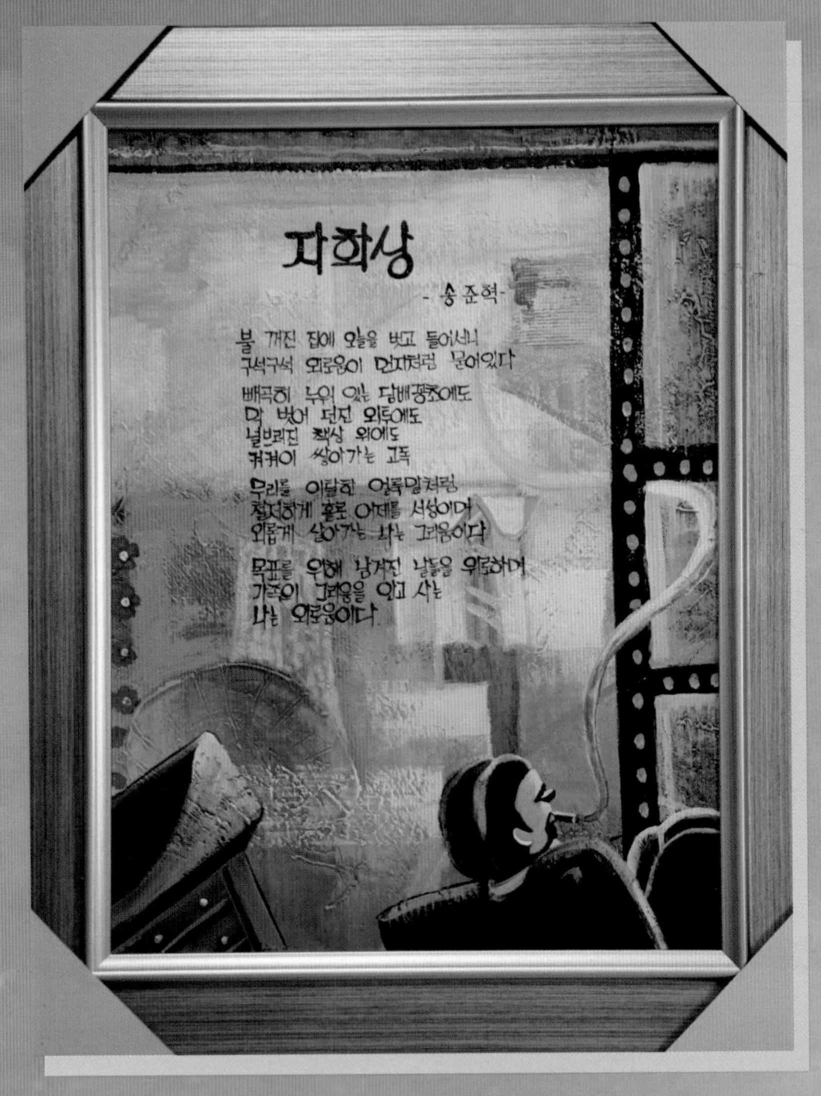

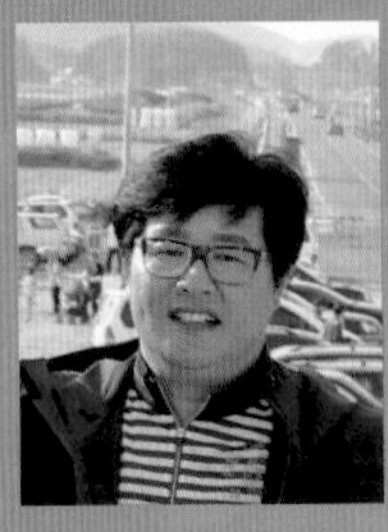

송준혁 시인

광주광역시 광산구 거주
대한문학세계 시 부문 등단
사) 창작문학예술인협의회 정회원
대한문인협회 행정국장

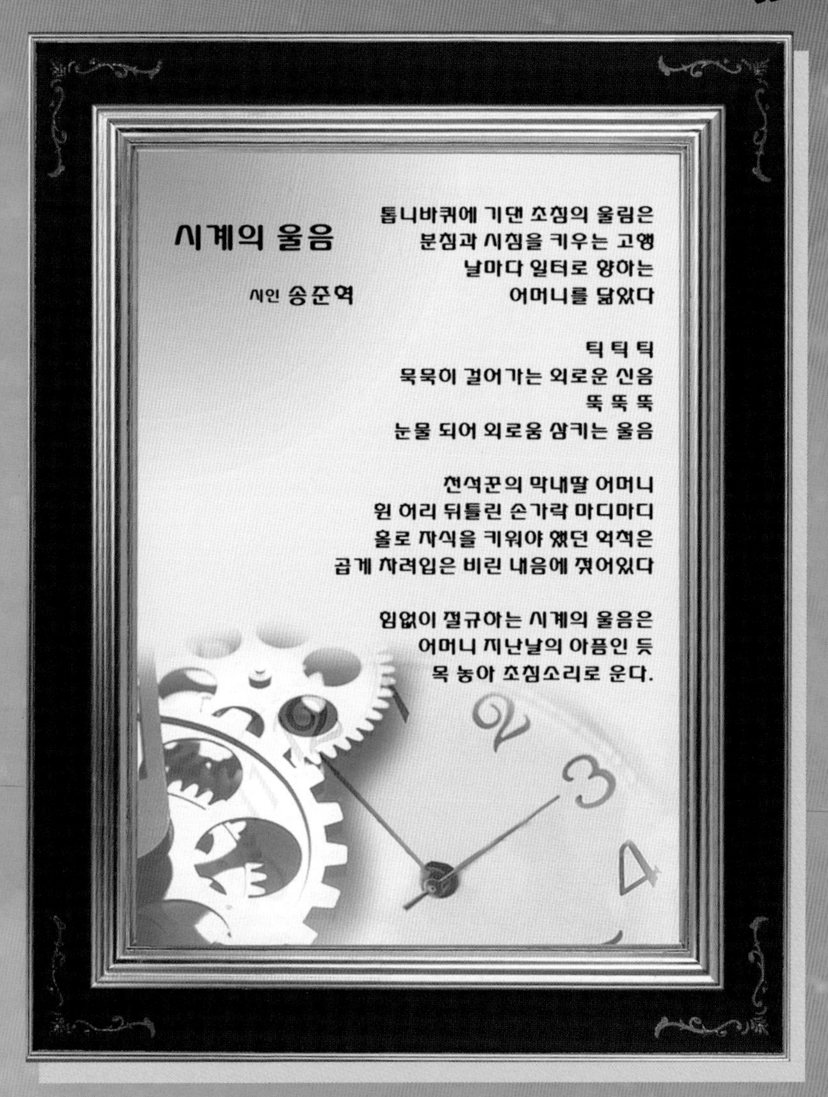

시계의 울음

시인 송준혁

톱니바퀴에 기댄 초침의 울림은
분침과 시침을 키우는 고행
날마다 일터로 향하는
어머니를 닮았다

틱 틱 틱
묵묵이 걸어가는 외로운 신음
똑 똑 똑
눈물 되어 외로움 삼키는 울음

천석꾼의 막내딸 어머니
윈 허리 뒤틀린 손가락 마디마디
올로 자식을 키워야 했던 억척은
곱게 차려입은 비린 내음에 젖어있다

임없이 절규하는 시계의 울음은
어머니 지난날의 아픔인 듯
목 놓아 초침소리로 운다.

2015 특별 초대 시인 시화집 - 송준혁 시인

81

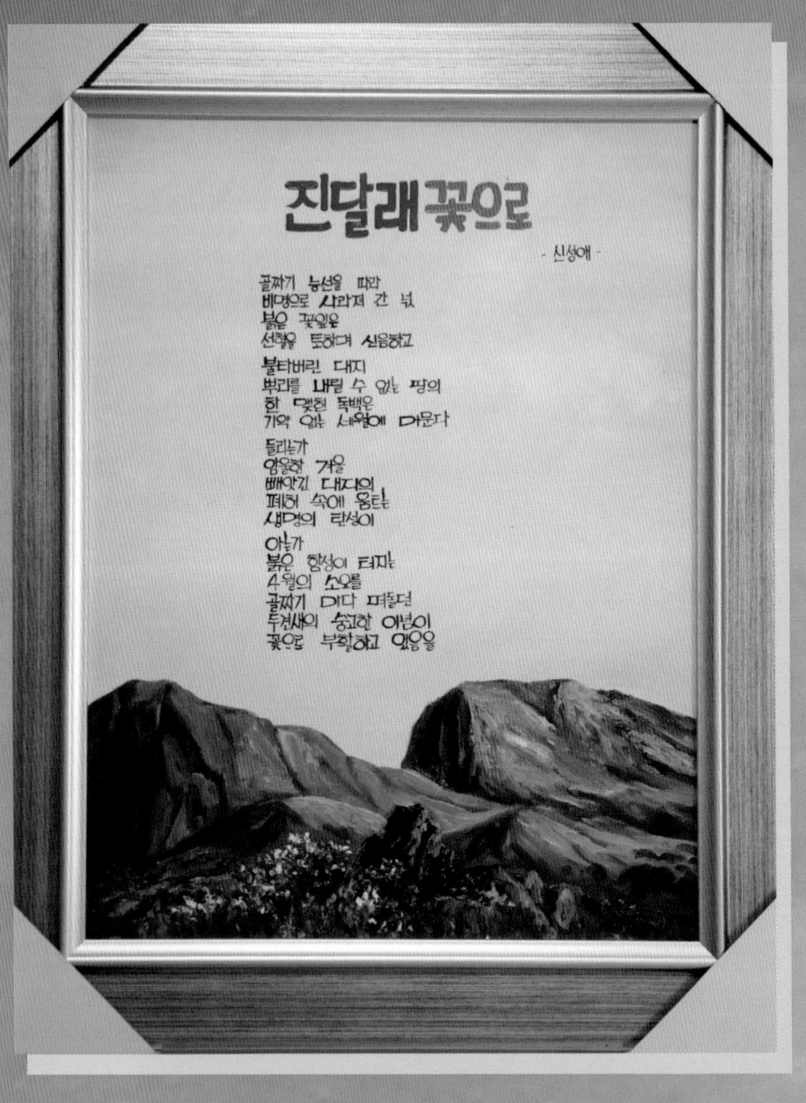

진달래꽃으로

- 신성애 -

골짜기 능선을 따라
비명으로 사라져 간 넋
붉은 꽃잎을
선혈을 토하며 신음하고

불타버린 대지
뿌리를 내릴 수 없는 땅의
한 맺힌 독백을
기억 없는 세월에 머문다

들리는가
영웅한 겨울
빼앗긴 대지의
퍼런 속에 울리는
생명의 탄성이

아니가
붉은 함성이 터지면
4월의 소오름
골짜기 마다 떠돌던
투정새의 승리라 아님이
꽃으로 부활하고 있음을

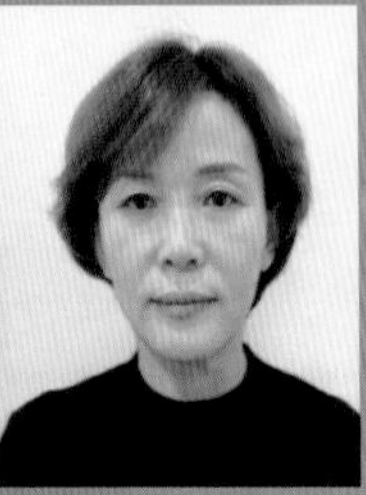

신성애 시인

경남 진주시 거주
대한문학세계 시 부문 등단
사) 창작문학예술인협의회 정회원

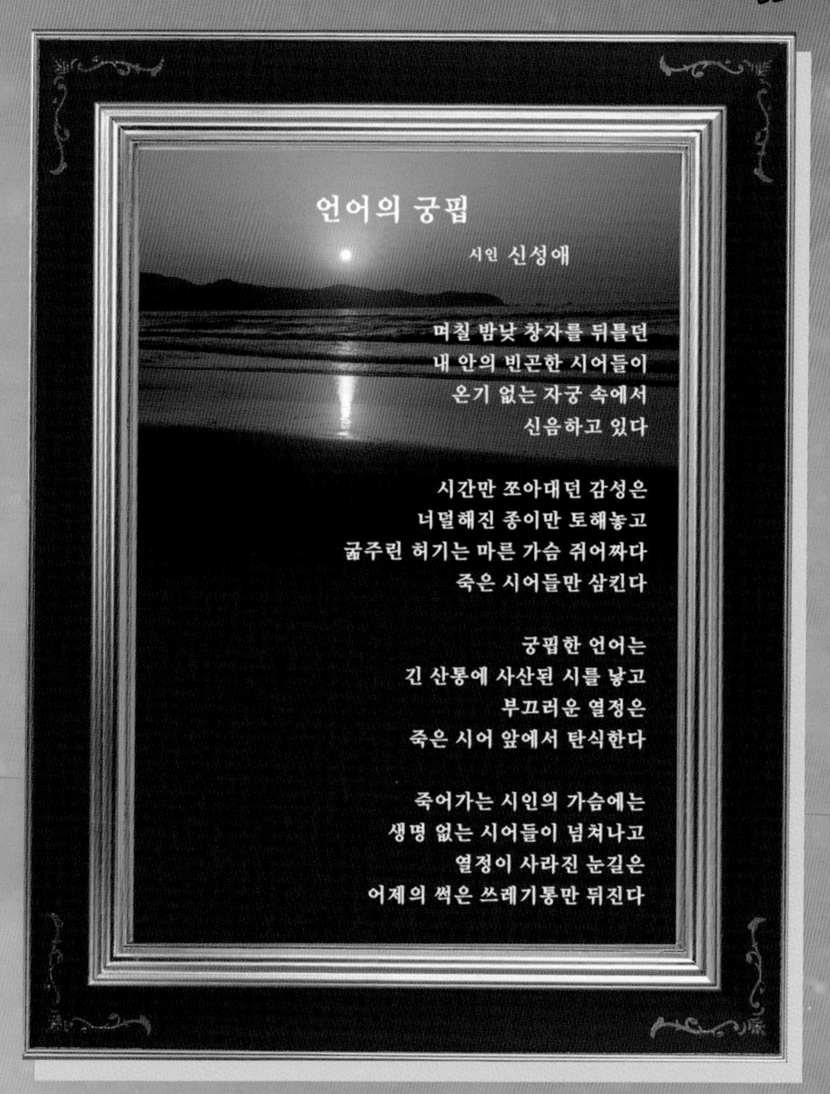

언어의 궁핍

시인 신성애

며칠 밤낮 창자를 뒤틀던
내 안의 빈곤한 시어들이
온기 없는 자궁 속에서
신음하고 있다

시간만 쪼아대던 감성은
너덜해진 종이만 토해놓고
굶주린 허기는 마른 가슴 쥐어짜다
죽은 시어들만 삼킨다

궁핍한 언어는
긴 산통에 사산된 시를 낳고
부끄러운 열정은
죽은 시어 앞에서 탄식한다

죽어가는 시인의 가슴에는
생명 없는 시어들이 넘쳐나고
열정이 사라진 눈길은
어제의 썩은 쓰레기통만 뒤진다

2015 특별 초대 시인 시화집 - 신성애 시인

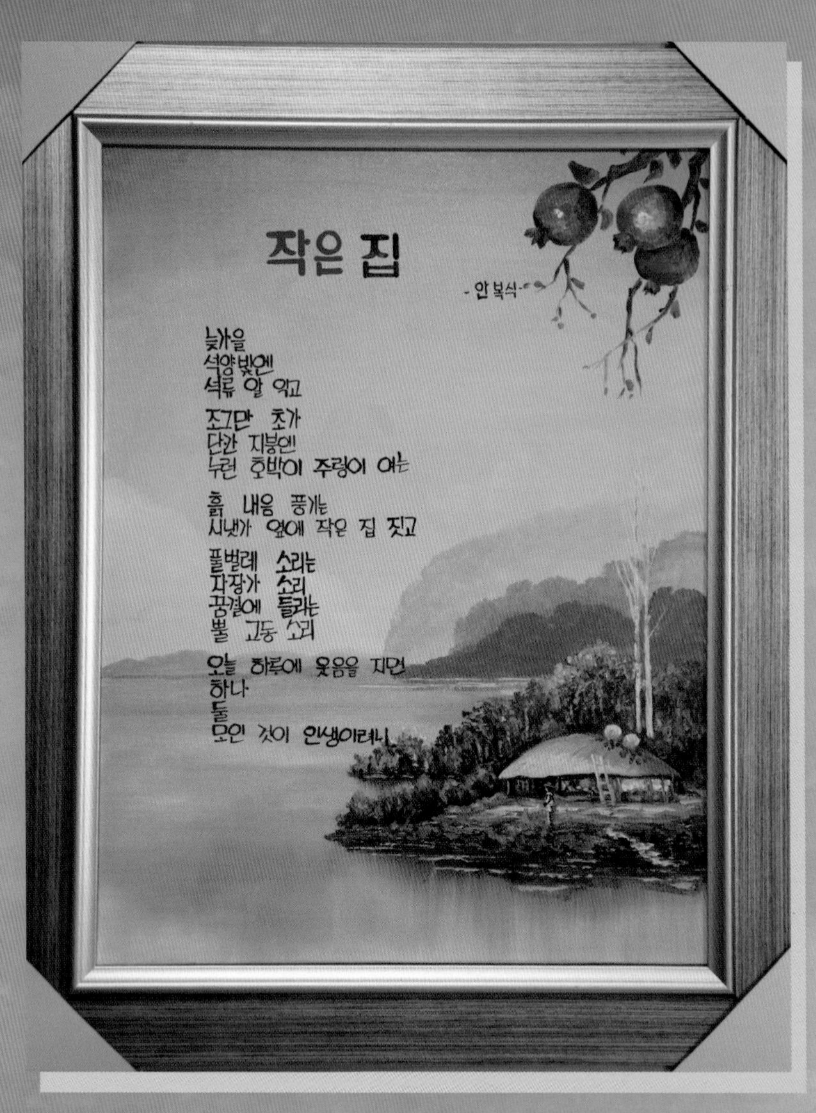

작은 집

- 안복식 -

늦가을
석양빛엔
석류 알 익고

조그만 초가
담쟌 지붕엔
누런 호박이 주렁이 여는

흙 내음 풍기는
시냇가 옆에 작은 집 짓고

풀벌레 소리는
자장가 소리
꿈결에 들리는
뿔 고동 소리

오늘 하루에 웃음을 지면
하나
둘
모인 것이 인생이려니

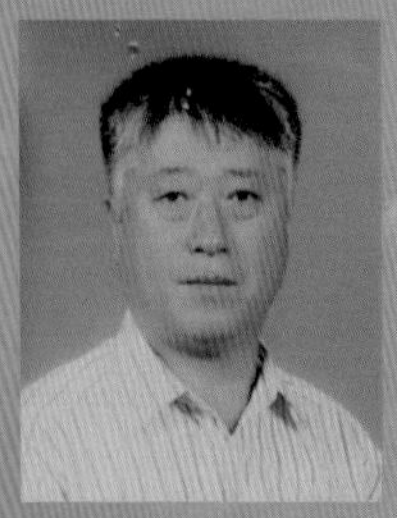

안복식 시인

서울 동대문구 거주
대한문학세계 시 부문 등단
사) 창작문학예술인협의회 정회원

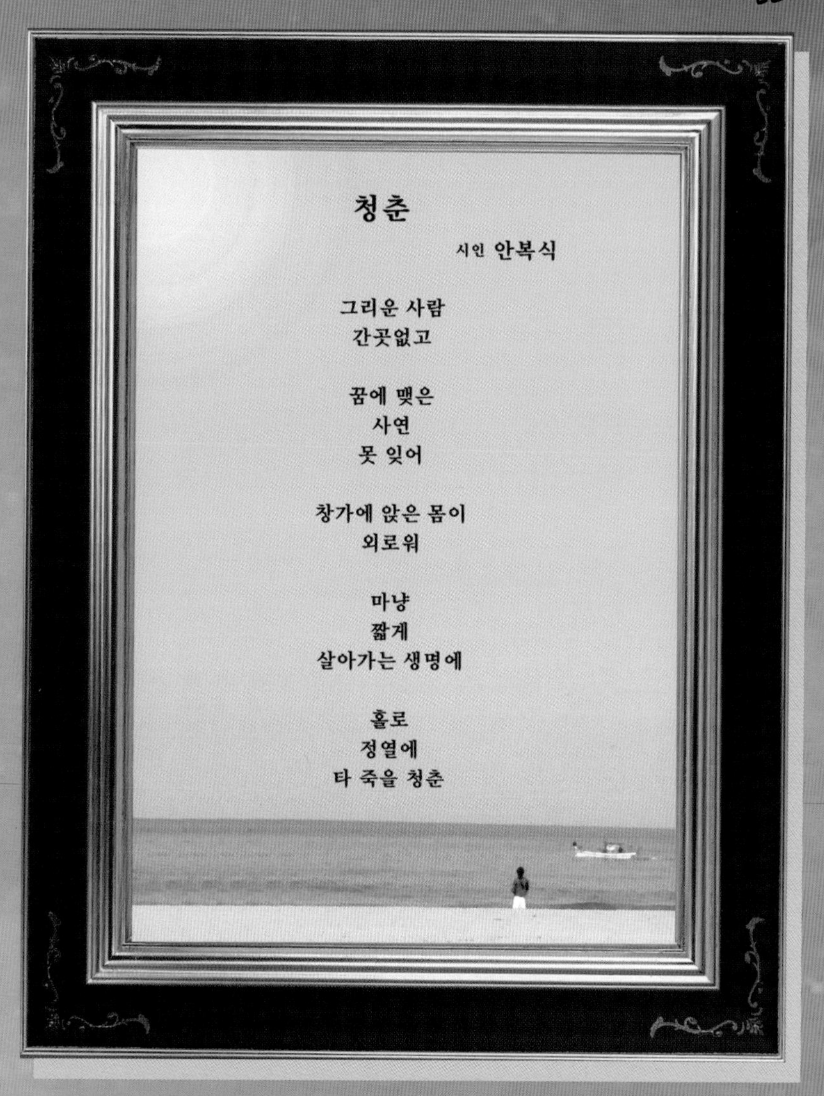

청춘

시인 안복식

그리운 사람
간곳없고

꿈에 맺은
사연
못 잊어

창가에 앉은 몸이
외로워

마냥
짧게
살아가는 생명에

홀로
정열에
타 죽을 청춘

2015 특별 초대 시인 시화집 - 안복식 시인

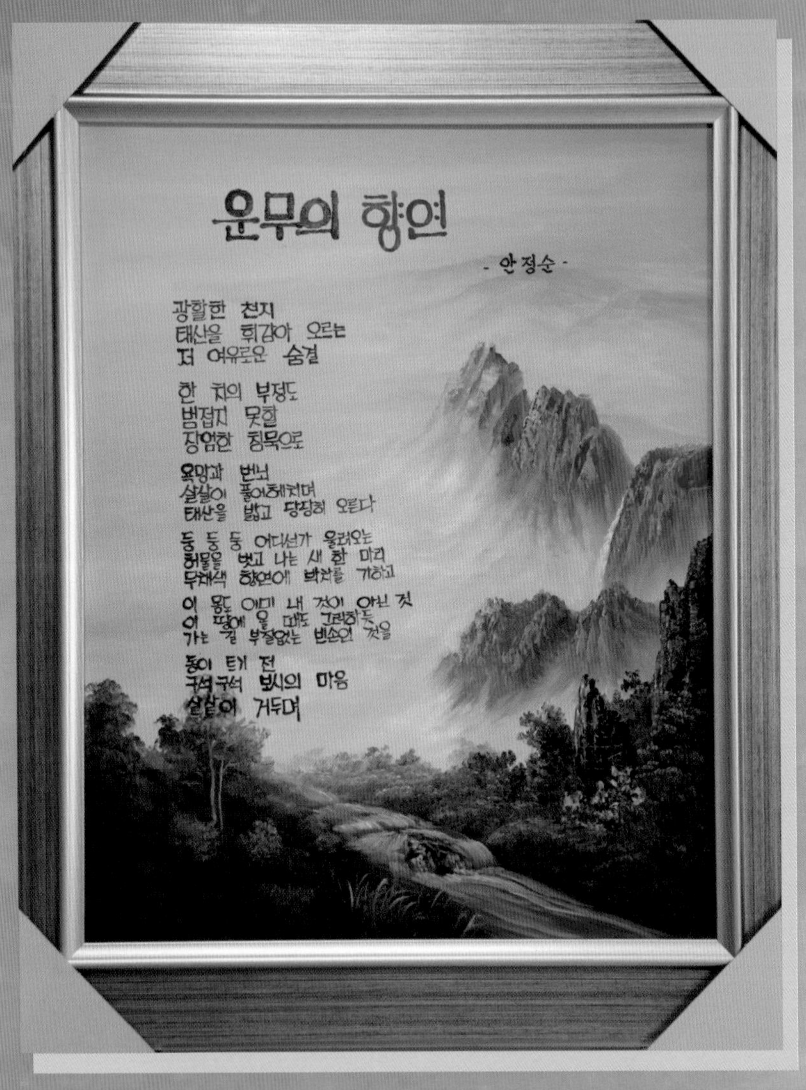

운무의 향연

- 안정순 -

광활한 천지
태산을 휘감아 오르는
저 여유로운 숨결

한 치의 부정도
범접지 못할
장엄한 침묵으로

욕망과 번뇌
살살이 풀어헤치며
태산을 밟고 당당히 오른다

둥 둥 둥 어디선가 울려오는
허물을 벗고 나는 새 한 마리
무채색 향연에 백자를 가르고

이 몸도 어미 내 것이 아닌 것
연 뜻대로 되는 것 아니고
가는 것 부질없는 빈손인 것을

둥이 트기 전
구석구석 빛의 마음
살갈이 거두며

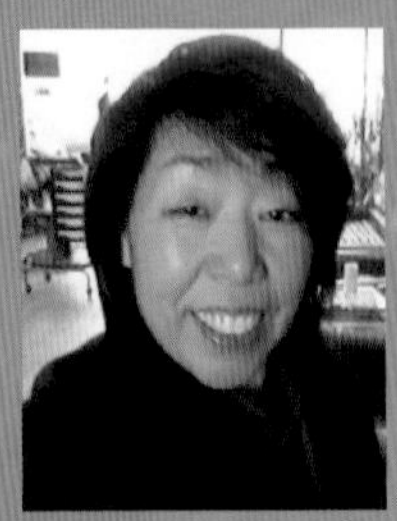

안정순 시인

충남 부여군 거주
대한문학세계 시 부문 등단
사) 창작문학예술인협의회 정회원

86

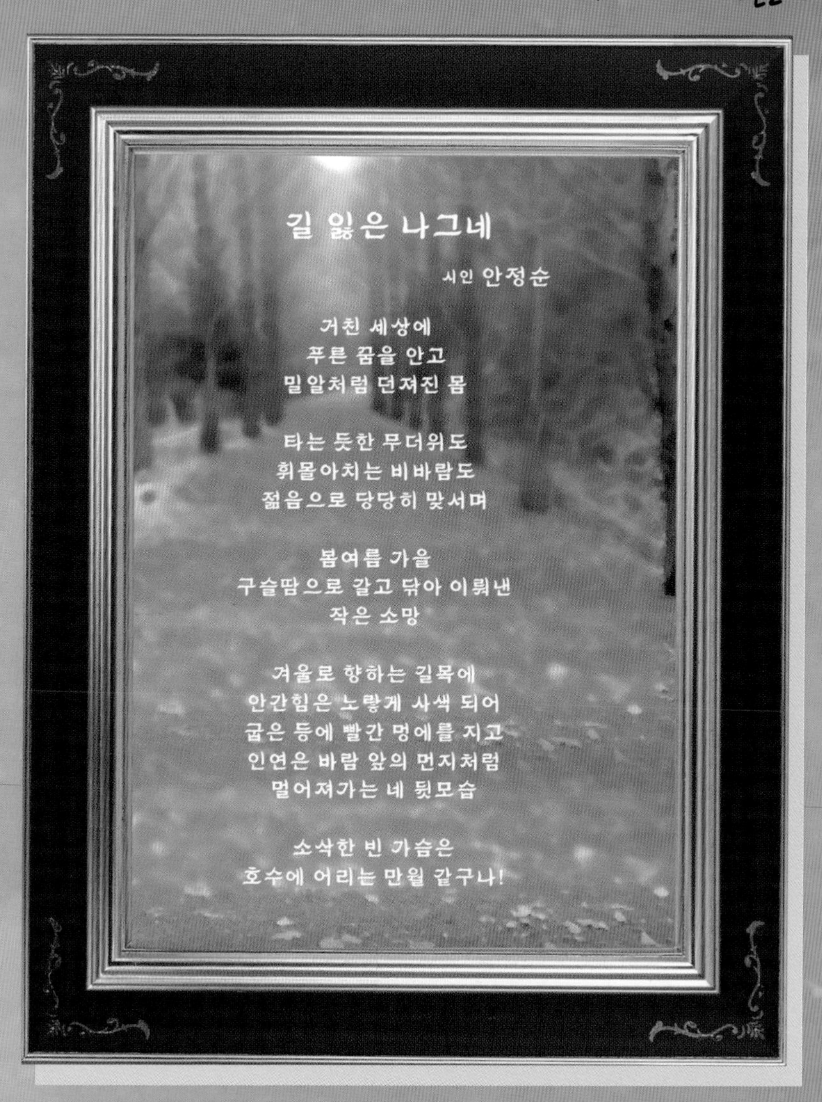

길 잃은 나그네

시인 안정순

거친 세상에
푸른 꿈을 안고
밀알처럼 던져진 몸

타는 듯한 무더위도
휘몰아치는 비바람도
젊음으로 당당히 맞서며

봄여름 가을
구슬땀으로 갈고 닦아 이뤄낸
작은 소망

겨울로 향하는 길목에
안간힘은 노랗게 사색 되어
굽은 등에 빨간 멍에를 지고
인연은 바람 앞의 먼지처럼
멀어져가는 네 뒷모습

소삭한 빈 가슴은
호수에 어리는 만월 같구나!

2015 특별 초대 시인 시화집 - 안정순 시인

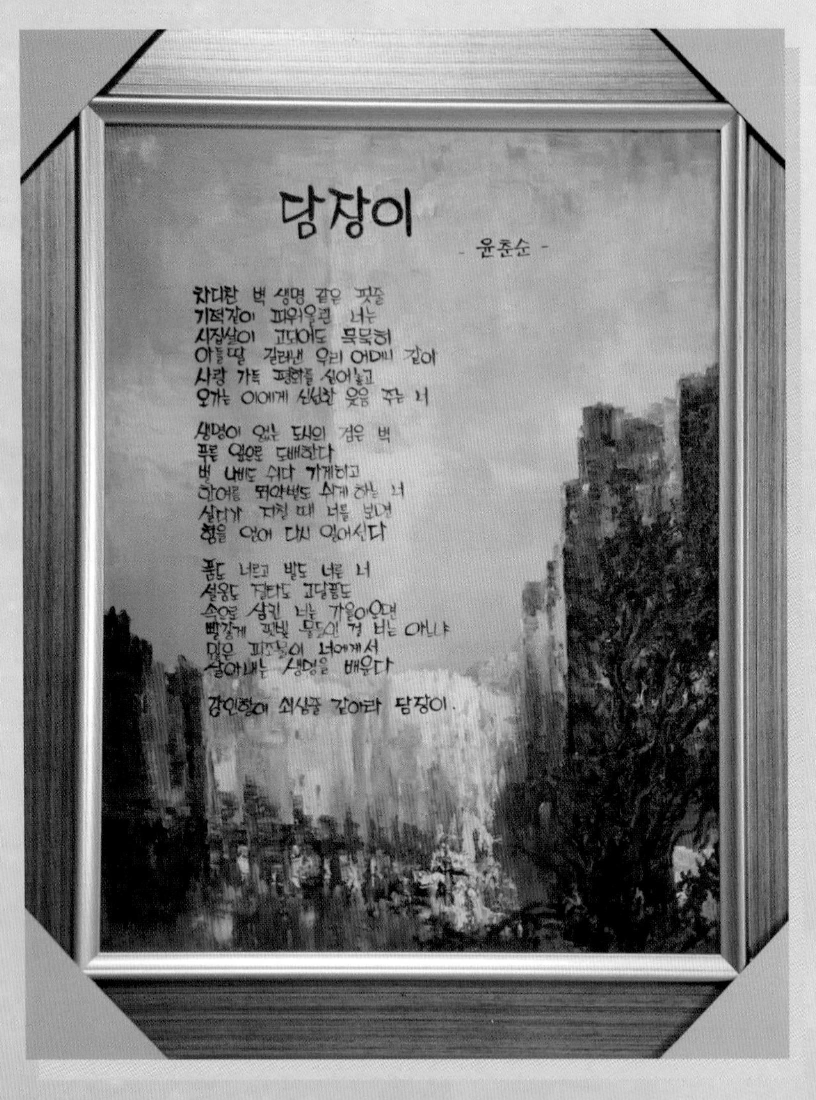

담쟁이

- 윤춘순 -

찬란한 백 생명 같은 꽃줄
기적같이 피워올린 너는
시집살이 고되어도 묵묵히
아들딸 길러낸 우리 어머니 같아
사랑 가득 포향들 실어놓고
오가는 이에게 신선한 웃음 주는 너

생명이 없는 도시의 검은 벽
푸른 잎으로 덮어라
벽 내려 쉬다 가게하고
막아서 먼안벽도 쉬게 하는 너
삶이가 지칠 때 너를 보면
힘을 얻어 다시 일어선다

품도 너르고 빛도 너른 너
서울도 잎파도 꼬담풀도
속으로 삼킨 너는 가을이었어
빨갛게 꽃빛 무늬인 것 빈 아니냐
많은 피조물이 너에게서
살아내는 사랑을 배운다

강인함이 쇠심줄 같아라 담쟁이.

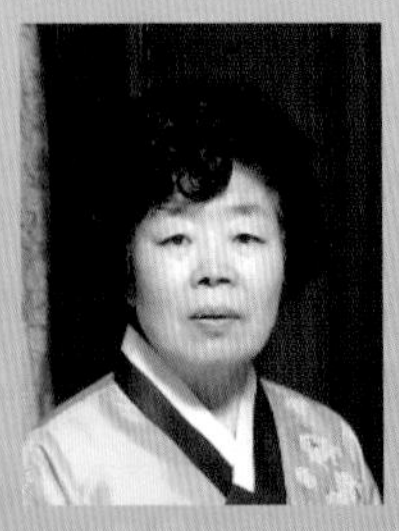

윤춘순 시인

대구 달서구 거주
대한문학세계 시 부문 등단
사) 창작문학예술인협의회 정회원

88

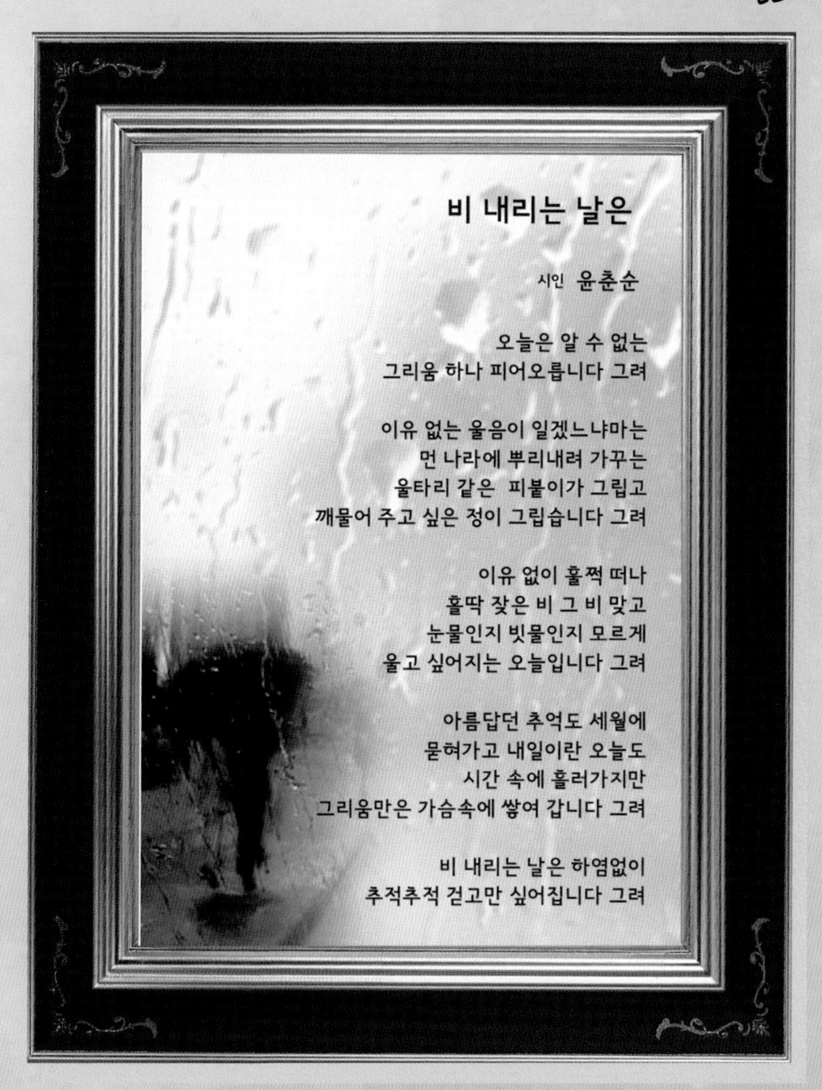

비 내리는 날은

시인 **윤춘순**

오늘은 알 수 없는
그리움 하나 피어오릅니다 그려

이유 없는 울음이 일겠느냐마는
먼 나라에 뿌리내려 가꾸는
울타리 같은 피붙이가 그립고
깨물어 주고 싶은 정이 그립습니다 그려

이유 없이 훌쩍 떠나
홀딱 잦은 비 그 비 맞고
눈물인지 빗물인지 모르게
울고 싶어지는 오늘입니다 그려

아름답던 추억도 세월에
묻혀가고 내일이란 오늘도
시간 속에 흘러가지만
그리움만은 가슴속에 쌓여 갑니다 그려

비 내리는 날은 하염없이
추적추적 걷고만 싶어집니다 그려

2015 특별 초대 시인 시화집 - 윤춘순 시인

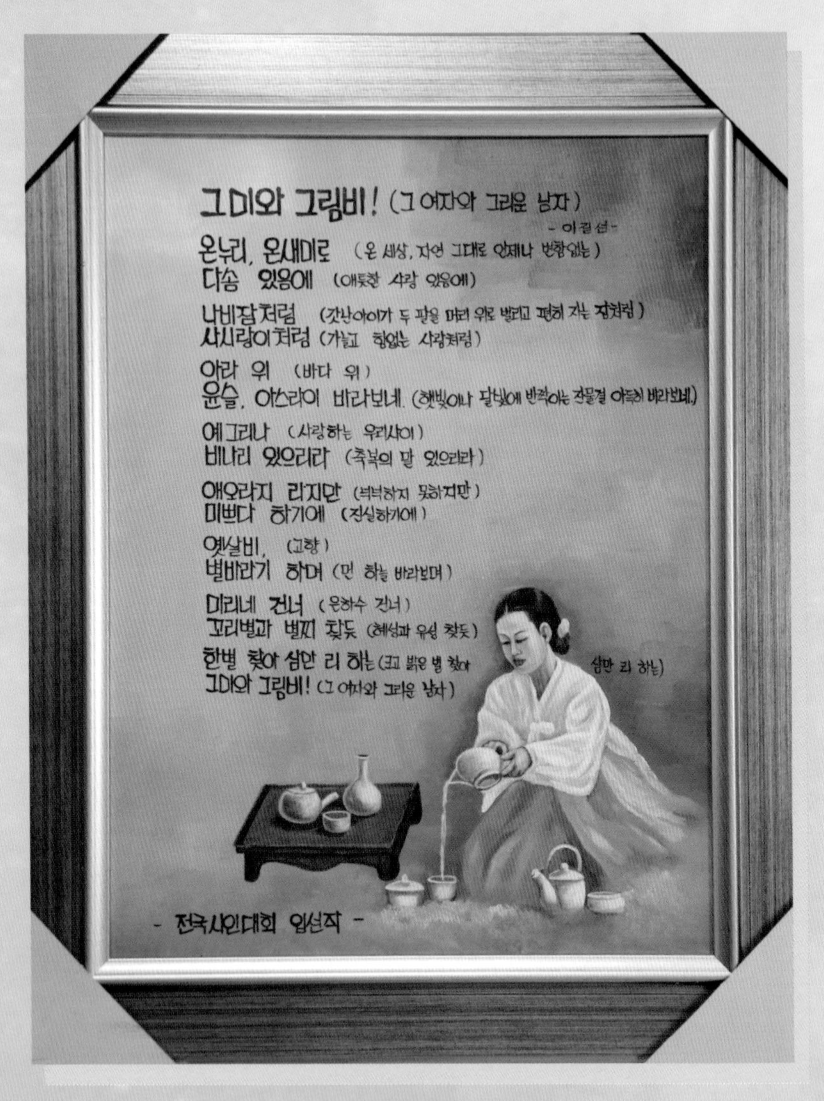

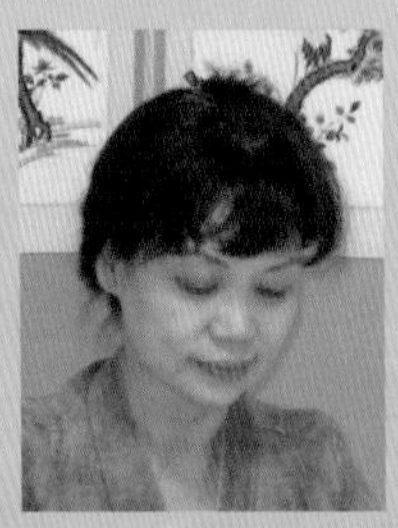

이길선 시인

경북 포항시 거주
대한문학세계 시 부문 등단
사) 창작문학예술인협의회 정회원

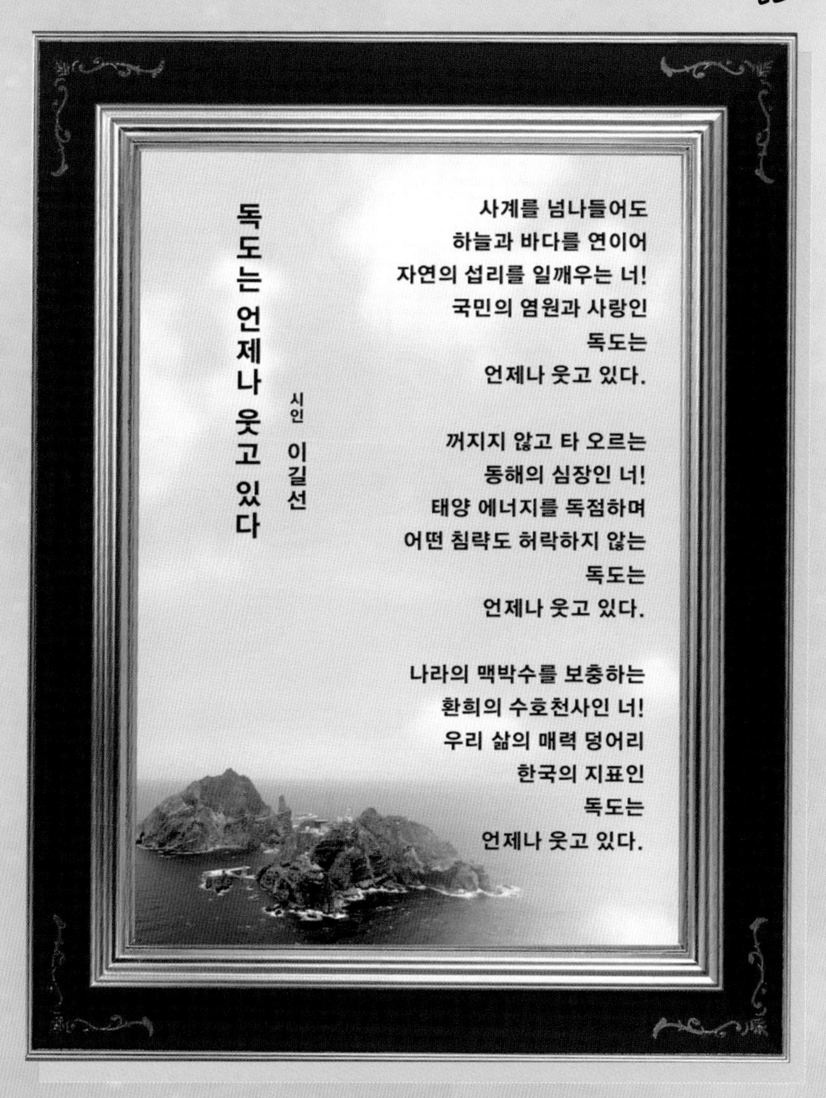

독도는 언제나 웃고 있다

시인 이길선

사계를 넘나들어도
하늘과 바다를 연이어
자연의 섭리를 일깨우는 너!
국민의 염원과 사랑인
독도는
언제나 웃고 있다.

꺼지지 않고 타 오르는
동해의 심장인 너!
태양 에너지를 독점하며
어떤 침략도 허락하지 않는
독도는
언제나 웃고 있다.

나라의 맥박수를 보충하는
환희의 수호천사인 너!
우리 삶의 매력 덩어리
한국의 지표인
독도는
언제나 웃고 있다.

2015 특별 초대 시인 시화집 - 이길선 시인

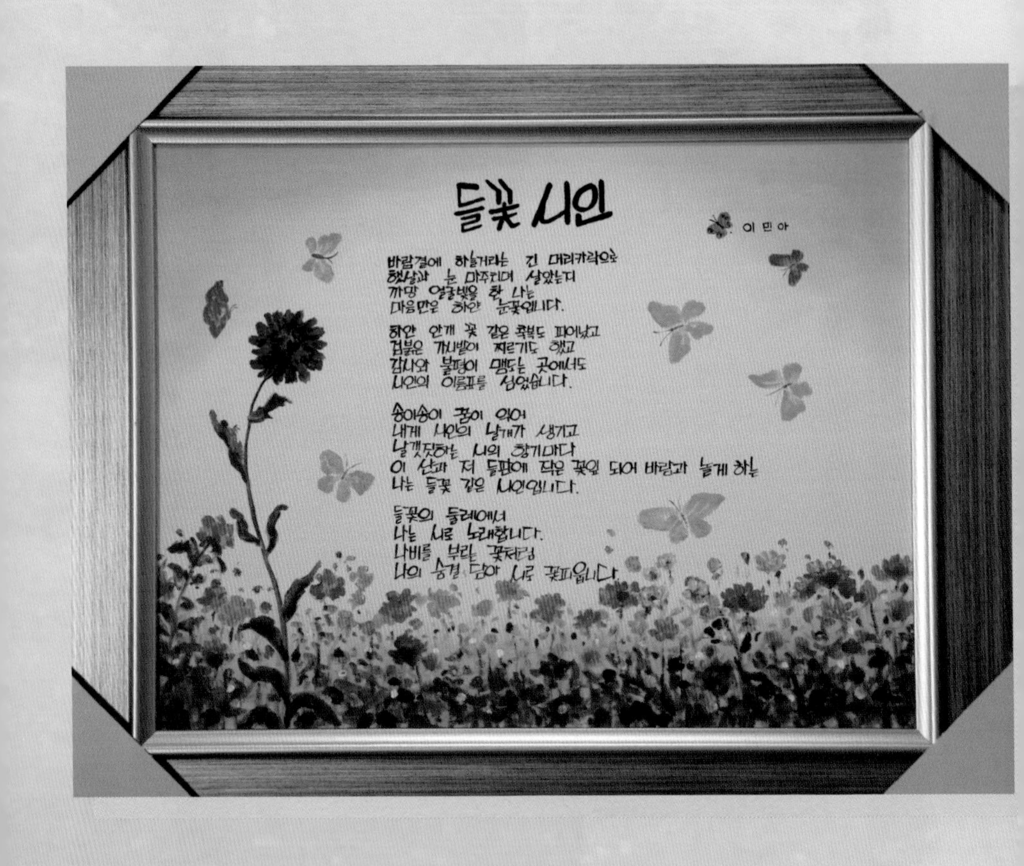

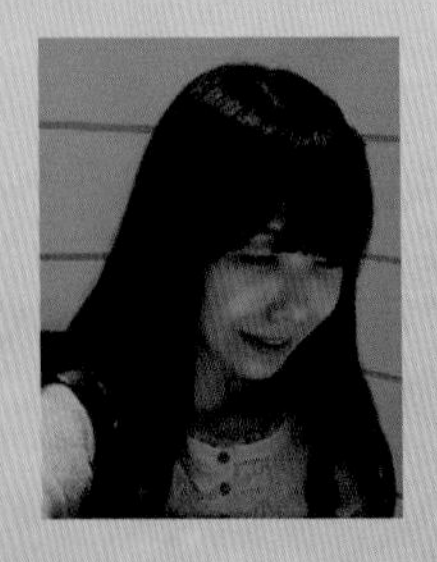

이민아 시인

충남 공주시 거주
대한문학세계 시 부문 등단
사) 창작문학예술인협의회 정회원

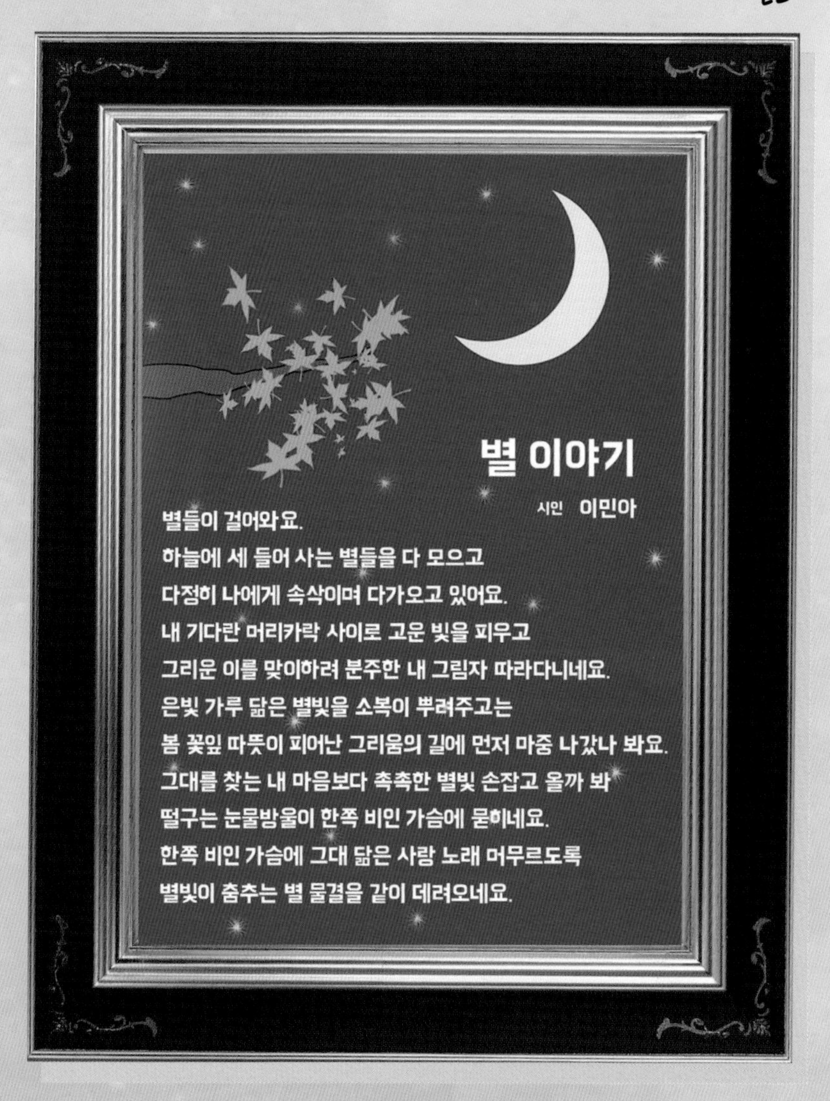

별 이야기

시인 이민아

별들이 걸어와요.
하늘에 세 들어 사는 별들을 다 모으고
다정히 나에게 속삭이며 다가오고 있어요.
내 기다란 머리카락 사이로 고운 빛을 피우고
그리운 이를 맞이하려 분주한 내 그림자 따라다니네요.
은빛 가루 닮은 별빛을 소복이 뿌려주고는
봄 꽃잎 따뜻이 피어난 그리움의 길에 먼저 마중 나갔나 봐요.
그대를 찾는 내 마음보다 촉촉한 별빛 손잡고 올까 봐
떨구는 눈물방울이 한쪽 비인 가슴에 묻히네요.
한쪽 비인 가슴에 그대 닮은 사람 노래 머무르도록
별빛이 춤추는 별 물결을 같이 데려오네요.

2015 특별 초대 시인 시화집 - 이민아 시인

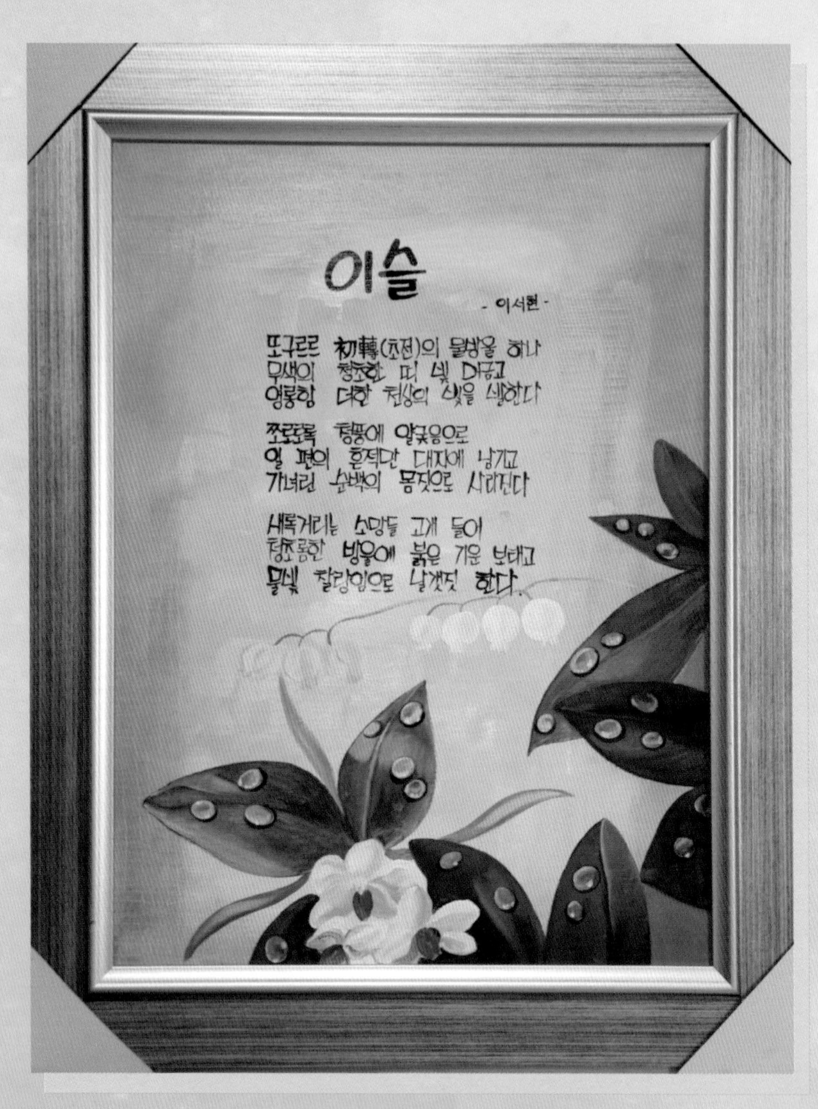

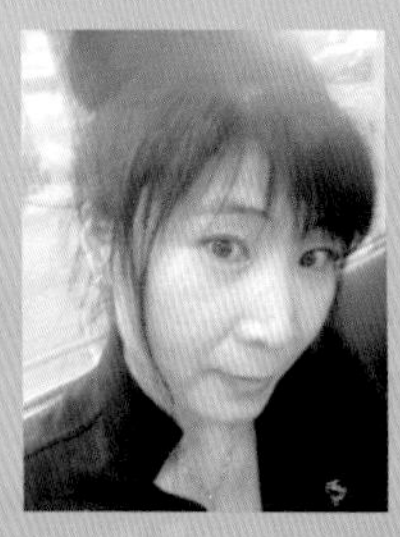

이서현 시인

제주 서귀포시 거주
대한문학세계 시 부문 등단
사) 창작문학예술인협의회 정회원

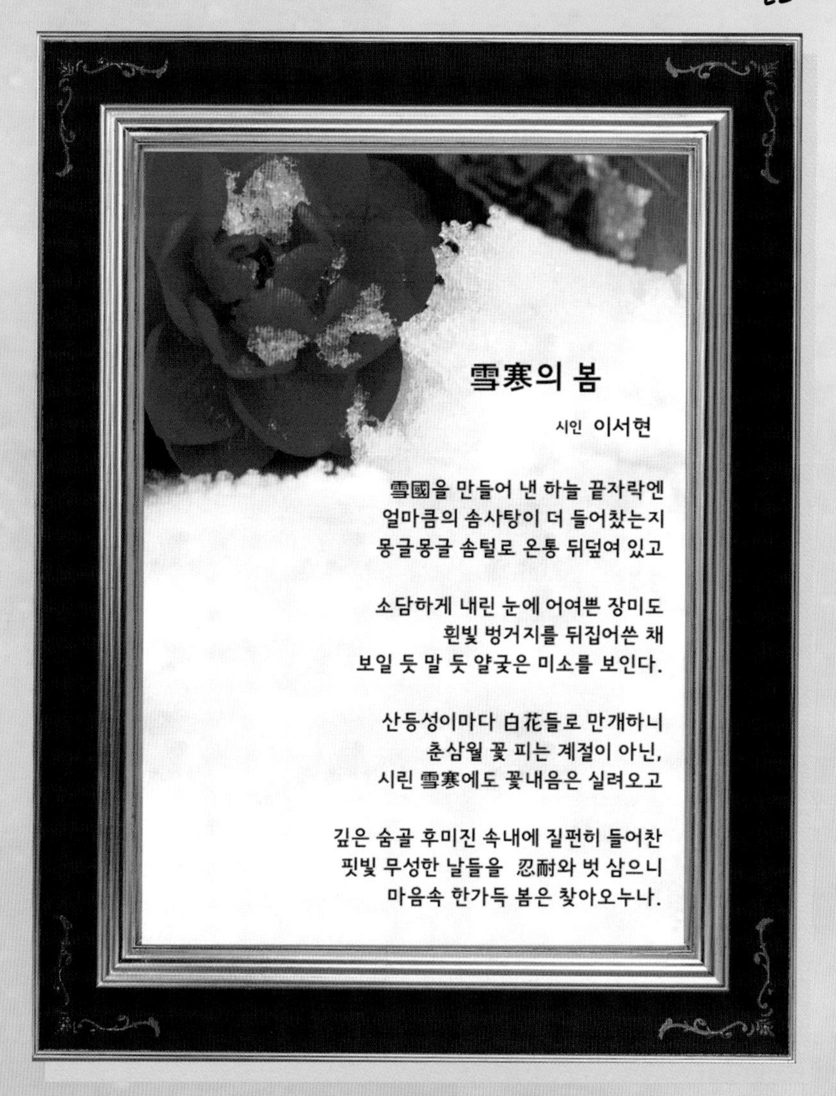

雪寒의 봄

시인 이서현

雪國을 만들어 낸 하늘 끝자락엔
얼마큼의 솜사탕이 더 들어찼는지
몽글몽글 솜털로 온통 뒤덮여 있고

소담하게 내린 눈에 어여쁜 장미도
흰빛 벙거지를 뒤집어쓴 채
보일 듯 말 듯 얄궂은 미소를 보인다.

산등성이마다 白花들로 만개하니
춘삼월 꽃 피는 계절이 아닌,
시린 雪寒에도 꽃내음은 실려오고

깊은 숨골 후미진 속내에 질펀히 들어찬
핏빛 무성한 날들을 忍耐와 벗 삼으니
마음속 한가득 봄은 찾아오누나.

2015 특별 초대 시인 시화집 - 이서현 시인

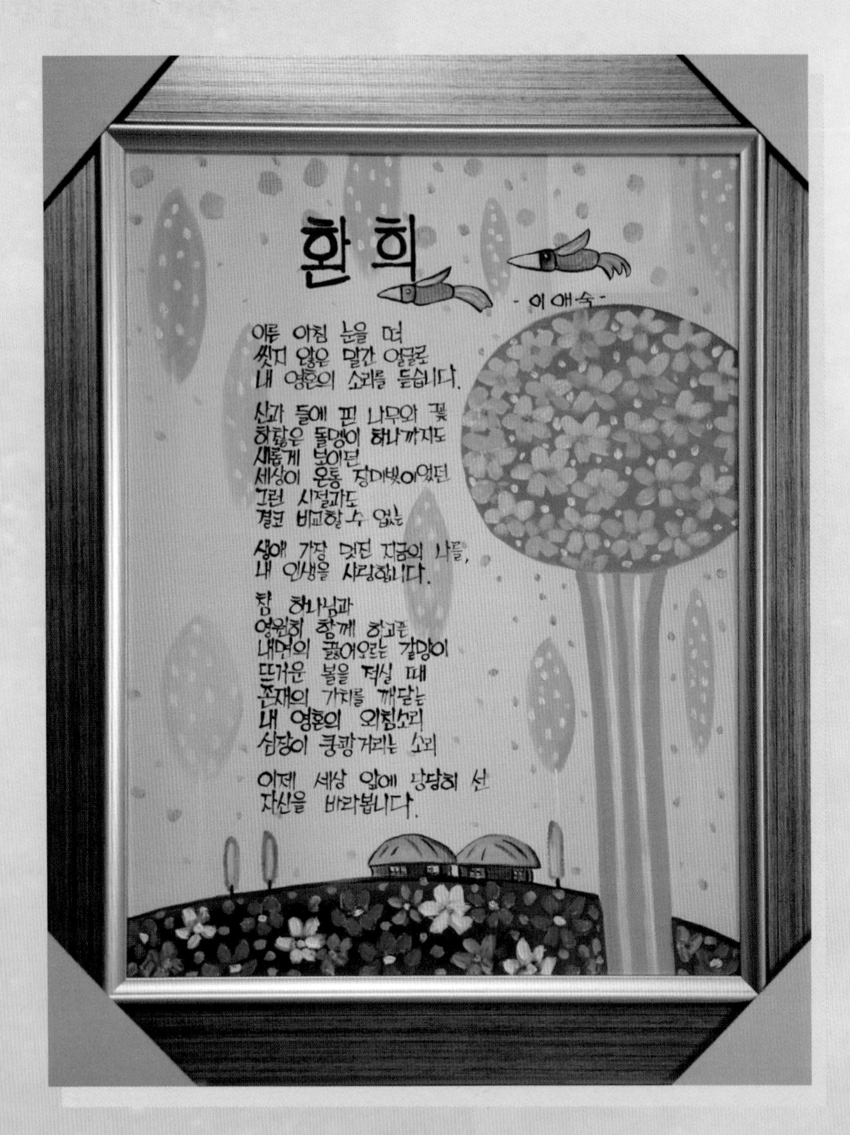

환희

-이애숙-

이른 아침 눈을 뜨며
씻지 않은 말간 얼굴로
내 영혼의 소리를 듣습니다.

산과 들에 핀 나무와 꽃
하찮은 돌멩이 하나까지도
새롭게 보이던
세상이 온통 장미빛이었던
그런 시절과도
결코 비교할 수 없는

삶에 가장 멋진 지금의 나를,
내 인생을 사랑합니다.

참 하나님과
영원히 함께 하고픈
내면의 끓어오르는 갈망이
뜨거운 불을 지필 때
존재의 가치를 깨닫는
내 영혼의 외침소리
심장이 쿵쾅거리는 소리

이제 세상 앞에 당당히 선
자신을 바라봅니다.

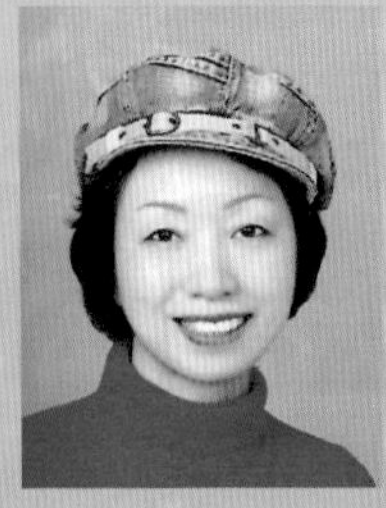

이애숙 시인

부산시 남구 거주
대한문학세계 시 부문 등단
사) 창작문학예술인협의회 정회원

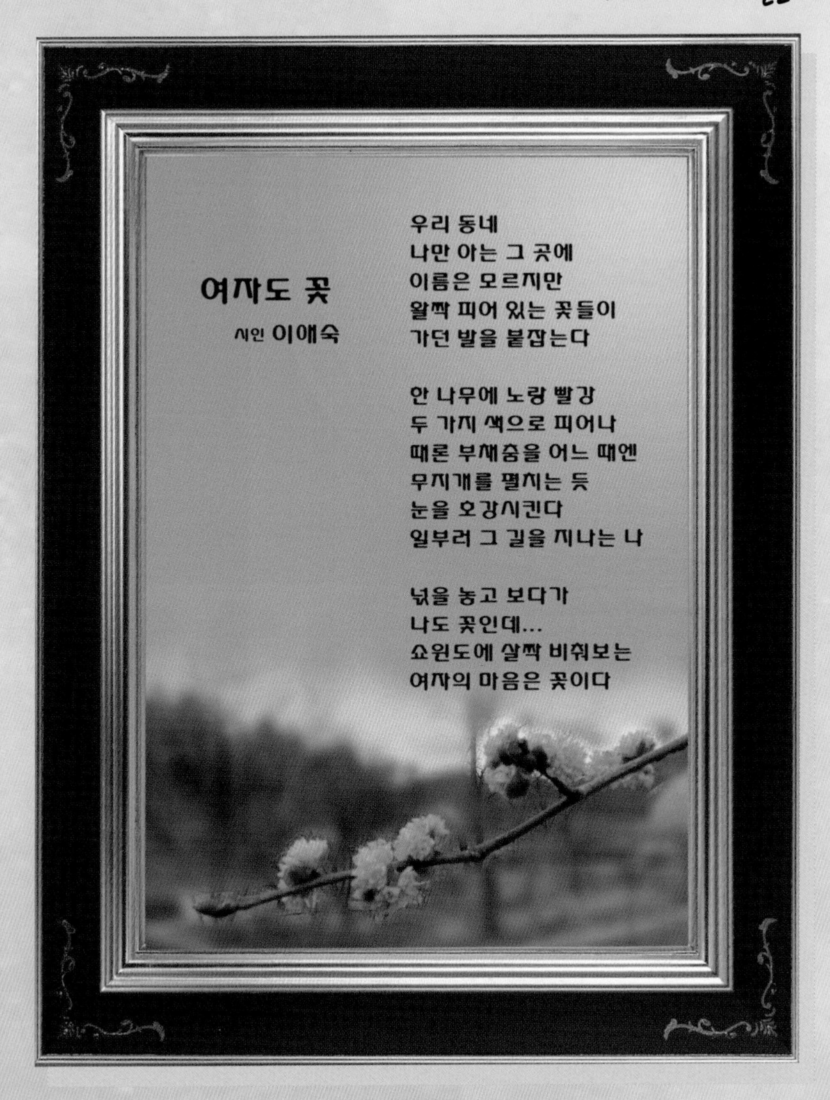

여자도 꽃

시인 이애숙

우리 동네
나만 아는 그 곳에
이름은 모르지만
활짝 피어 있는 꽃들이
가던 발을 붙잡는다

한 나무에 노랑 빨강
두 가지 색으로 피어나
때론 부채춤을 어느 때엔
무지개를 펼치는 듯
눈을 호강시킨다
일부러 그 길을 지나는 나

넋을 놓고 보다가
나도 꽃인데...
쇼윈도에 살짝 비춰보는
여자의 마음은 꽃이다

2015 특별 초대 시인 시화집 - 이애숙 시인

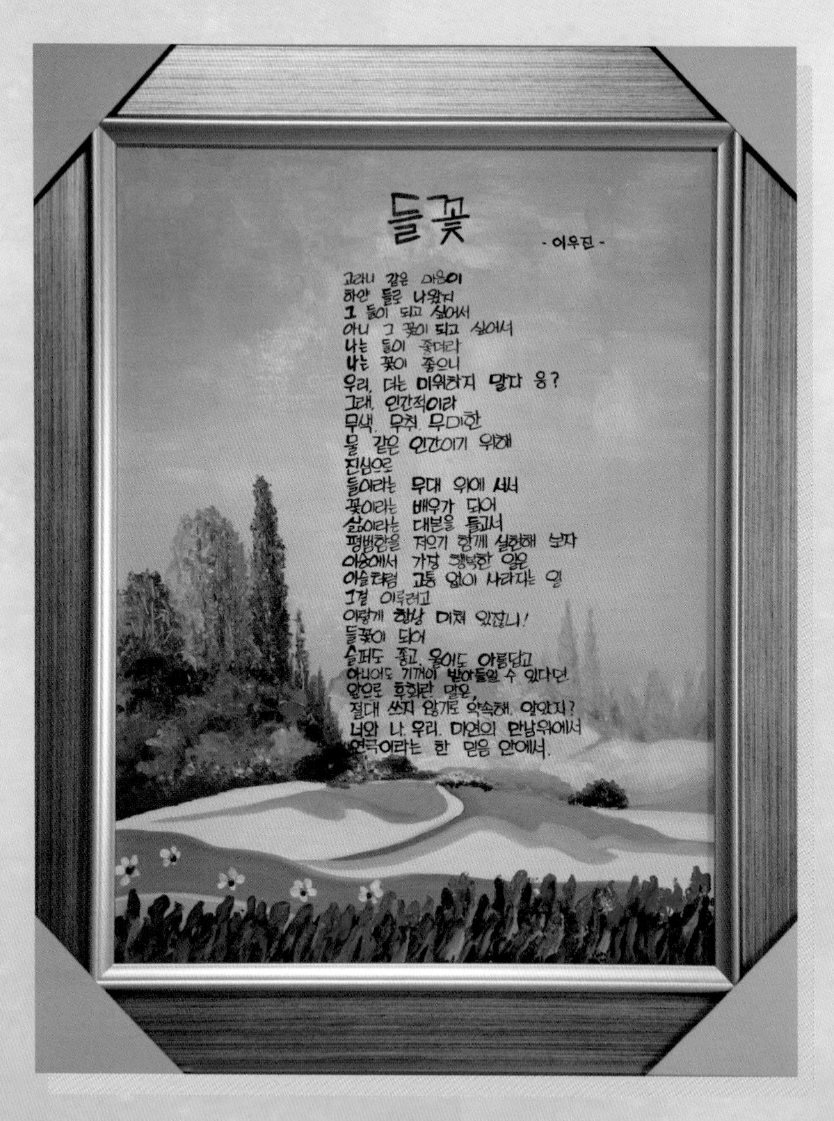

들꽃

- 이우진 -

고래나 같은 마음이
하얀 들꽃 나왔네
그 들이 되고 싶어서
아니 그 꽃이 되고 싶어서
나는 들이 좋더라
나는 꽃이 좋니
우리, 더는 미워하지 말자 응?
그래, 인간적이라
무색, 무취 무미한
물 같은 인간이기 위해
진심으로
들이라는 무대 위에 서서
꽃이라는 배우가 되어
삶이라는 대본을 들고서
평범함을 적어가 함께 실천해 보자
이승에서 가장 행복한 일은
아들처럼 고통 없이 사라지는 일
그걸 이루려고
이렇게 혼밤 미쳐 있잖니!
들꽃이 되어
슬퍼도 좋고, 웃어도 아름답고
아니어도 기꺼이 받아들일 수 있다던
앞으로 후회란 말은
절대 쓰지 않기 약속해, 알았지?
너와 나, 우리, 마음의 만남 위에서
연극이라는 한 편을 안에서.

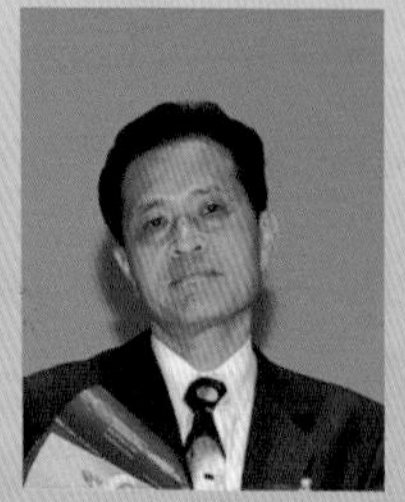

이우진 시인

인천시 연수구 거주
대한문학세계 시 부문 등단
사) 창작문학예술인협의회 정회원

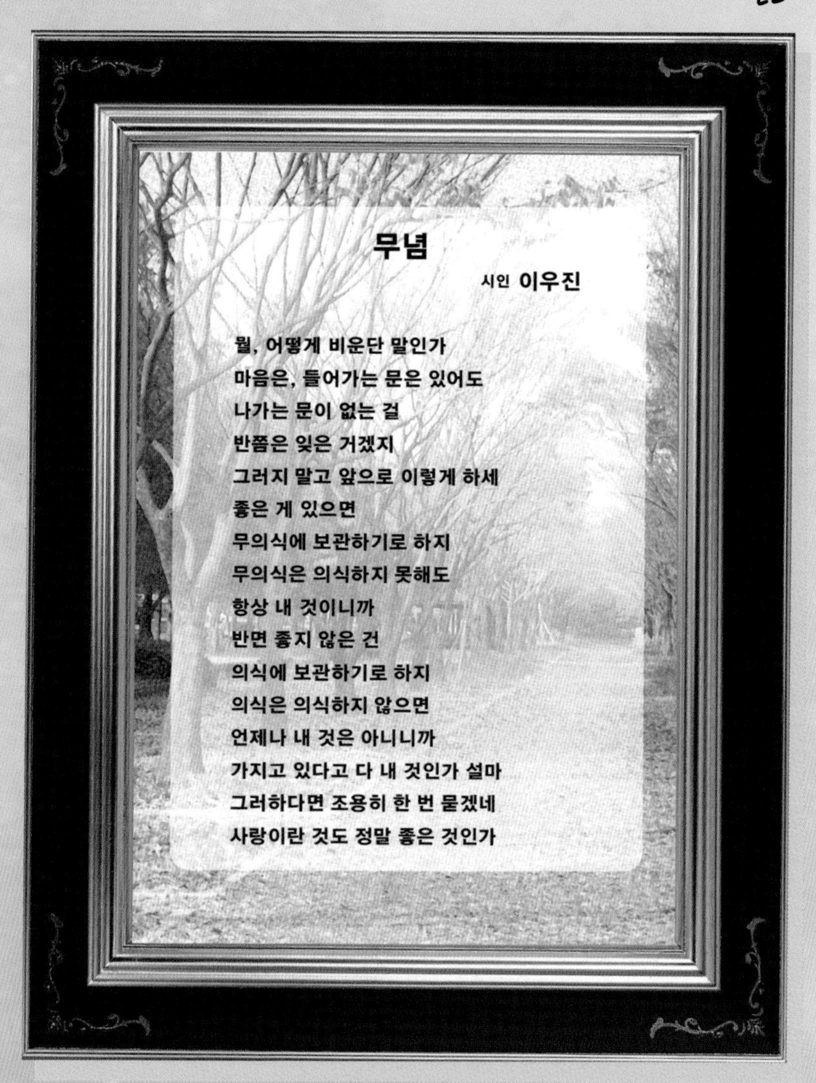

무념

시인 **이우진**

뭘, 어떻게 비운단 말인가
마음은, 들어가는 문은 있어도
나가는 문이 없는 걸
반쯤은 잊은 거겠지
그러지 말고 앞으로 이렇게 하세
좋은 게 있으면
무의식에 보관하기로 하지
무의식은 의식하지 못해도
항상 내 것이니까
반면 좋지 않은 건
의식에 보관하기로 하지
의식은 의식하지 않으면
언제나 내 것은 아니니까
가지고 있다고 다 내 것인가 설마
그러하다면 조용히 한 번 묻겠네
사랑이란 것도 정말 좋은 것인가

2015 특별 초대 시인 시화집 - 이우진 시인

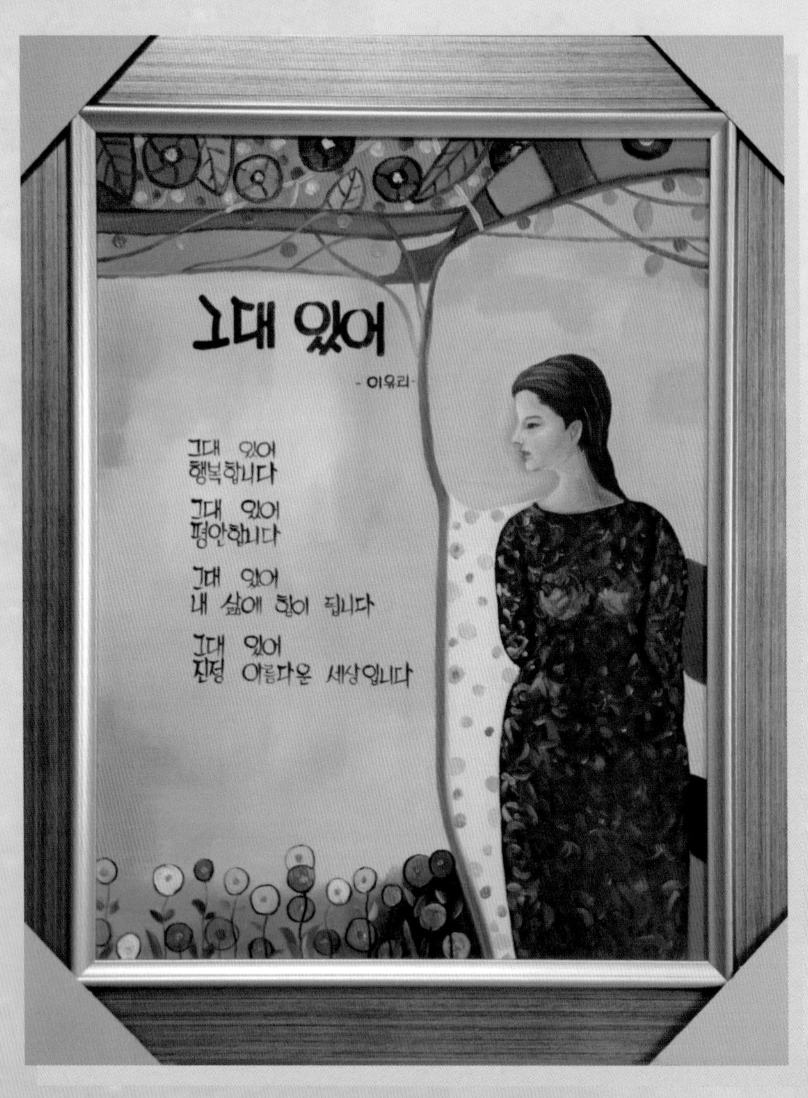

그대 있어

- 이유리 -

그대 있어
행복합니다
그대 있어
평안합니다

그대 있어
내 삶에 힘이 됩니다

그대 있어
진정 아름다운 세상입니다

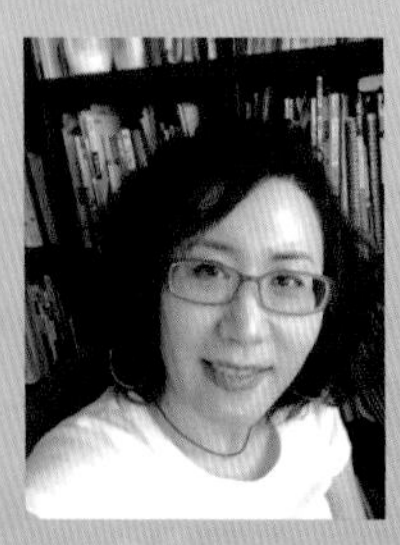

이유리 시인

대전 서구 거주
대한문학세계 시 부문 등단
사) 창작문학예술인협의회 이사

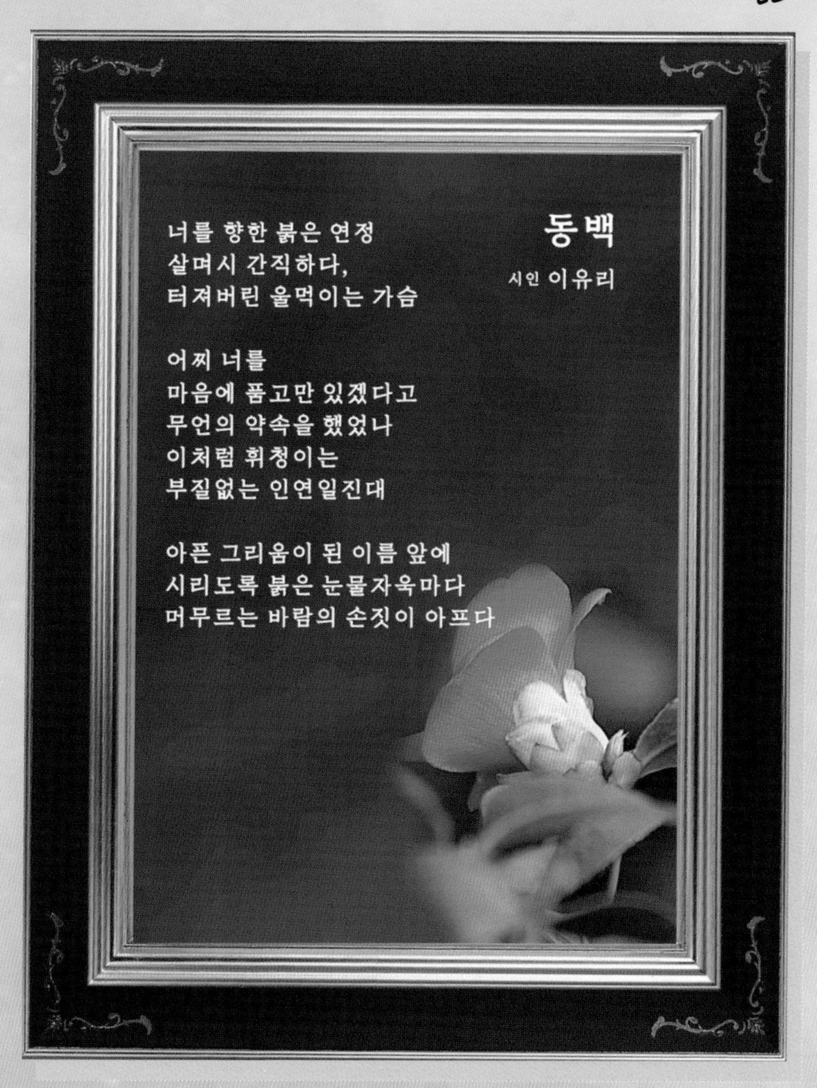

너를 향한 붉은 연정
살며시 간직하다,
터져버린 울먹이는 가슴

동백

시인 이유리

어찌 너를
마음에 품고만 있겠다고
무언의 약속을 했었나
이처럼 휘청이는
부질없는 인연일진대

아픈 그리움이 된 이름 앞에
시리도록 붉은 눈물자욱마다
머무르는 바람의 손짓이 아프다

2015 특별 초대 시인 시화집 - 이유리 시인

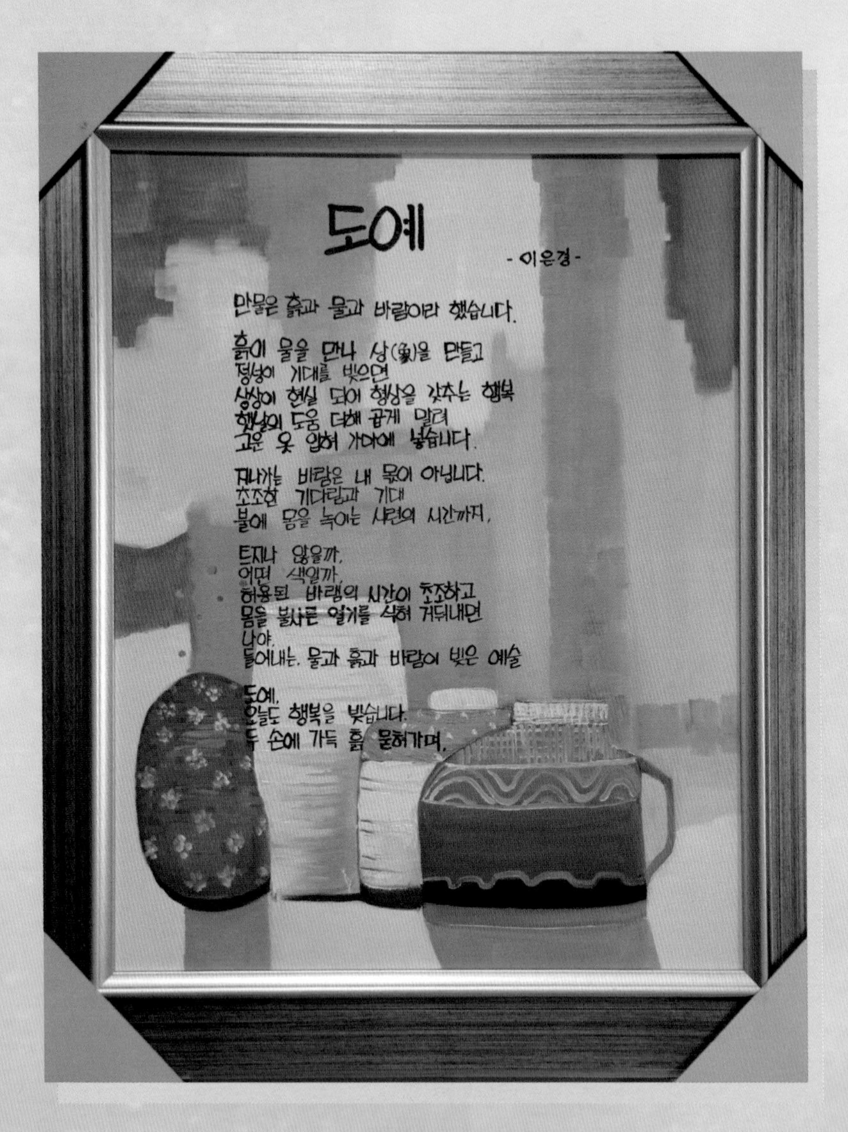

도예
- 이은경 -

만물은 흙과 물과 바람이라 했습니다.

흙이 물을 만나 상(을)을 만들고
정성이 기대를 빚으면
상상이 현실 되어 형상을 갖추는 행복
햇살이 도움 더해 곱게 말려
고운 옷 입혀 가마에 넣습니다.

지나가는 바람은 내 몫이 아닙니다.
초조한 기다림과 기대
불에 몸을 녹이는 사련의 시간까지,

트지나 않을까,
어떤 색일까,
허용된 바람의 시간이 초조하고
몸을 불사른 열기를 삭혀 거둬내면
나야,
들어내는, 물과 흙과 바람이 빚은 예술

도예,
오늘도 행복을 빚습니다.
두 손에 가득 흙 묻혀가며,

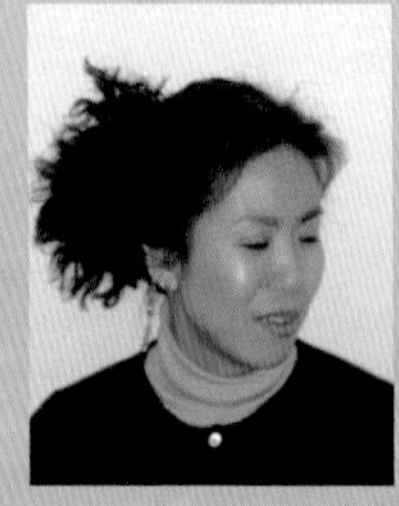

이은경 시인

서울 노원구 거주
대한문학세계 시 부문 등단
사) 창작문학예술인협의회 정회원

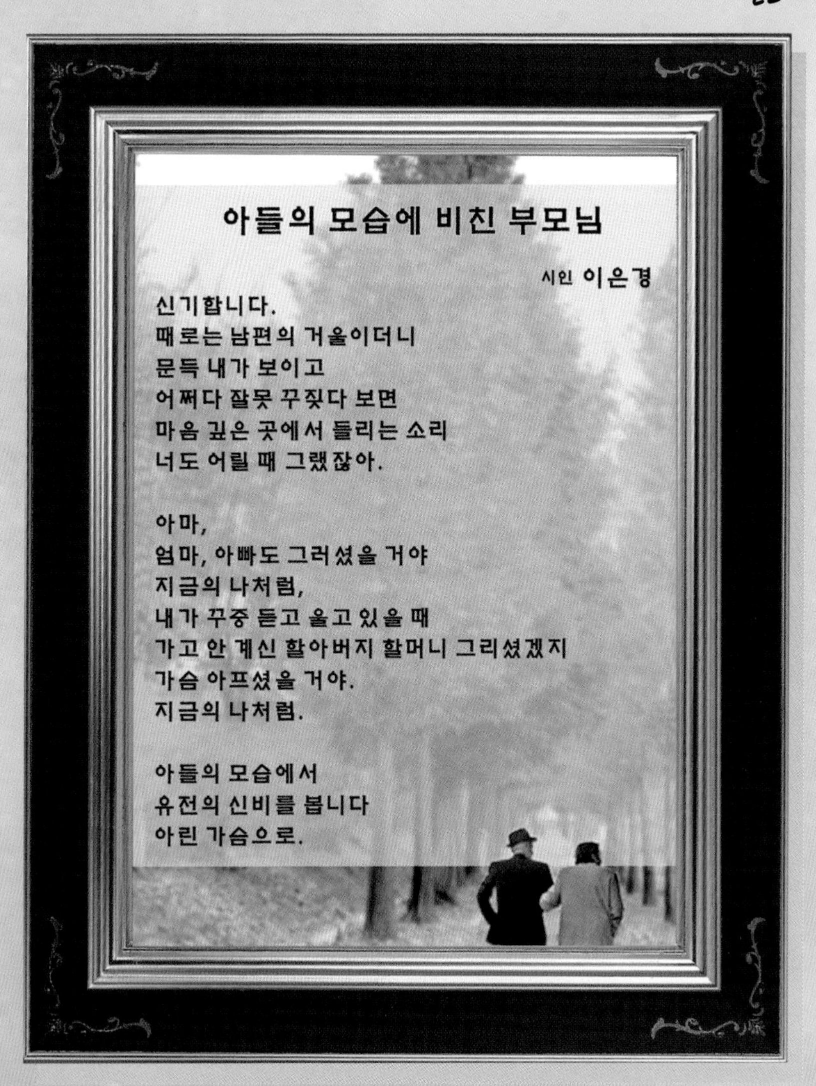

아들의 모습에 비친 부모님

시인 이은경

신기합니다.
때로는 남편의 거울이더니
문득 내가 보이고
어쩌다 잘못 꾸짖다 보면
마음 깊은 곳에서 들리는 소리
너도 어릴 때 그랬잖아.

아마,
엄마, 아빠도 그러셨을 거야
지금의 나처럼,
내가 꾸중 듣고 울고 있을 때
가고 안 계신 할아버지 할머니 그리셨겠지
가슴 아프셨을 거야.
지금의 나처럼.

아들의 모습에서
유전의 신비를 봅니다
아린 가슴으로.

2015 특별 초대 시인 시화집 - 이은경 시인

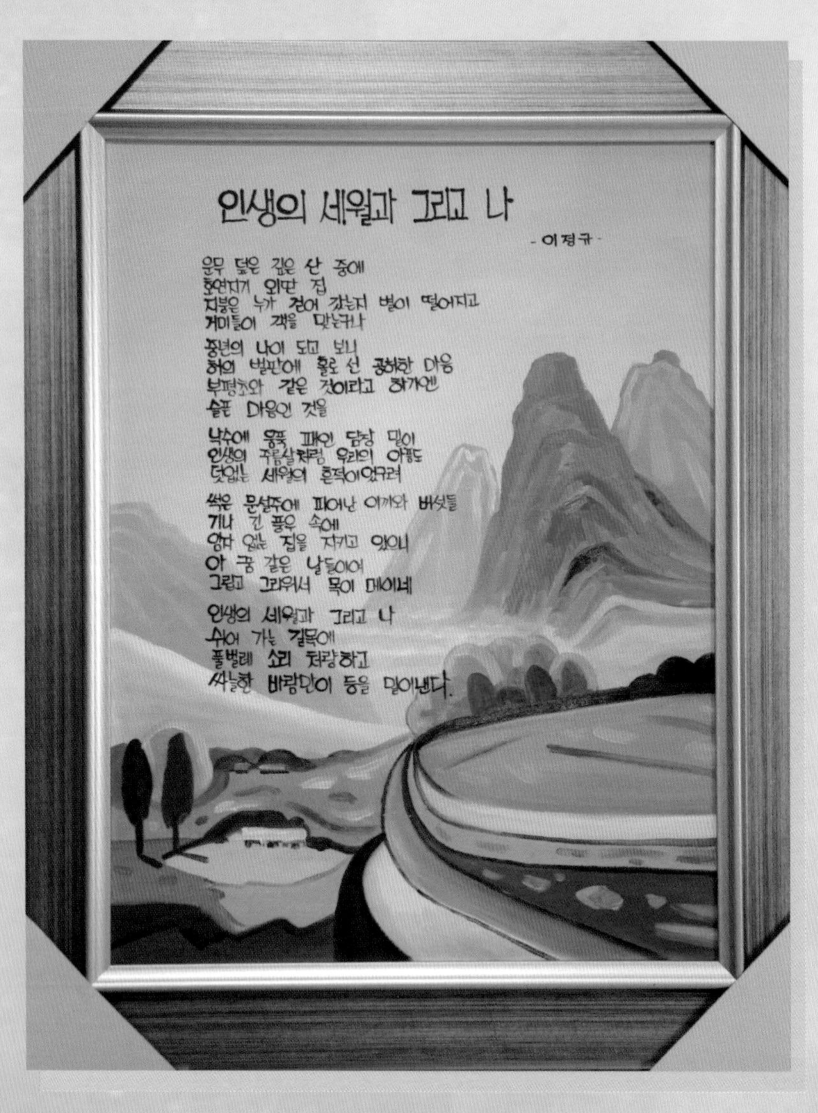

인생의 세월과 그리고 나

- 이정규 -

운무 덮은 깊은 산 중에
동떨어진 외딴 집
지붕을 누가 걷어 갔는지 별이 떨어지고
거미들이 객을 맞는구나

중년의 나이 되고 보니
허연 벽판에 홀로 선 공허한 마음
부평초와 같은 것이라고 하기엔
슬픈 마음인 것을

낙수에 움푹 패인 담장 밑이
인생의 주름살처럼 우리의 아픔도
담없는 세월의 흔적이었구려

썩은 둔덕주에 피어난 이끼와 버섯들
기나 긴 풍우 속에
엄마 없는 집을 지키고 있으니
아 꿈 같은 날들이여
그리고 그리워서 목이 메이네

인생의 세월과 그리고 나
쉬어 가는 길목에
풀벌레 소리 처량하고
싸늘한 바람만이 등을 미네

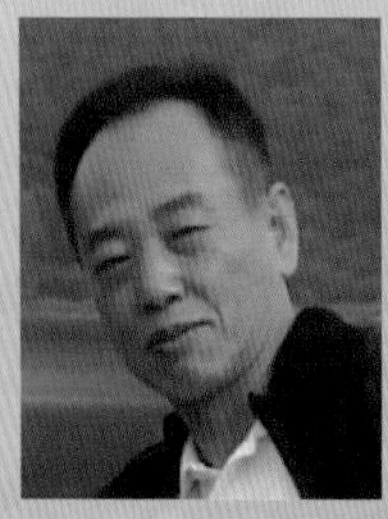

이정규 시인

대구 수성구 거주
현대시선 시 부문 등단
사) 창작문학예술인협의회 정회원

104

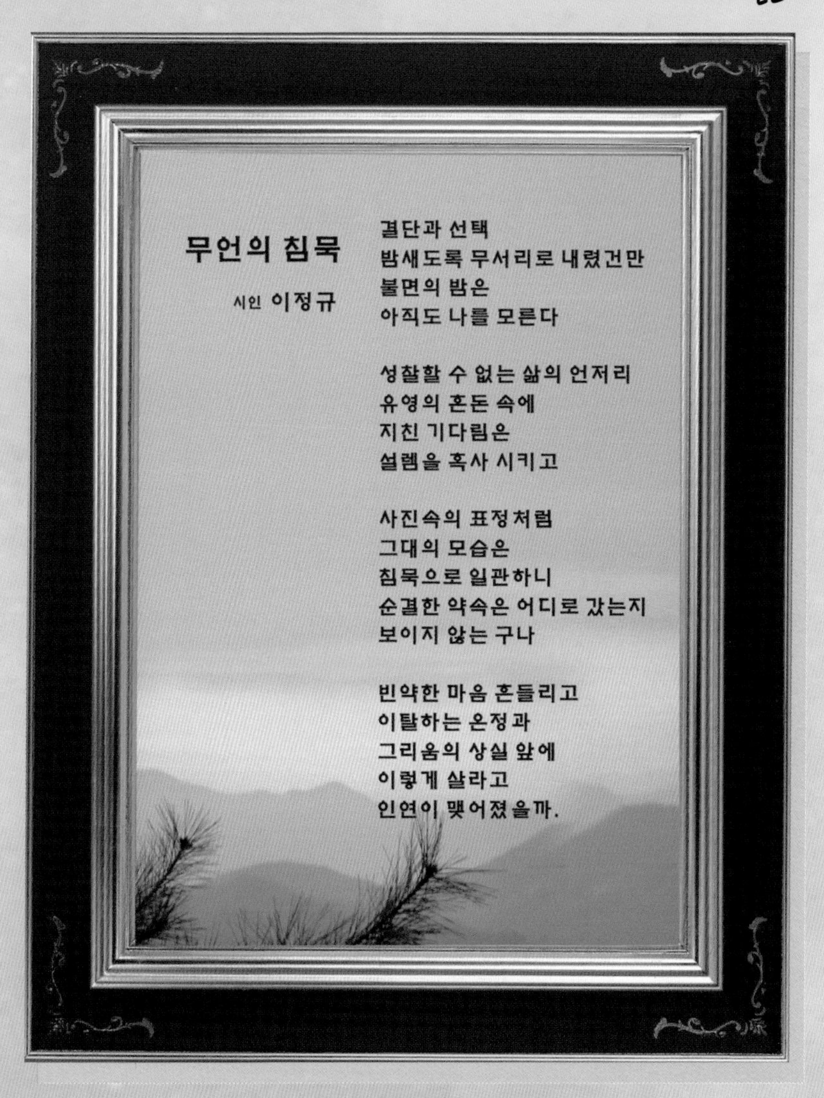

무언의 침묵

시인 이정규

결단과 선택
밤새도록 무서리로 내렸건만
불면의 밤은
아직도 나를 모른다

성찰할 수 없는 삶의 언저리
유영의 혼돈 속에
지친 기다림은
설렘을 혹사 시키고

사진속의 표정처럼
그대의 모습은
침묵으로 일관하니
순결한 약속은 어디로 갔는지
보이지 않는 구나

빈약한 마음 흔들리고
이탈하는 온정과
그리움의 상실 앞에
이렇게 살라고
인연이 맺어졌을까.

2015 특별 초대 시인 시화집 - 이정규 시인

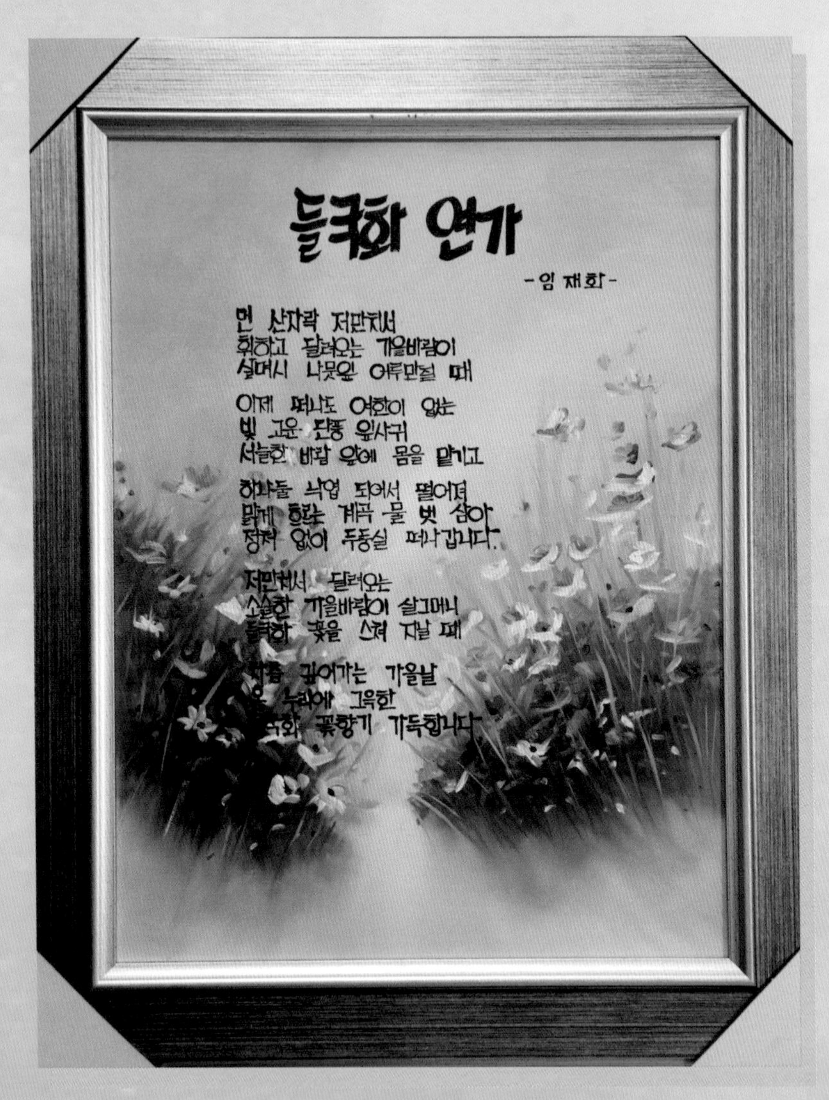

들국화 연가

-임재화-

먼 산자락 저만치서
휘돌고 달려오는 가을바람이
살며시 나뭇잎 어루만질 때

이제 뭐라도 여한이 없는
빛 고운 단풍 잎사귀
서늘한 바람 앞에 몸을 맡기고

하얗돌 속엽 되어서 떨어져
맑게 흐르는 계곡 물 벗 삼아
정처 없이 두둥실 떠나갑니다.

저만치서 달려오는
소슬한 가을바람이 살그머니
들국화 꽃을 스쳐 지날 때

점점 깊어가는 가을날
잎 누래에 그윽한
국화 꽃향기 가득합니다

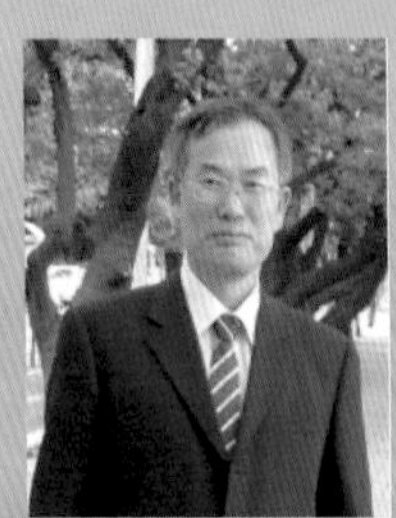

임재화 시인

대전 서구 거주
대한문학세계 시 부문 등단
사) 창작문학예술인협의회 정회원
대한문인협회 저작권옹호위원장

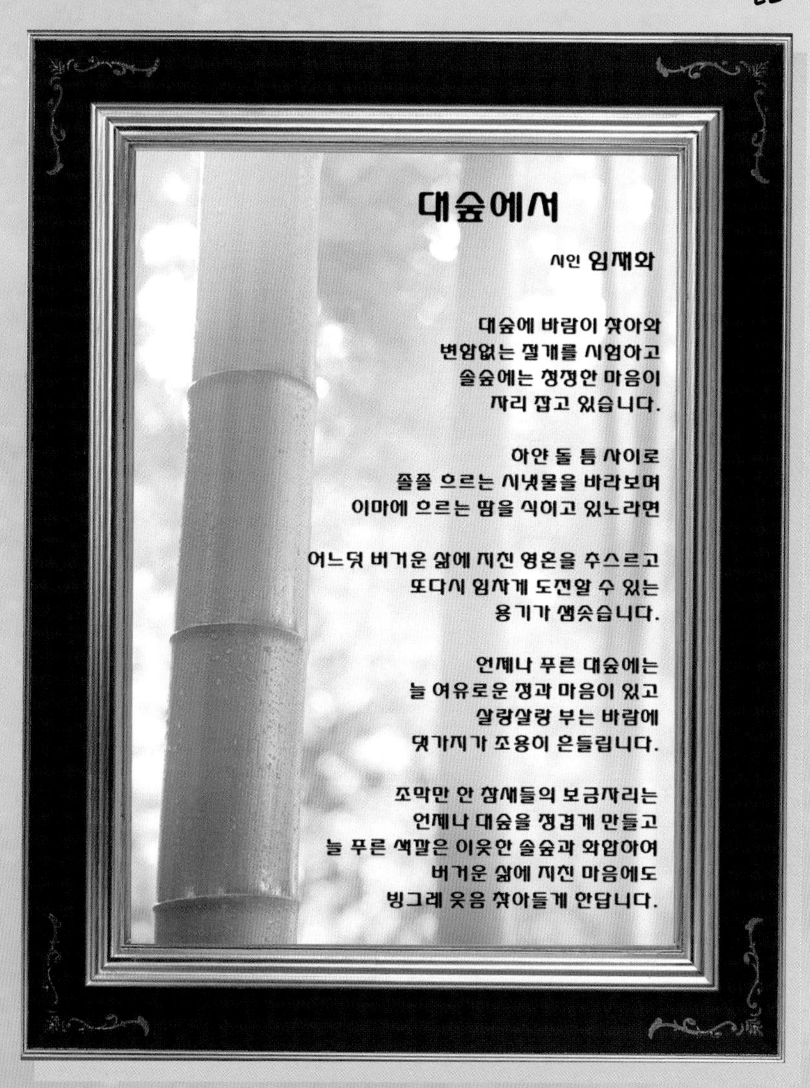

대숲에서

시인 임재화

대숲에 바람이 찾아와
변함없는 절개를 시험하고
솔숲에는 청정한 마음이
자리 잡고 있습니다.

하얀 돌 틈 사이로
졸졸 흐르는 시냇물을 바라보며
이마에 흐르는 땀을 식이고 있노라면

어느덧 버거운 삶에 지친 영혼을 추스르고
또다시 임차게 도전할 수 있는
용기가 샘솟습니다.

언제나 푸른 대숲에는
늘 여유로운 정과 마음이 있고
살랑살랑 부는 바람에
댓가지가 조용이 흔들립니다.

조막만 한 참새들의 보금자리는
언제나 대숲을 정겹게 만들고
늘 푸른 색깔은 이웃한 솔숲과 화합하여
버거운 삶에 지친 마음에도
빙그레 웃음 찾아들게 한답니다.

2015 특별 초대 시인 시화집 - 임재화 시인

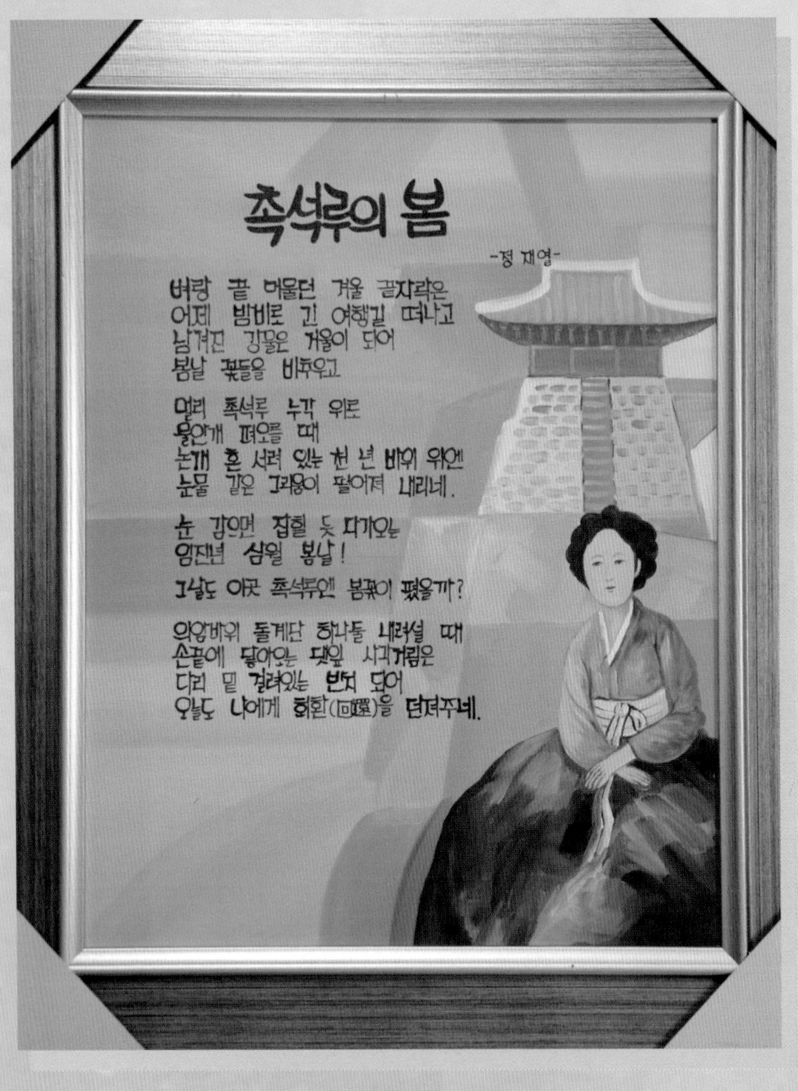

촉석루의 봄

-정재열-

벼랑 끝 머물던 겨울 끝자락은
어제 밤비로 긴 여행길 떠나고
남겨진 강물은 거울이 되어
봄날 꽃들을 비추고

멀리 촉석루 누각 위로
물안개 퍼오를 때
논개 혼 서려 있는 천 년 바위 위엔
눈물 같은 그리움이 떨어져 내리네.

눈 감으면 잡힐 듯 다가오는
임진년 삼월 봄날!
그날도 이곳 촉석루엔 봄꽃이 폈을까?

암양바위 돌계단 하나둘 내려설 때
손끝에 닿아오는 댓잎 사그러림은
다리 밑 걸려있는 반지 되어
오늘도 나에게 회한(悔恨)을 던져주네.

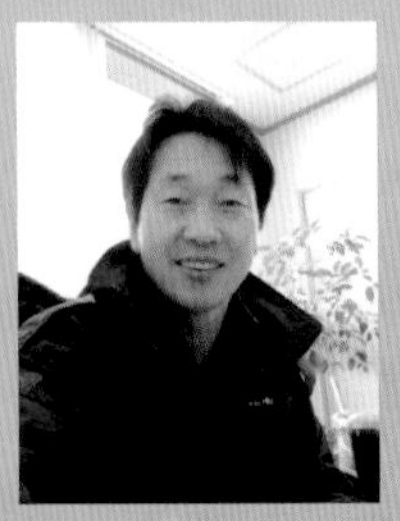

정재열 시인

경기도 이천시 거주
대한문학세계 시 부문 등단
사) 창작문학예술인협의회 정회원

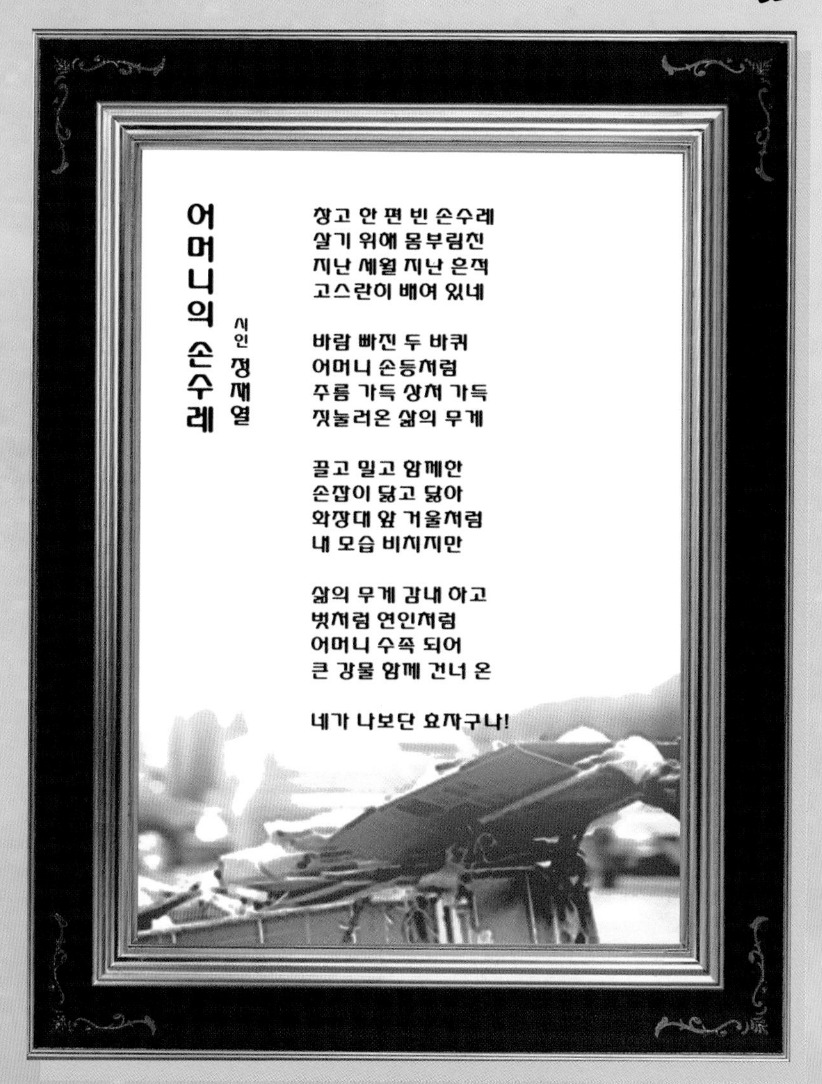

어머니의 손수레

시인 정재열

창고 한 편 빈 손수레
살기 위해 몸부림친
지난 세월 지난 흔적
고스란히 배어 있네

바람 빠진 두 바퀴
어머니 손등처럼
주름 가득 상처 가득
짓눌러온 삶의 무게

끌고 밀고 함께한
손잡이 닳고 닳아
화장대 앞 거울처럼
내 모습 비치지만

삶의 무게 감내 하고
벗처럼 연인처럼
어머니 수족 되어
큰 강물 함께 건너 온

네가 나보단 효자구나!

2015 특별 초대 시인 시화집 - 정재열 시인

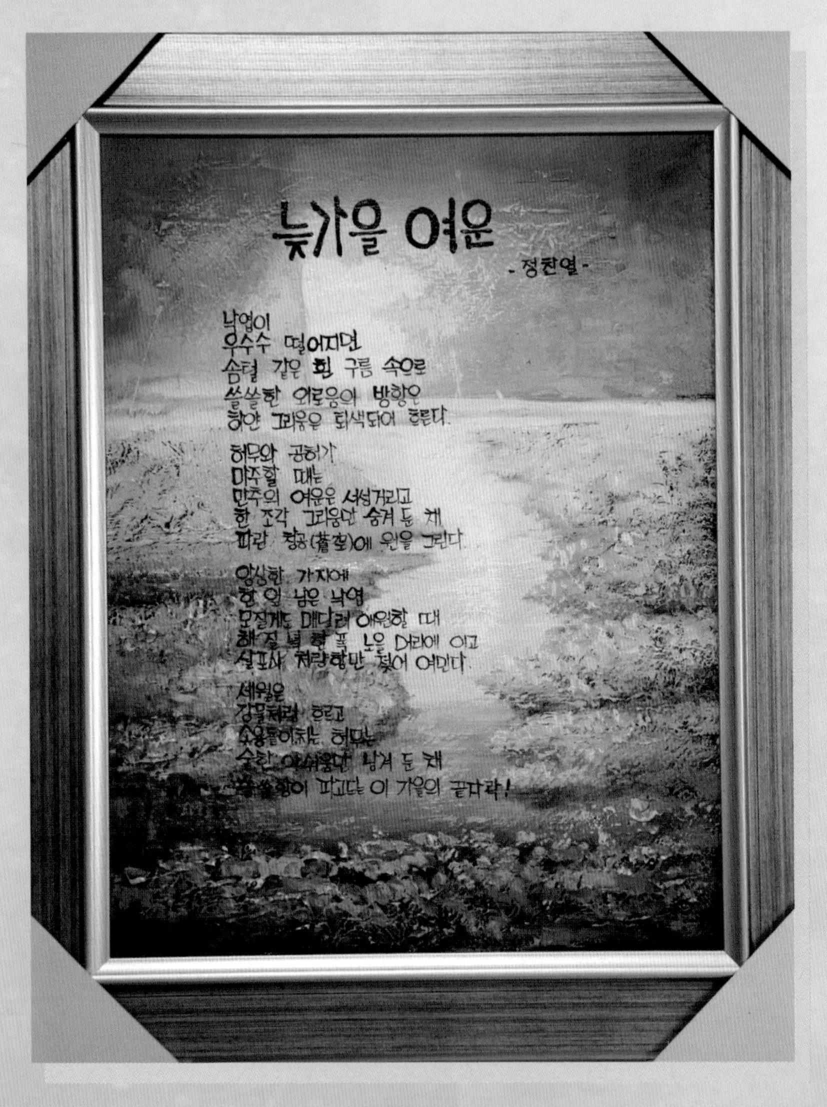

늦가을 여운

-정찬열-

낙엽이
우수수 떨어지면
솜털 같은 흰 구름 속으로
쓸쓸한 여로움의 방향은
향연 꾀유은 퇴색되어 흐른다.

허무와 공허가
마주할 때는
만추의 여운은 서성거리고
한 조각 그리움만 숨겨 둔 채
파란 창공(蒼空)에 원을 그린다.

앙상한 가지에
홀 잎 남은 낙엽
모질게도 매달려 여윈할 때
해 질 녘 햇불 노을 머리에 이고
실푸사 처량함만 짙어 여민다.

세월은
강물처럼 흐르고
상을이치는 허무는
수란 이사항만 남겨 둔 채
꽃송이 피고단 이 가을이 끝나라!

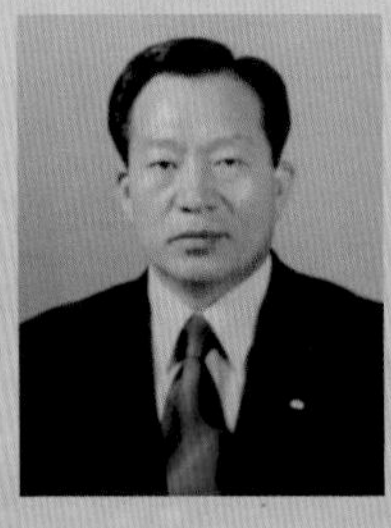

정찬열 시인

광주 남구 거주
대한문학세계 시 부문 등단
사) 창작문학예술인협의회 사무국장

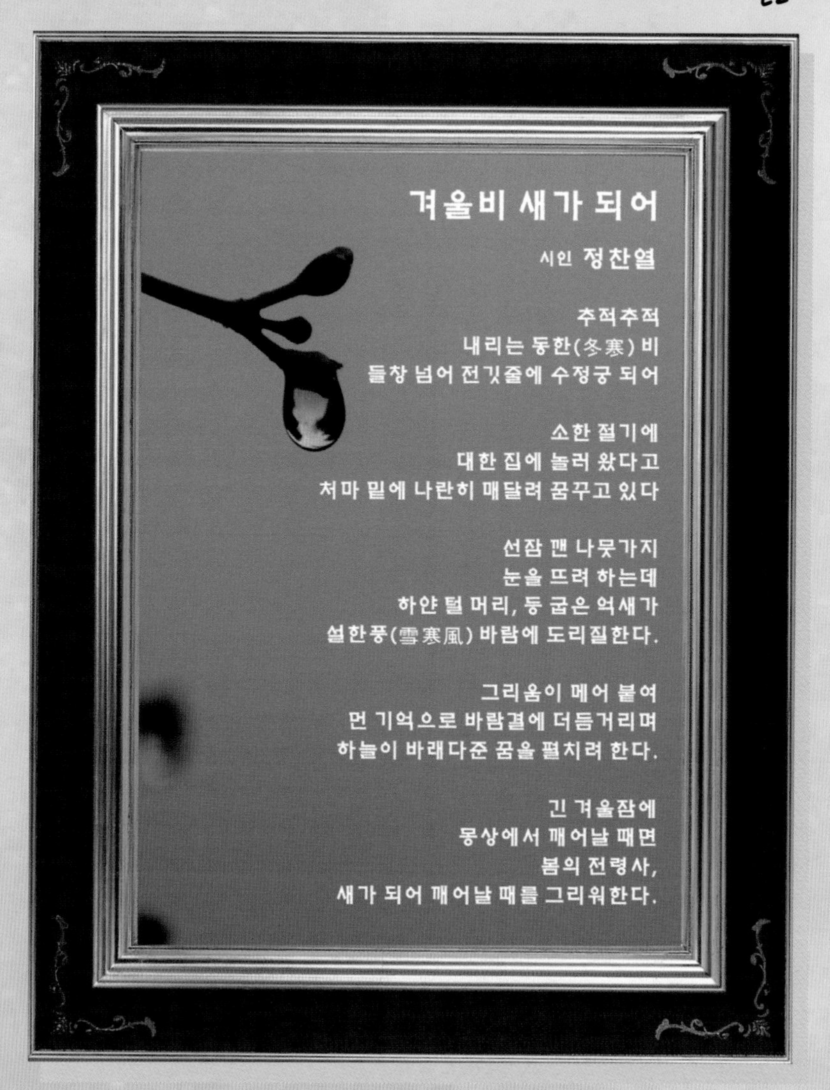

겨울비 새가 되어

시인 정찬열

추적추적
내리는 동한(冬寒) 비
들창 넘어 전깃줄에 수정궁 되어

소한 절기에
대한 집에 놀러 왔다고
처마 밑에 나란히 매달려 꿈꾸고 있다

선잠 깬 나뭇가지
눈을 뜨려 하는데
하얀 털 머리, 등 굽은 억새가
설한풍(雪寒風) 바람에 도리질한다.

그리움이 메어 붙여
먼 기억으로 바람결에 더듬거리며
하늘이 바래다준 꿈을 펼치려 한다.

긴 겨울잠에
몽상에서 깨어날 때면
봄의 전령사,
새가 되어 깨어날 때를 그리워한다.

2015 특별 초대 시인 시화집 - 정찬열 시인

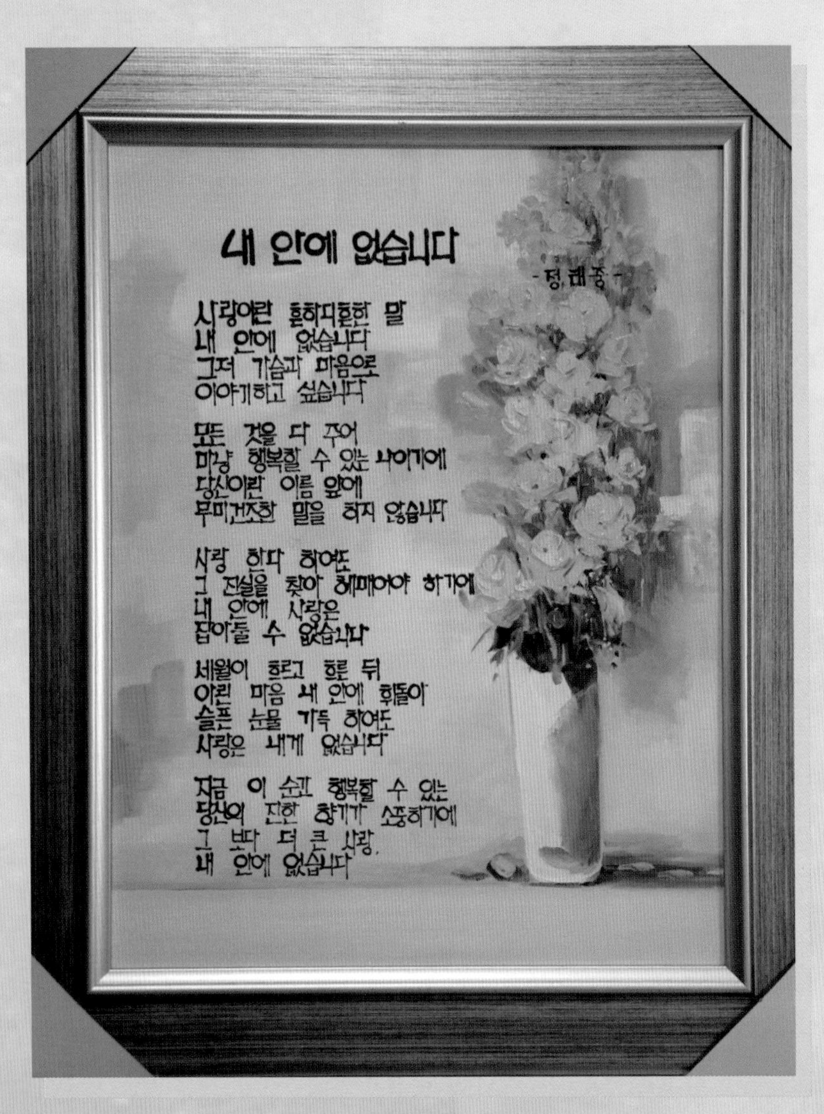

내 안에 없습니다

-정태중-

사랑이란 흔하디흔한 말
내 안에 없습니다
그저 가슴과 마음으로
이야기하고 싶습니다

모든 것을 다 주어
마냥 행복할 수 있는 사이기에
당신이란 이름 앞에
무미건조한 말을 하지 않습니다

사랑 한다 하여도
그 진실을 찾아 헤매이야 하기에
내 안에 사랑은
잡아둘 수 없습니다

세월이 흐르고 흐른 뒤
여린 마음 내 안에 휘돌아
슬픈 눈물 가득 하여도
사랑은 내게 없습니다

지금 이 순간 행복할 수 있는
당신의 진한 향기가 소중하기에
그 보다 더 큰 사랑
내 안에 없습니다

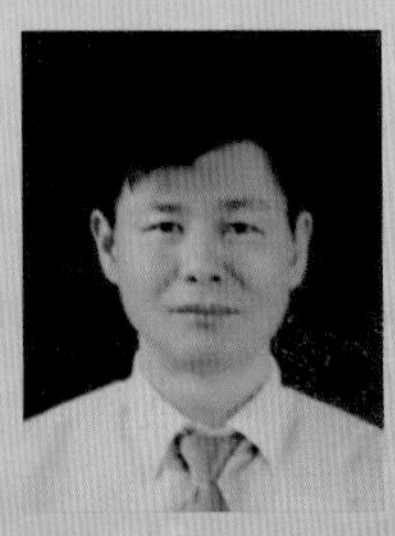

정태중 시인

경기 시흥시 거주
대한문학세계 시 부문 등단
사) 창작문학예술인협의회 정회원

112

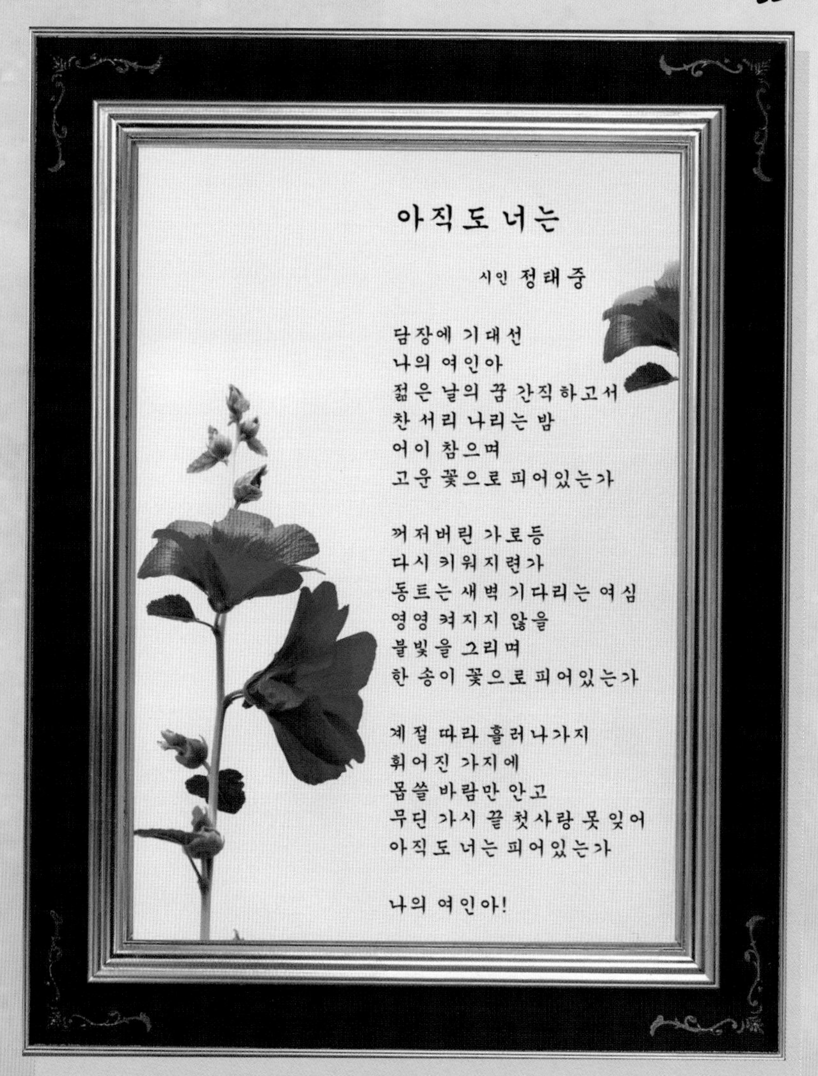

아직도 너는

시인 정태중

담장에 기대선
나의 여인아
젊은 날의 꿈 간직하고서
찬 서리 나리는 밤
어이 참으며
고운 꽃으로 피어 있는가

꺼져버린 가로등
다시 키워지련가
동트는 새벽 기다리는 여심
영영 켜지지 않을
불빛을 그리며
한 송이 꽃으로 피어 있는가

계절 따라 흘러나가지
휘어진 가지에
몸쓸 바람만 안고
무딘 가시 끝 첫사랑 못 잊어
아직도 너는 피어 있는가

나의 여인아!

2015 특별 초대 시인 시화집 - 정태중 시인

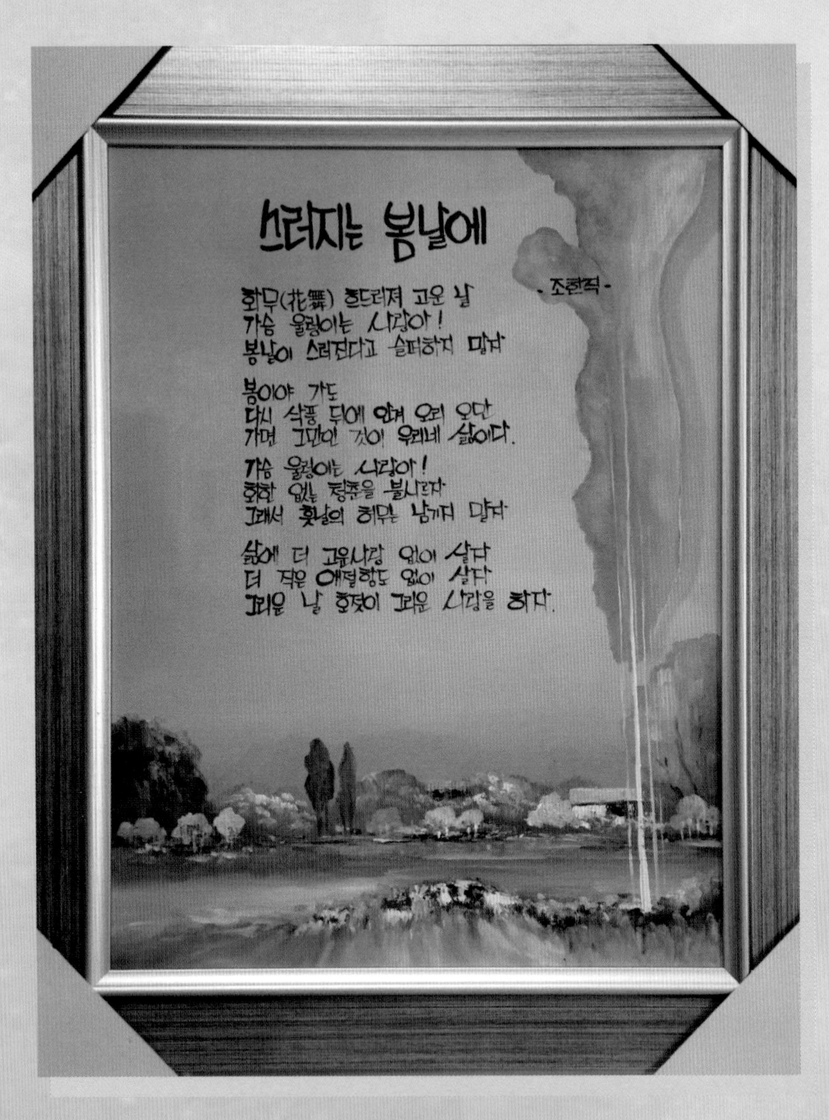

스러지는 봄날에

조한직 시인

대전광역시 서구 거주
대한문학세계 시 부문 등단
사) 창작문학예술인협의회 정회원
대한문인협회 대전충청지회 지회장

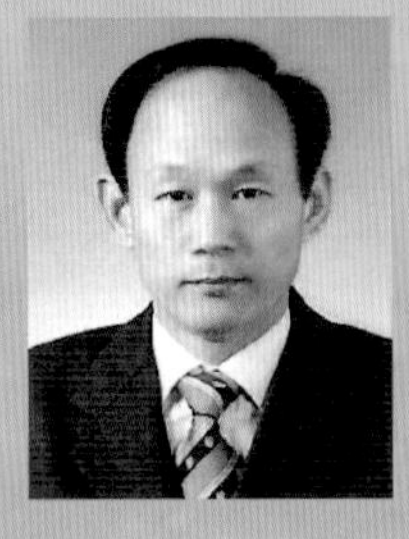

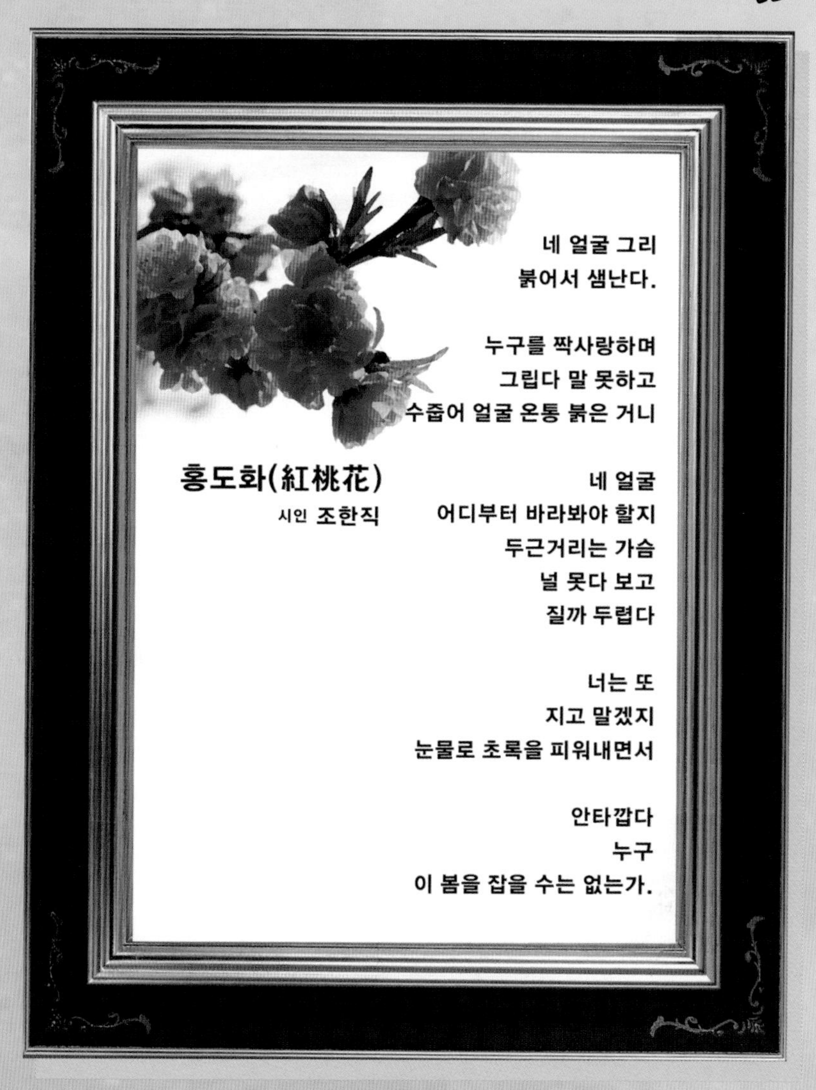

네 얼굴 그리
붉어서 샘난다.

누구를 짝사랑하며
그립다 말 못하고
수줍어 얼굴 온통 붉은 거니

홍도화(紅桃花)

시인 조한직

네 얼굴
어디부터 바라봐야 할지
두근거리는 가슴
널 못다 보고
질까 두렵다

너는 또
지고 말겠지
눈물로 초록을 피워내면서

안타깝다
누구
이 봄을 잡을 수는 없는가.

2015 특별 초대 시인 시화집 - 조한직 시인

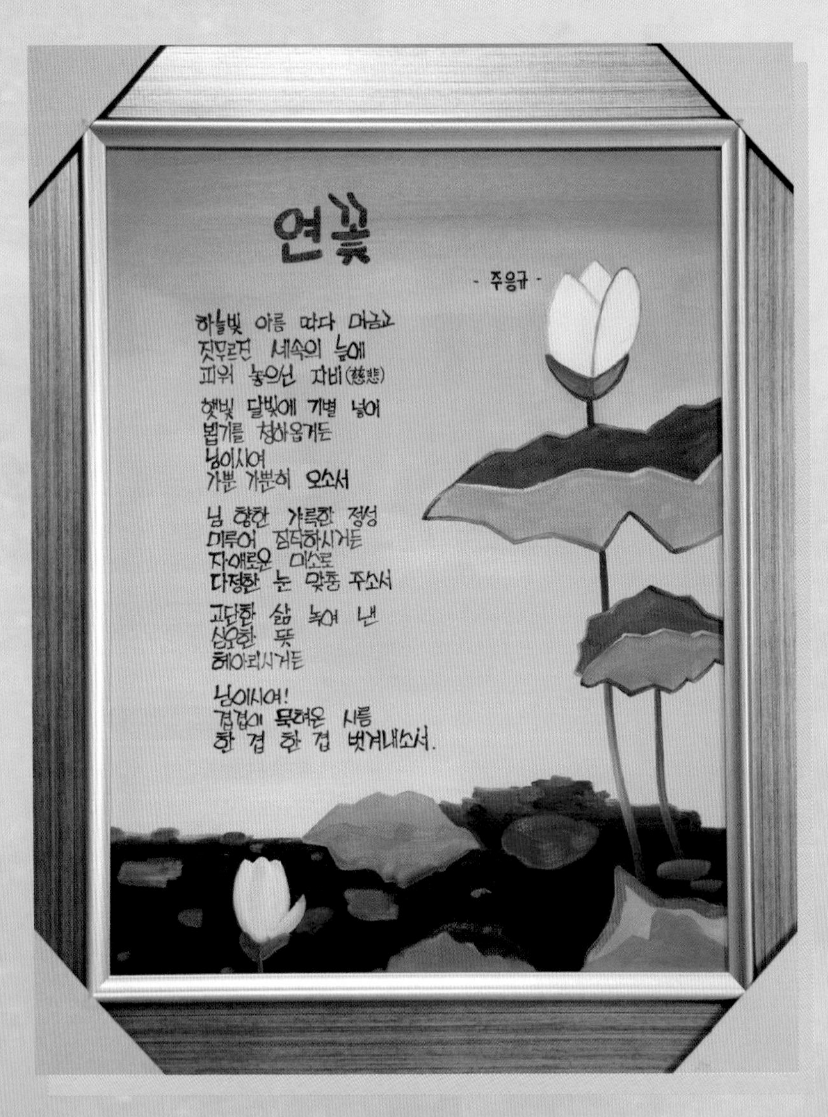

주응규 시인

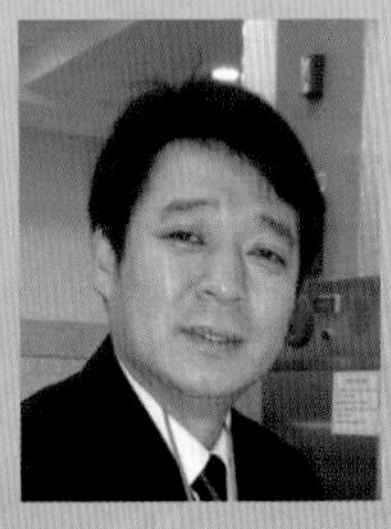

경기도 부천시 거주
대한문학세계 시 부문 등단
사) 창작문학예술인협의회 이사
사) 창작문학예술인협의회 사무처장

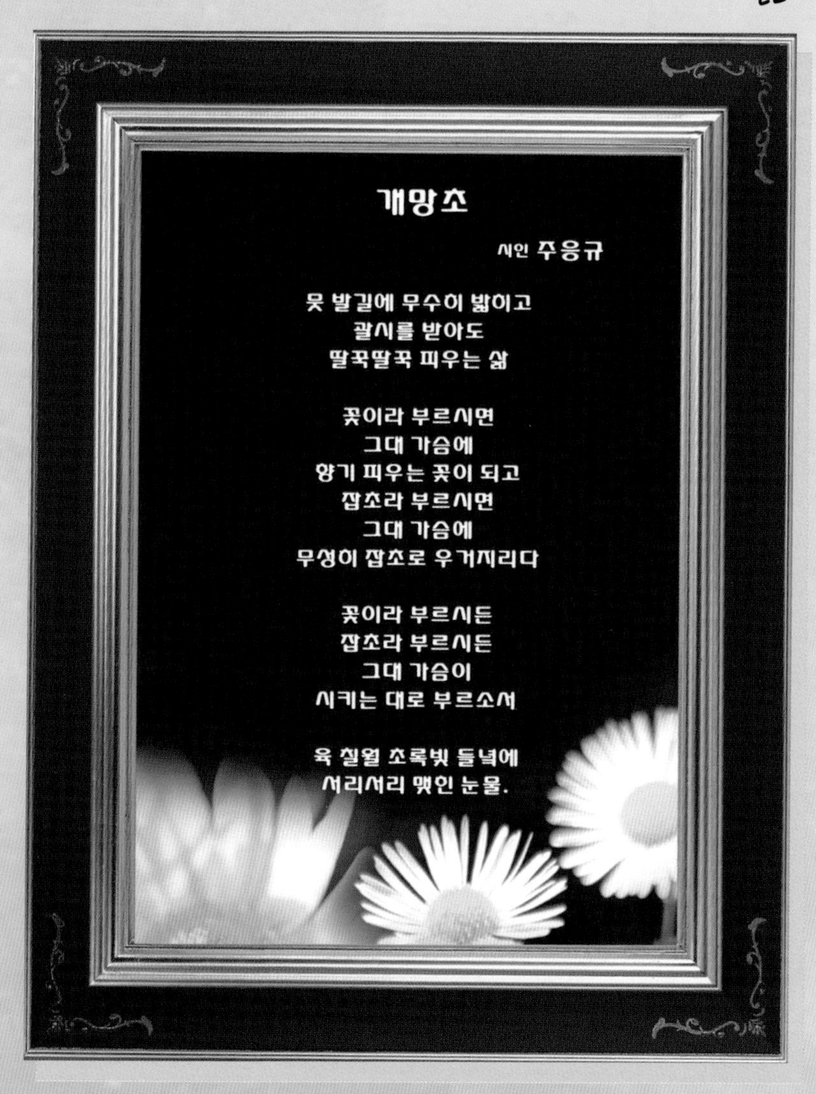

개망초

시인 주응규

뭇 발길에 무수이 밟히고
괄시를 받아도
딸꾹딸꾹 피우는 삶

꽃이라 부르시면
그대 가슴에
향기 피우는 꽃이 되고
잡초라 부르시면
그대 가슴에
무성이 잡초로 우거지리다

꽃이라 부르시든
잡초라 부르시든
그대 가슴이
시키는 대로 부르소서

육 칠월 초록빛 들녘에
서리서리 맺힌 눈물.

2015 특별 초대 시인 시화집 - 주응규 시인

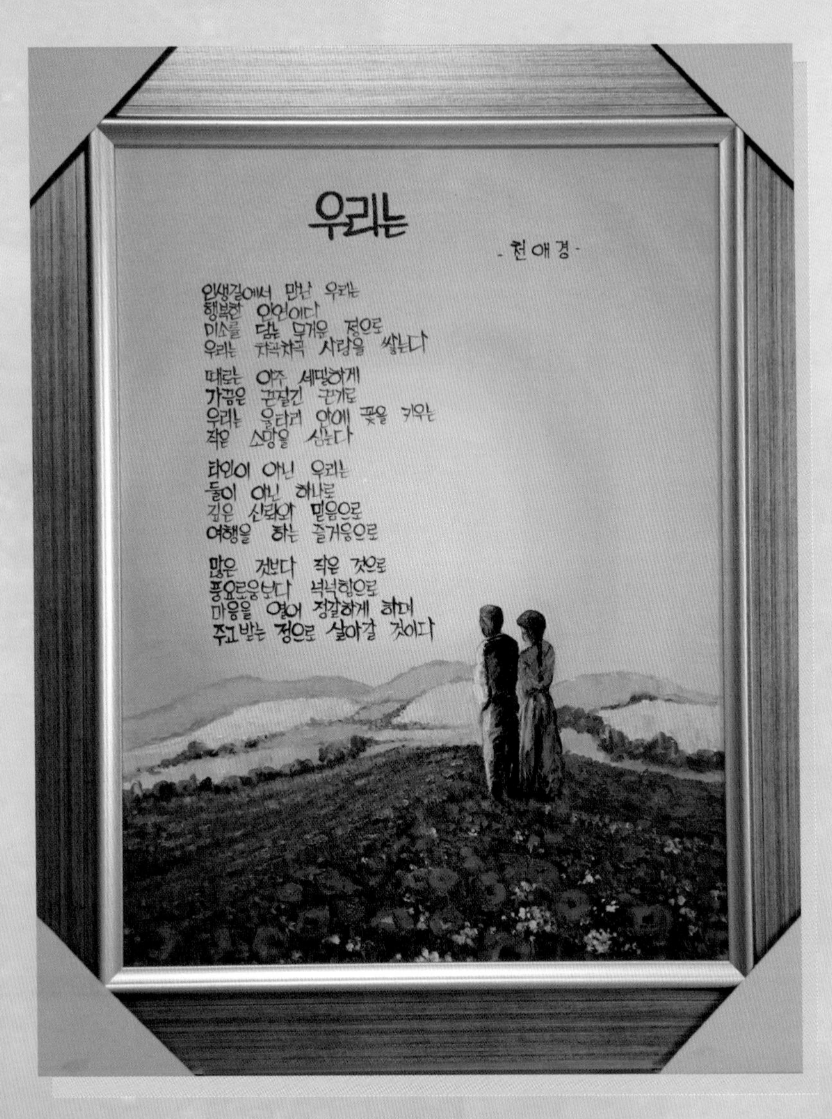

우리는
- 천애경 -

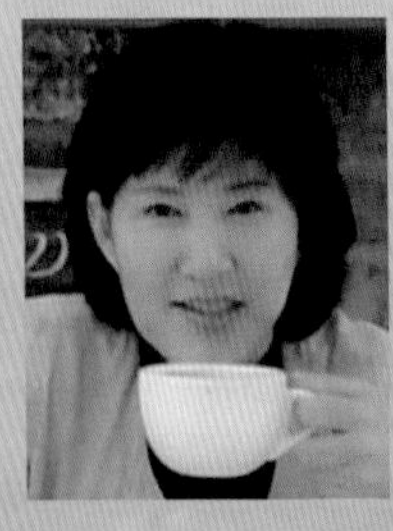

천애경 시인

경기도 수원시 거주
대한문학세계 시 부문 등단
사) 창작문학예술인협의회 정회원

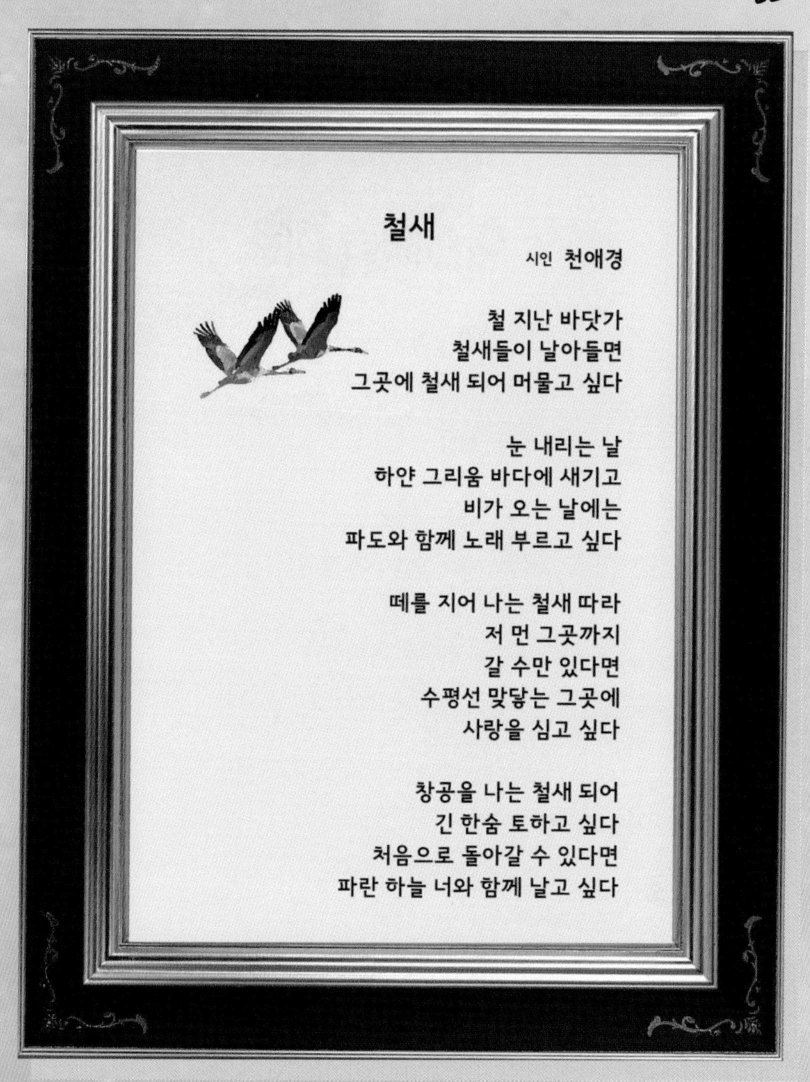

철새

시인 **천애경**

철 지난 바닷가
철새들이 날아들면
그곳에 철새 되어 머물고 싶다

눈 내리는 날
하얀 그리움 바다에 새기고
비가 오는 날에는
파도와 함께 노래 부르고 싶다

떼를 지어 나는 철새 따라
저 먼 그곳까지
갈 수만 있다면
수평선 맞닿는 그곳에
사랑을 심고 싶다

창공을 나는 철새 되어
긴 한숨 토하고 싶다
처음으로 돌아갈 수 있다면
파란 하늘 너와 함께 날고 싶다

2015 특별 초대 시인 시화집 - 천애경 시인

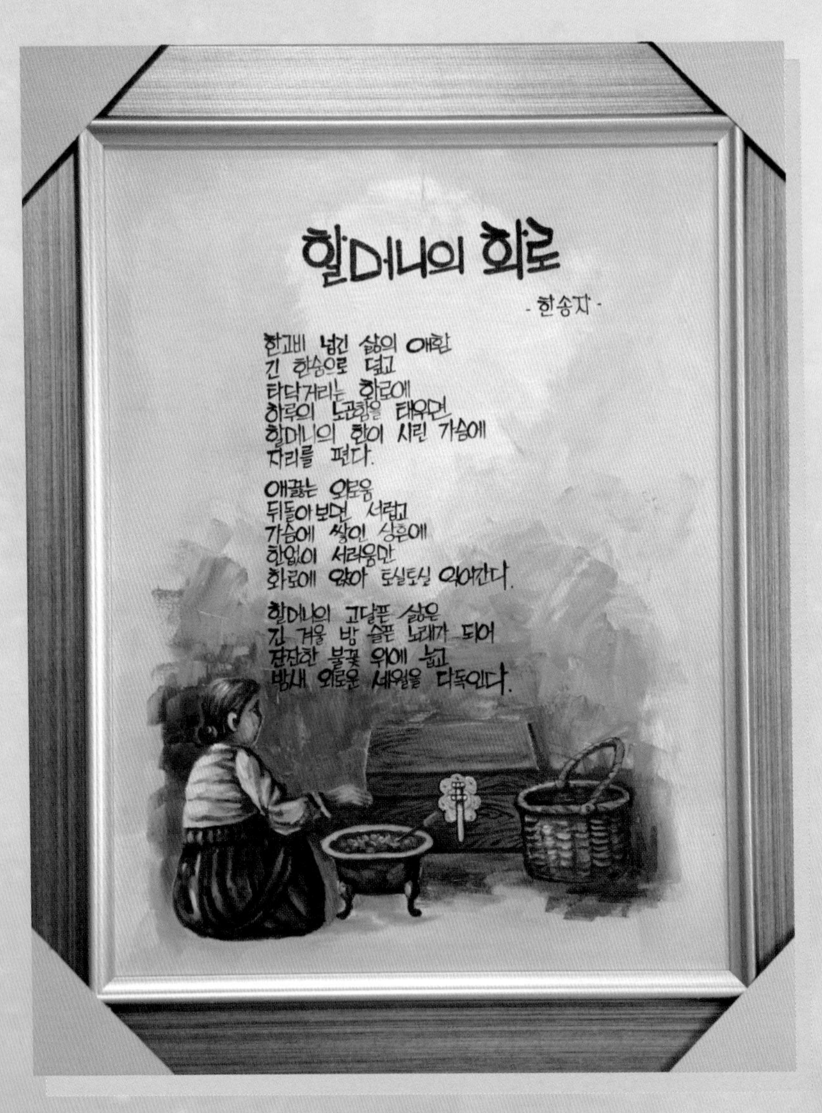

할머니의 화로

— 한송자 —

한고비 넘긴 삶의 애환
긴 한숨으로 덮고
타닥거리는 화로에
화로의 토공탄을 태우면
할머니의 한이 시린 가슴에
자리를 편다.

애끓는 인생을
뒤돌아 보며 서럽고
가슴에 쌓인 상흔에
한없이 서러움만
화로에 앉아 토실토실 익어간다.

할머니의 고달픈 삶은
긴 겨울 밤 슬픈 노래가 되어
잠잠한 불꽃 위에 눕고
밤새 화로은 세월을 다독인다.

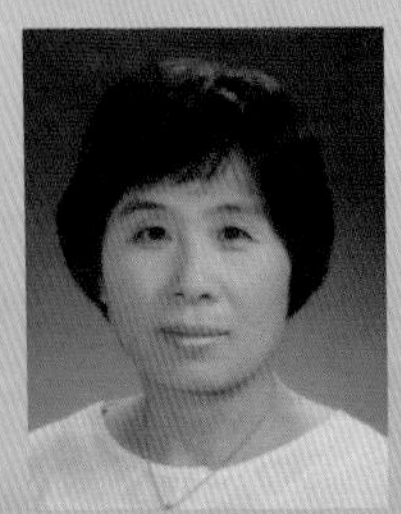

한송자 시인

대전광역시 동구 거주
대한문학세계 시 부문 등단
사) 창작문학예술인협의회 정회원

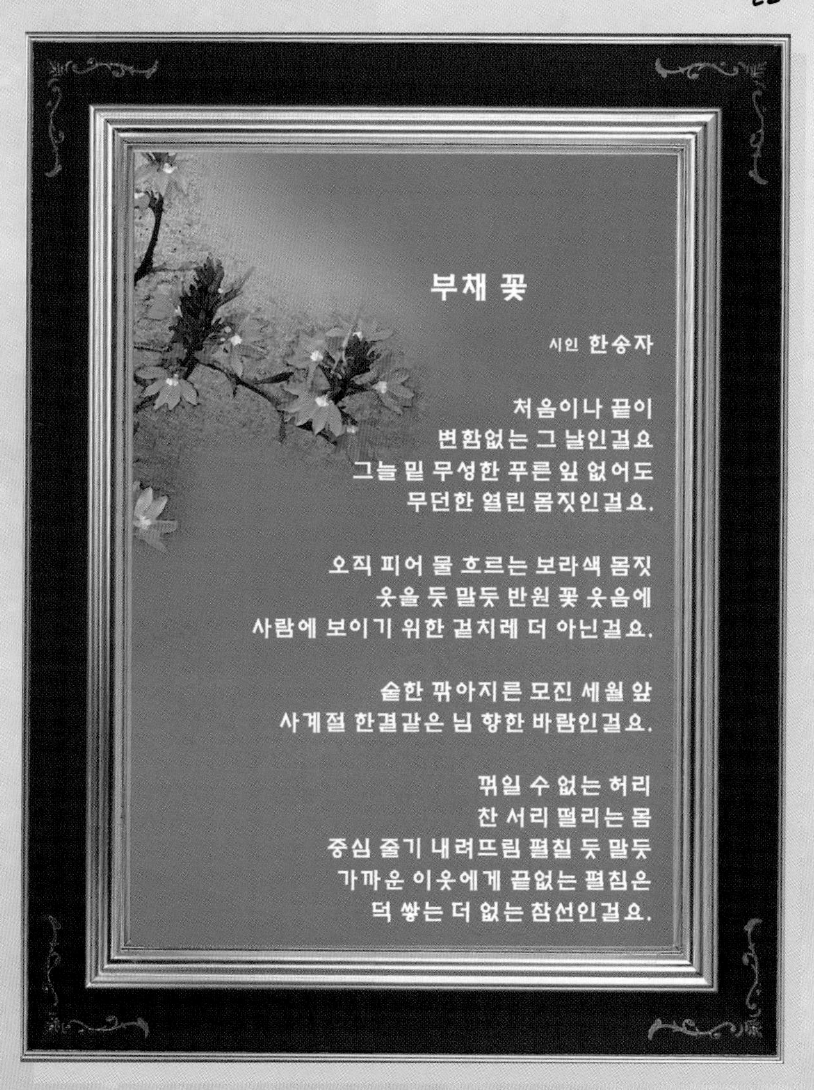

부채 꽃

시인 한송자

처음이나 끝이
변함없는 그 날인걸요
그늘 밑 무성한 푸른 잎 없어도
무던한 열린 몸짓인걸요.

오직 피어 물 흐르는 보라색 몸짓
웃을 듯 말듯 반원 꽃 웃음에
사람에 보이기 위한 겉치레 더 아닌걸요.

숱한 꽊아지른 모진 세월 앞
사계절 한결같은 님 향한 바람인걸요.

꺾일 수 없는 허리
찬 서리 떨리는 몸
중심 줄기 내려드림 펼칠 듯 말듯
가까운 이웃에게 끝없는 펼침은
덕 쌓는 더 없는 참선인걸요.

2015 특별 초대 시인 시화집 - 한송자 시인

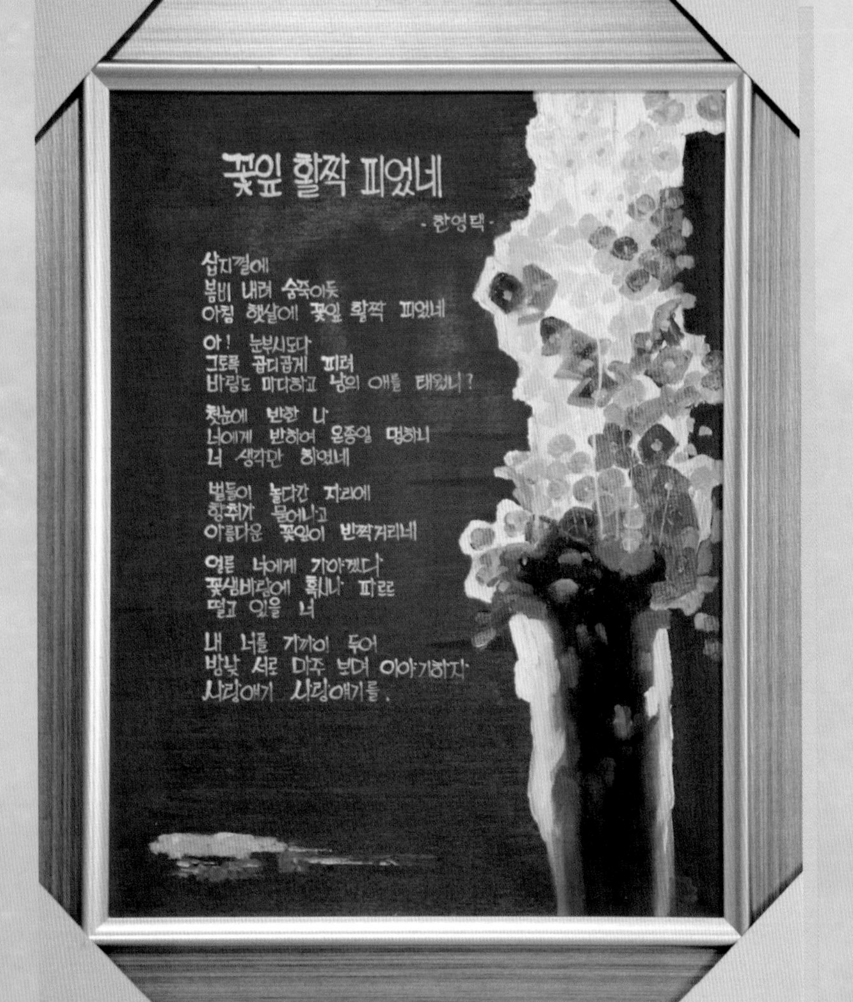

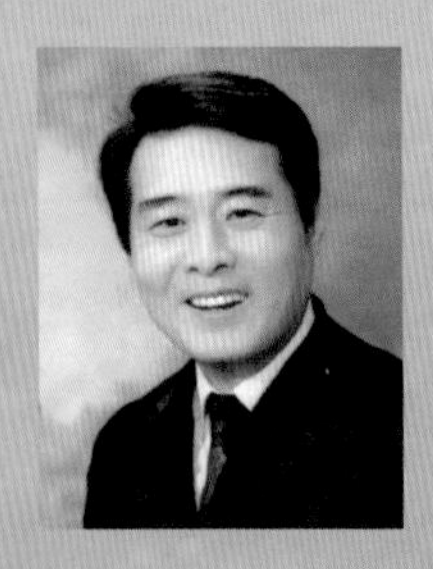

한영택 시인

대구 수성구 거주
대한문학세계 시 부문 등단
사) 창작문학예술인협의회 정회원

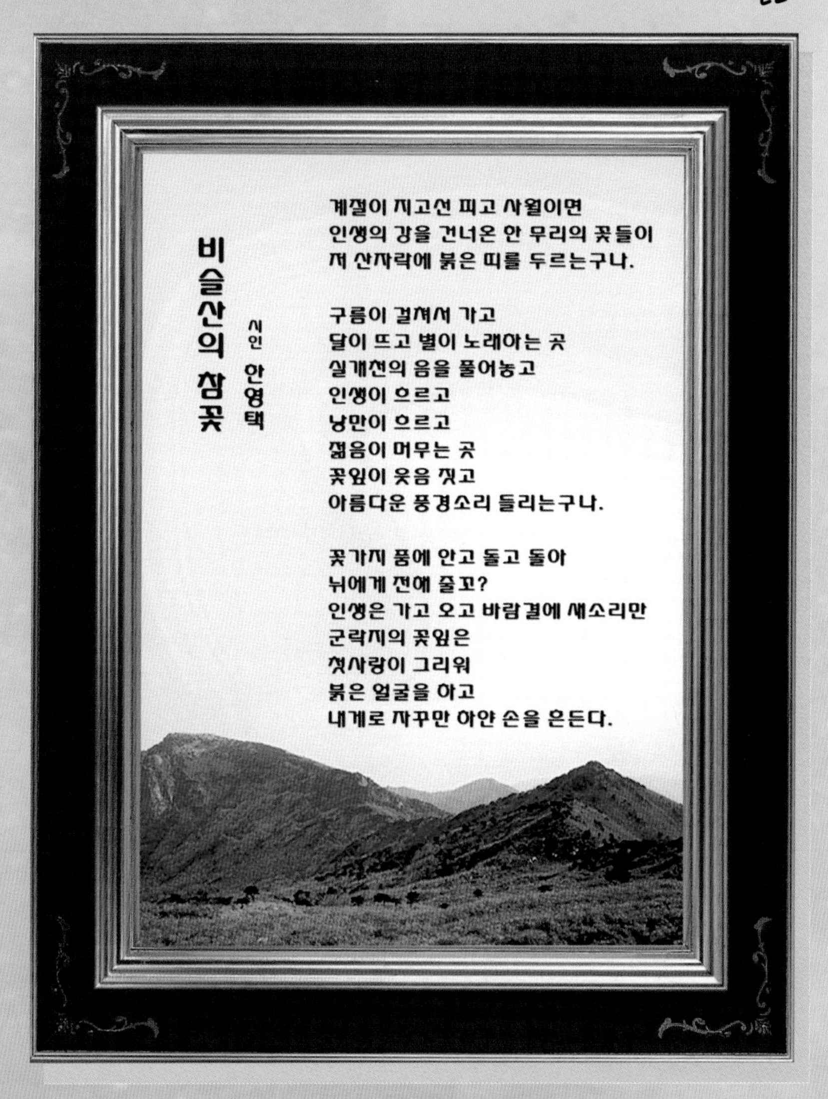

계절이 지고선 피고 사월이면
인생의 강을 건너온 안 무리의 꽃들이
저 산자락에 붉은 띠를 두르는구나.

구름이 걸쳐서 가고
달이 뜨고 별이 노래하는 곳
실개천의 음을 풀어놓고
인생이 으르고
낭만이 으르고
젊음이 머무는 곳
꽃잎이 웃음 짓고
아름다운 풍경소리 들리는구나.

꽃가지 품에 안고 돌고 돌아
뉘에게 전해 줄꼬?
인생은 가고 오고 바람결에 새소리만
군락지의 꽃잎은
첫사랑이 그리워
붉은 얼굴을 하고
내게로 자꾸만 하얀 손을 흔든다.

비슬산의 참꽃

시인 한영택

2015 특별 초대 시인 시화집 - 한영택 시인

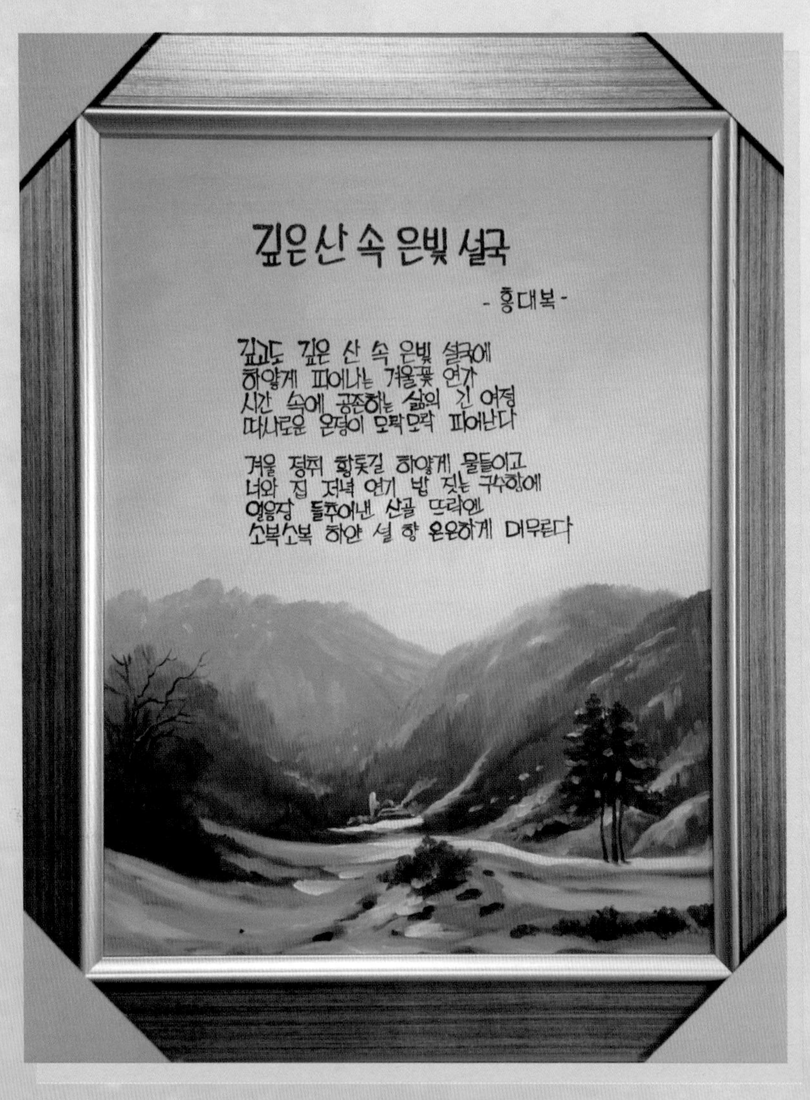

깊은 산 속 은빛 설국

- 홍대복 -

깊고도 깊은 산 속 은빛 설국에
하얗게 피어나는 겨울꽃 연가
시간 속에 공존하는 삶의 긴 여정
따사로운 온정이 모락모락 피어난다

겨울 정취 황톳길 하얗게 물들이고
너와 집 저녁 연기 밥 짓는 구수함에
영롱함 들추어낸 산골 뜨락에
소복소복 하얀 설 향 은은하게 머무른다

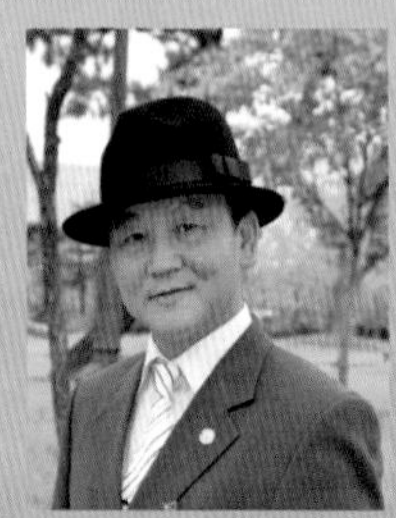

홍대복 시인

경기 시흥시 거주
대한문학세계 시 부문 등단
사) 창작문학예술인협의회 정회원
대한문인협회 경기지회 지회장

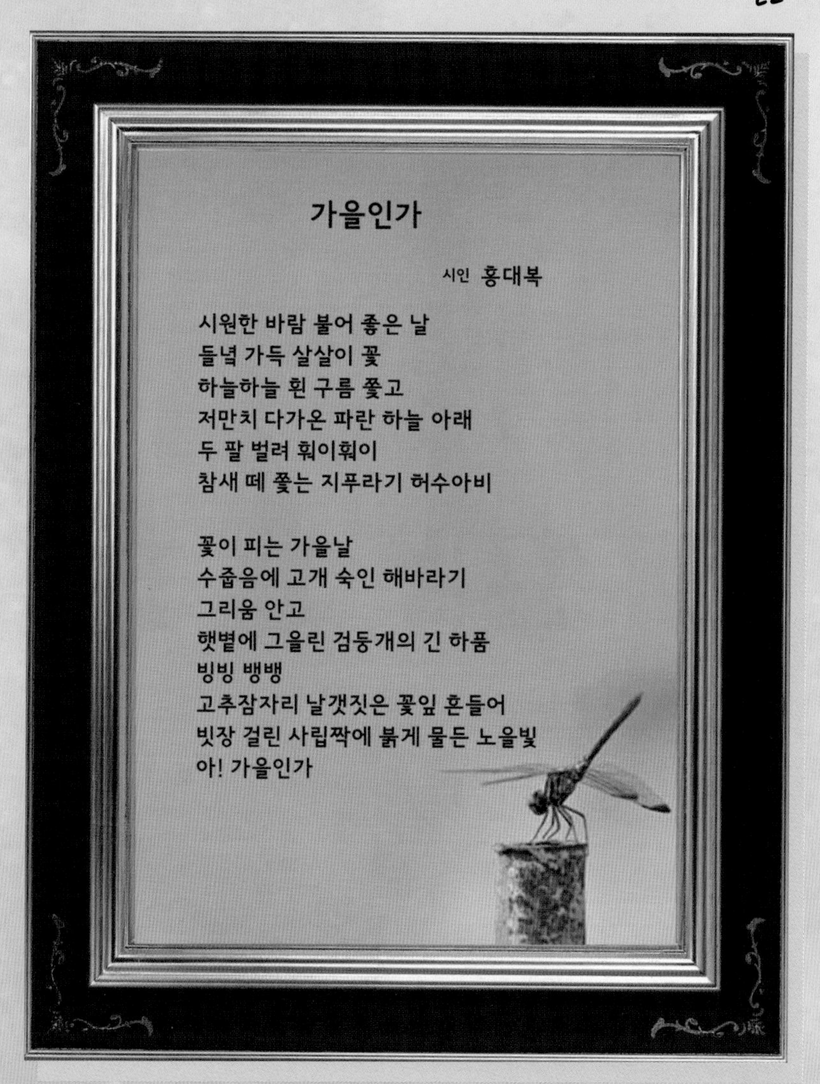

가을인가

시인 홍대복

시원한 바람 불어 좋은 날
들녘 가득 살살이 꽃
하늘하늘 흰 구름 쫓고
저만치 다가온 파란 하늘 아래
두 팔 벌려 훠이훠이
참새 떼 쫓는 지푸라기 허수아비

꽃이 피는 가을날
수줍음에 고개 숙인 해바라기
그리움 안고
햇볕에 그을린 검둥개의 긴 하품
빙빙 뱅뱅
고추잠자리 날갯짓은 꽃잎 흔들어
빗장 걸린 사립짝에 붉게 물든 노을빛
아! 가을인가

2015 특별 초대 시인 시화집 - 홍대복 시인

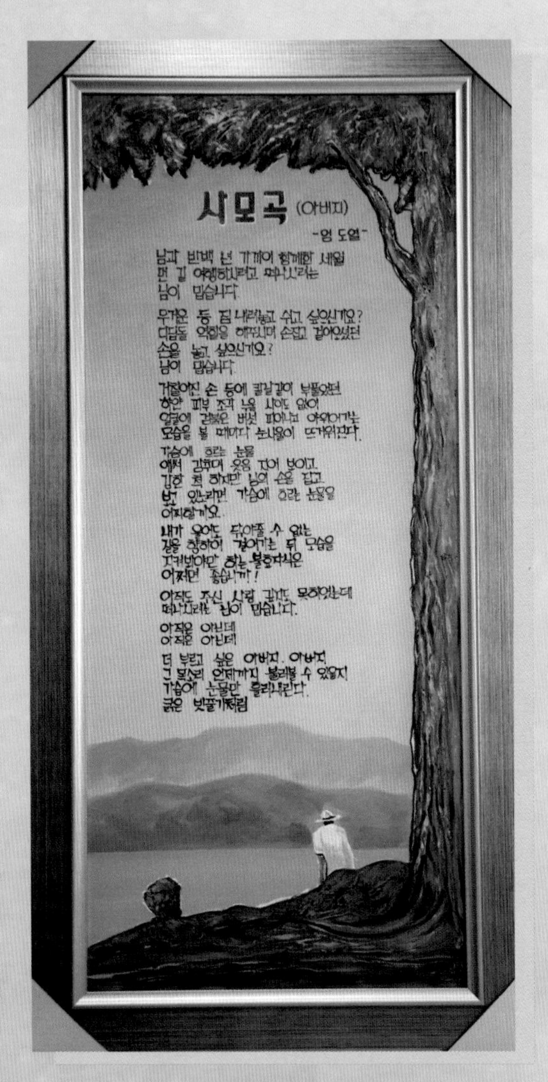

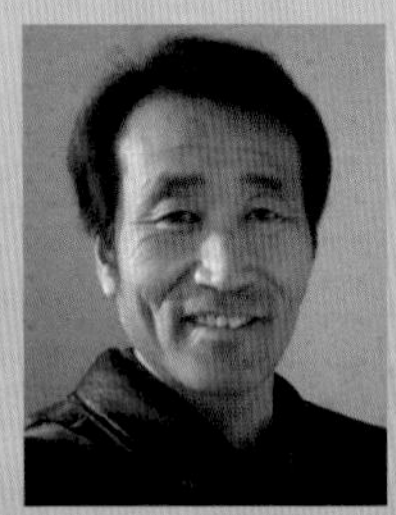

엄도열 시인

강원도 영월군 거주
대한문학세계 시 부문 등단
사) 창작문학예술인협의회 정회원
대한문인협회 강원지회 지회장

지난 전시회 모습

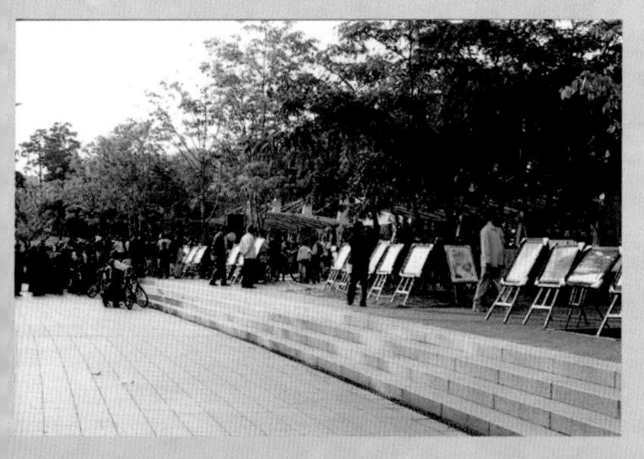

일산 호수 공원 전시

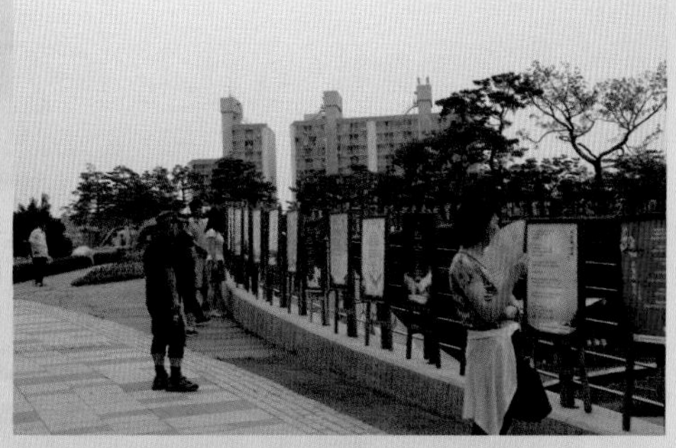

북서울 꿈의 숲 전시

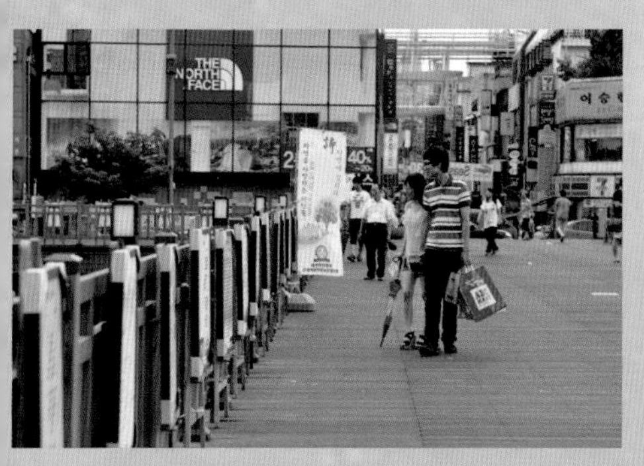

대전 목척교 전시

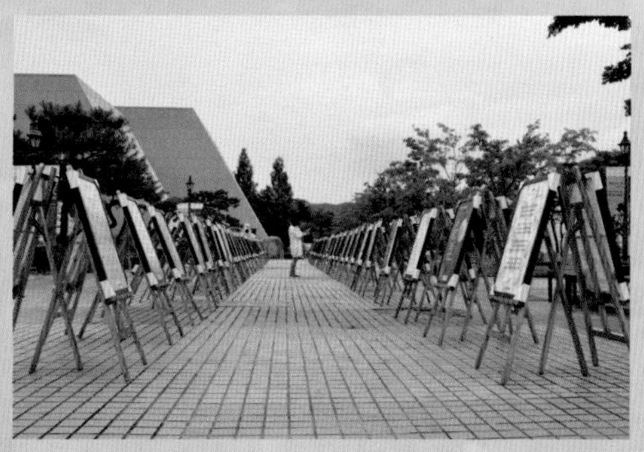

대전 예술의 전당 전시

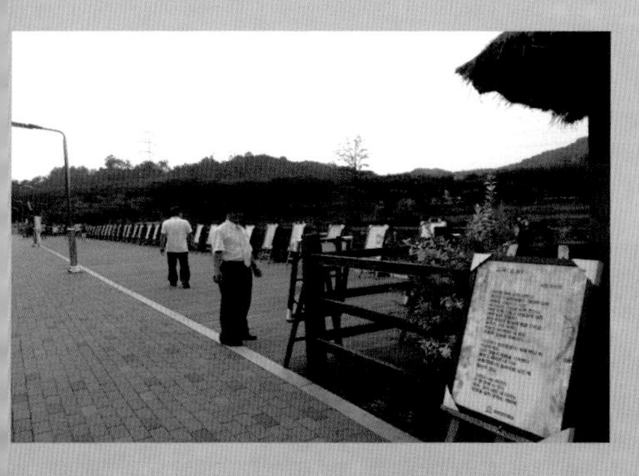

인천 호수 공원 전시

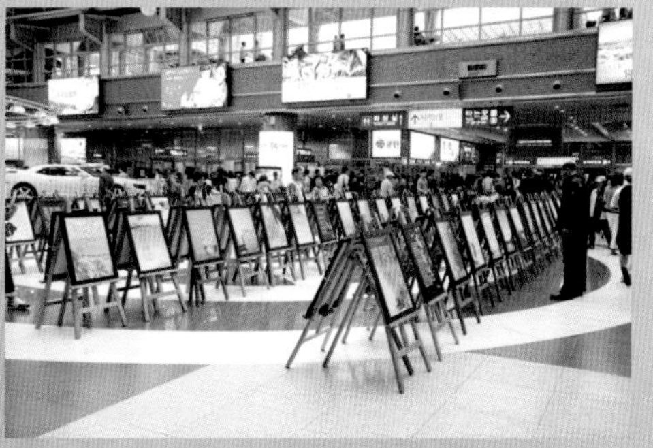

용산역 전시

특별 초대 시인 시화 작품전 기념 시화 시집

유화에 시의 영혼을 담다

* 지 은 이 : 김락호 외 59人

강훈담, 경규민, 고현자, 곽종철, 길상용, 김강좌, 김경렬, 김 단, 김락호, 김미경,
김보규, 김세홍, 김수미, 김은정, 김이진, 김일선, 김정희, 김창환, 김향아, 김혜정,
김흥님, 김희선, 김희영, 노복선, 박걸주, 박광현, 박근철, 박목철, 박영애, 박인영,
박정근, 박진태, 박혜숙, 박희자, 백낙원, 서수정, 송준혁, 신성애, 안복식, 안정순,
엄도열, 윤춘순, 이길선, 이민아, 이서현, 이애숙, 이우진, 이유리, 이은경, 이정규,
임재화, 정재열, 정찬열, 정태중, 조한직, 주응규, 천애경, 한송자, 한영택, 홍대복

* 펴 낸 곳 : 시사랑음악사랑
* 발 행 인 : 김락호
* 디 자 인 : 한지나
* 편   집 : 한지나
* 그   림 : 화가 김용기
* 초판 1쇄 : 2015년 06월 20일

* 주   소 : 대전광역시 중구 중촌동 12-2 중도빌딩 311호
* 연 락 처 : 1899-1341

* 홈페이지 주소 : http://www.poemmusic.net
* E-mail : poemarts@hanmail.net

정가 / 15,000원
ISBN 979-11-86373-08-8   03800